對坐

孙月霞 著

图书在版编目（CIP）数据

对坐 / 孙月霞著. —南京：江苏凤凰文艺出版社，2020.12
ISBN 978-7-5594-5314-3

Ⅰ. ①对… Ⅱ. ①孙… Ⅲ. ①散文集—中国—当代
Ⅳ. ①I267

中国版本图书馆 CIP 数据核字（2020）第 207011 号

对坐

孙月霞 著

出 版 人	张在健
责任编辑	李 黎 曹 波
责任印制	刘 巍
出版发行	江苏凤凰文艺出版社
	南京市中央路 165 号，邮编：210009
网 址	http://www.jswenyi.com
印 刷	苏州越洋印刷有限公司
开 本	880 毫米×1230 毫米 1/32
印 张	9.5
字 数	220 千字
版 次	2020 年 12 月第 1 版
印 次	2020 年 12 月第 1 次印刷
书 号	ISBN 978-7-5594-5314-3
定 价	45.00 元

江苏凤凰文艺版图书凡印刷、装订错误，可向出版社调换，联系电话 025-83280257

目　录

序 · 001

第一辑　万物皆有归宿
谁的童年没有忧伤 · 003
窝 · 007
十五岁的那群鹅 · 011
夕阳 · 015
读梵高 · 018
黑与白 · 023
我在一张蜘蛛网前却步 · 027
笼中鹦鹉 · 031
秋天的田野 · 035
当我们在谈论雪的时候，我们在谈论什么 · 039
年里的寺庙 · 043
所有的寻找都在进行 · 046

米山・052

相城寻梦・055

吃食・059

沈周与阳澄湖・062

周庄的文化自信・066

那些老宅子，那些人家・070

苏州意向与意向传承・073

杭州行走・076

溪山清远与"蓝顶实践"・080

绍兴・084

行走寿宁・087

银川三日・091

草原短章・097

美加导游记・101

安静是一种力量・103

游荡是一种病・107

逃离与返乡・110

乡关何处・114

第二辑　云淡风轻

闪烁在时间深处的小桥・119

云淡风轻・125

吃相・136

文兵·145

买房记·153

呆三·162

男丁人家·166

乡下的日子·170

归巢·175

只此平常心·179

老去的树叶终将飘零·182

第三辑　公寓房

公寓房·187

地瓜秧·190

那样的一个绅士·194

能人·197

代驾·200

民工子弟学校·203

那些来过家里的工人·205

翠华·207

表姐的幸福人生·212

文学的情结·217

小勇·219

小进·223

老时·225

向后退去的孤独·228

回家的意义·232

第四辑　对坐

对坐·239

城里的母亲·241

死亡的能力——致我的舅爷爷·246

麦田的收割者——致我的大伯·256

听来的家事·261

家风·279

养老要孝敬地养·282

从前,那么慢·284

写于闹闹十岁成长礼·288

后记·290

序

范培松

作者后记的字里行间,蕴含着一种淡淡的恐"老"情绪。难道她在暗示,今后要和我少见面?因为我早已"老"矣,见"老"更恐"老"啊。事实上,每次见面,她都很愉悦,视我为长辈,似乎要把满肚子的话向我倾诉。由此看来,她的恐"老"是她的多情世界中的一种不稳定的偶然情绪,不必当真,她的散文就是证明,很青春,似18岁少女,飞驰在她的彩色天空里,做着五彩缤纷的梦。我一直认为治疗恐"老"症的秘诀是坚持文字创作。作者早就知道这个秘诀,并且正在运用这个秘诀实现村上春树的"18岁之后是19岁,19岁之后是18岁,20岁永远不会到来"的美梦。我也向她学习,努力写作,为的是回到18岁的多梦的年龄。

作者是一名奋斗在基层的干部,既要理论学习,又要脚踏实地地处理繁杂的公务。她却有无穷无尽的精力,这几年她一只手写诗,另一只手写散文。大概是她白天做公务员,晚上做文学梦。我欣赏这种分工，现在谁还做梦？晚上喝不尽的酒，打不完的牌，碾碎了多少人的梦。作者不随大流，顽固地做梦，创作激情旺盛，诗啊，散文啊，汹涌地喷发，每写完一篇，就会发给我，我很幸福，能最早享受到她赐予的精神美食。为她的散文和诗我点了很多赞，成了她的"粉丝"。我长期研究散文，非常看重作者的写作姿态。我讨厌那些高高在上，凭一点小聪明，说几句似乎有意味的话的散文，这种散文挺不起腰来。我欣赏作者俯身而下的悲悯姿态。她喜欢写人，文集中写了数十人，这些人都和她有这样那样的关系：有的是她的亲戚，有的是她的乡亲，有的是她家的帮佣……不管什么人，她都紧贴他们，以菩萨心肠和他们心连心，关心他们的命运。这样的情感联结，使人物有血有肉，如《小勇》中的小勇，《小进》中的小进，《老时》中的老时，等等。这些人物仿佛是我们的邻居，世界这么大，有谁关心他们？唯有作者，把他们请进来，说说他们现在和过去的酸甜苦辣，虽然只有一声如"你走过的路风干了你的泪"这样的叹息，但是，让他们作为散文的主角，呼吁社会关心他们，就是一种贡献。陆文夫生前一直说，史书为大人物立传，文学是为小人物站队。作者在《文学的情结》中说，"我不是我的文字中体现的那个我，我愿意成为我的文字中的那个我"，读了她的散文，辅以我对她的了解，我认为应该改成"我就是我的文字中体现的那个我"。或许是错觉，我读作者的散文，隐隐感到她有一点不安全感觉。《窝》里面多少有一点"窝"崇拜的心理在作怪，我可以理解，她的"什么叫作不可以再来"的留恋，是在把自己置身于流浪途中，文章开头引用黄永玉的《无愁河的流浪汉子》，也有一种暗示。我并不担心作者会跑到非洲撒哈拉沙漠去发疯，但是那种情绪多少有一点缺乏自信。我的人生哲学是不必要"可以再来",过去的就过去吧,何必再来?明天就是属于我的,明天的我又是一个新我。这当然是我的多虑。那篇《我在一张蜘蛛网前却步》,显示了她的淡定。这篇文章我十分喜欢,是文集中比较出彩的一篇。文章写去公园途中见到的一张蜘蛛网。它安顿在一条看起来无人问津的河边,对岸就是高大的广告牌和脚手架。它就如此安静地存在着,那样自信地存在着。作者在它面前却步,为了保留蜘蛛网的尊严。作者在这里没有那种不安全的飘忽感,有的是力量。我相信,未来不管风吹浪打,她都会像蜘蛛网那样安静地挺立着。因为我也是一个写作者,深知写作的艰难。作者是个青年,潜力很大,千万不能形成定式,这包括心理定式、思维定式,定式形成会使思维固化。作者现在写诗,应该是在开拓,为自己的创作寻找新的生长点,这是一种清醒。对她的创作未来,我们充满了期待。

第一辑

万物皆有归宿

我赤裸着双脚踩在那样的泥土上,我总是感到一种脚踏实地。我听风听雨也呼吸新鲜的空气,也思考万物之间的联系。我觉得万物皆有归宿,鸭子也不例外,何况是我们家养的鸭子呢。于是,我就动手给鸭子搭窝了。

谁的童年没有忧伤

对于曹文轩的获奖，国际安徒生奖评委会主席帕奇·亚当娜说：他用诗意如水的笔触，描写生活中一些真实而哀伤的瞬间。《人民日报》的评论文章中这样写道：在构建童年的精神世界里，悲伤与苦痛穿越了国界，是一个重要而必要的精神元素，和阳光、快乐等元素一道又构筑了人们精神成长的台阶。

童年，一切仿佛都那么好。

忧伤仿佛有些遥远，反而总是有欣欣然的惊喜。

不知怎么会想起十岁时的那个鸭窝。那个鸭窝，我搭建得非常好。自己找的竹篱笆，还有茅草的顶。鸭子有了遮风挡雨的地方，是多么了不起啊。那么具有爱心和人文情怀。那些鸭子啊，是不是应该感谢我？

我上学，母亲种地，然后烧饭给我吃，日子是那样地按部就班，仿佛已经固定了千年。乡下的空气懒散而隐秘。但是，自从我搭建了那个鸭窝，我的父亲母亲就充满了自豪感，觉得我是个负责任有担当可以托付的孩子，或者就是有出息的孩子。我赤裸着双脚踩在那样的泥土上，我总是感到一种脚踏实地。我听风听雨也呼吸新鲜的空气，也思考万物之间的联系。我觉得万物皆有归宿，鸭子也不例外，何况是我们家养的鸭子呢。于是，我就动手给鸭子搭窝了。

父亲是个懒散的人，早年看透人生的意思。父亲不是劳碌命，父亲觉得劳碌的人是赚不到钱的。父亲非常聪明，觉得怎样的老板都是老板，怎么也不能当伙计。可是，父亲好像什么都有，又什么都没有。父亲就上了两年的学，尽管父亲说自己在有限的两年里都是考一百分的，但是那又怎样呢？再多的一百分也就是二年级的文化水平。但是，父亲仿佛又什么都是懂得的，参透了世态人情。父亲总是自吹自擂，说就是蚊子从自己面前过，都知道公母，但是，那又有什么用呢？在那些出路贫瘠的日子里，父亲仿佛积蓄了太多的力气，不知道向何处发泄。

终于，在我十岁那年，父亲咬咬牙出门了，跟着村上的一个建筑队去遥远的大兴安岭打工了。父亲出门的时候，就交代我要好好听话。对母亲说家里没有男人在家，要处处当心，处处留意。我仿佛一下子长大了。

时间不长，大概也就一两个月的时间，我不知道远方的父亲正在策划一次大逃跑。父亲让母亲给他发去"母病危速归"的电报，父亲一定是要回家了，而且冠冕堂皇拿回了全部的工钱。其实，我的奶奶已经在十年前去了另外一个世界，这次为了父亲的归来，又在电报上病危了一次。那个包工头信以为真，当他反应过来的时候，父亲已经顺利地踏上了归途。听父亲说在火车上经历了可怕的瞬间，父亲后来讲起来还是心有余悸。据说那个时候的火车非常地乱，特别是要经过东三省的长途火车，有明晃晃的强盗，上了车拿出刀让你们交出钱，不交就打。村上另外一个人嘟囔了几句，被打得要死。父亲拿出那张"母病危速归"的电报，居然躲过一劫。父亲总是聪明的。就这样，父亲在徐州中转的时候，还给我买了一块电子表。那块电子表是我们班上为数不多的电子表，明晃晃，陪我度过了那么长的童年，还留在小学的那张毕业照上。

长大后，我知道了一个名词叫作农民工，当我知道这个词的时候，这个词是带了色彩的，不像我们小的时候，什么农民，什么工，不就是出去打工吗？那样的语境保护了我的自尊，我不觉得父亲是农民工，多么好啊。只有对远方的等待，只有对那个遥远的冰天雪地的地方的想象。后来，这唯一的打工经历成为父亲谈论起外面世界的资本，说那是个冰天雪地的地方，天气非常冷，工地没有安排他干活，就是打更。打更的任务听上去不重，却要自己壮自己的胆，父亲说他逢人便说自己练过功，打更时听到响声就扎出马步，摆出练过功的架势，其实，天知道呢，只能任由父亲自己吹嘘了。父亲是乐天派，总是相信车到山前必有路，船到桥头自然直。就是那样寒冷的夜，父亲描述出来还是那样津津有味。

父亲还总是跟我描述那回来的火车有多长。我就问有多长，父亲就说有从家里到镇上那么长，我就纳闷了很长时间，说哪有那么长的火车？什么车子那么长？我一次次地比画，一次次地想象，最终放弃了想象，我终于想象不出来有什么样的车子会有那么长。现在，父亲坐高铁，发出感慨，说以前的火车不是这样的，现在的火车怎么这么快了。

感谢父亲的归来,感谢父亲陪伴我后来成长的点点滴滴。其他不敢说,唯一可以说的是,如果不是父亲的陪伴,我不可能成为后来的我,我也许也写不出上面的文字。

忧伤仿佛只是一个瞬间。因为父亲的归来,我的童年那么完整。

窝

  人的这种窝，你长大以后就会明白，它牵住你一辈子的脑壳，牵住你的心。你受苦受难的时候，孤独伤心的时候，流落他乡的时候，被负义的人出卖的时候，你明明晓得那个窝和曾同在一窝里的人都散了，流离了，他们一下子都会跑到你的心里，还是原来的容颜来安慰你，带回往日被窝里的温暖，跟你那么近地眼睛看着眼睛，微笑……

  ——黄永玉《无愁河的流浪汉子》

我仿佛看见了七岁的我。没想到，想起那样的场景，我是那样地幸福和甜蜜。

  我的女儿都已经超过了我当时的年纪，闹闹已经九岁。闹闹昨天晚上造一个拟人的句子，非要这样写：我像人一样。我说你就是人啊。闹闹说，我不是人，你才是人，我还是小孩呢。但是，闹闹很多时候又理直气壮地说，你走开，我已经长大了！那种大或小之间的错乱是一件多么美好的事情啊。

七岁的我嗜睡,作业做着做着就睡着了,或者晚饭吃着吃着就睡着了。门口一堆的事情,屋外一堆的活计,这样的节奏显然打乱了他们的节奏。于是,印象中,父亲总是呵斥母亲,让她先陪我睡觉,然后再去干其他的事情。从小到大,父亲将我的事情看成是天下第一大的事情,睡觉当然是大事情。于是,我理直气壮地睡觉,母亲理所当然地陪我,母亲丢下所有的事情,我总是睡得香甜。长大了才知道,人世间的痛苦有很多种,有人想睡没时间睡,有人有时间睡却睡不着;有人睡意正浓却偏要强睁睡眼,有人随时随地就能睡着,前者往往是作为母亲的角色,我长大后也做过这样痛并快乐着的母亲,后者就是孩子了。那个时候我也是幸福的孩子。上帝是多么公平啊,也许后来我们有着太多的不同,但是,小时候,我们都曾经有过那么香甜的睡眠。现在,我想起来我那香甜的睡眠,边上有我和衣而眠的母亲,有我那么强壮结实像一座山的父亲,多么好啊。

后来,是那些万籁俱寂的夜。是的,万籁俱寂的夜。童年的乡村的夜。没有声音,没有音响,没有灯光,世界只是世界本身。也许外面下着霜,也许外面秋蝉鸣叫,但是,那时候,少年的心并没有特别地去感受万物,万物已经融入了少年的血液。不是吗?自己就是万物的一部分,自己就从来没有离开过泥土,这是一种怎样的生命的滋养啊——这种生命的滋养,真是岁月给我们那一代人的恩赐。

少年的心毛茸茸的,像小小梅花鹿,想象着外面的世界。外面的世界在哪里呢,外面的世界是怎样的呢,不知道。很长时间内,只拥有个能零星收到几个电台的收音机，是一个早已经发迹的堂哥的二手货，对我来说，就是至宝。那些磁性的嗓音穿越了时空，不知道从什么地方传来，连接的也不知道是一个什么世界，说的也不知道是一些什么话，总是似懂非懂。似懂非懂就很好，似懂非懂就有自己的空间，可以按照自己的心思去填补。多好啊，当信息铺天盖地的时候，你就没有你了，但是，如果当世界只有一个半导体，自己就一定还是自己。世界已经走得太远，半导体终于成了永远也回不去的过去。伴随着半导体的，应该还有满是太阳味道的软乎乎的稻草，翻一个身能陷下去半截身子，还有仿佛遥远的厢房传来窸窸窣窣老鼠忙碌的声音。于是不寒而栗，关了半导体，睡去吧。

后来，有一样东西的到来让我的被窝无限温暖，充满了温情，那些寒冷的冰冷的夜，我家的那只黝黑发光的大黑猫总会准时钻到我的被窝来，而我总是心照不宣掀起被窝的一角让它悄悄地钻进去。黑猫的头先进去，进去之后掉个头，将头悄悄地靠在我的腋下睡去。我看得见黑猫幽蓝的眼神，那么温柔，仿佛我的妈妈，又仿佛我的孩子。那一种冬天的夜里互相取暖的感觉，让我现在想起来都怦然心动。

但是，很快，母亲发现了我们的秘密，因为黑猫的到来，我的被窝显得特别脏，而且难以清洗。母亲是个唯唯诺诺的人，对什么都是好的，但是，对这件事情坚决反对，有好几个晚上过来蹲守黑猫，终于有一次黑猫被打得哇哇大叫，落荒而逃。后来，黑猫更加聪明了，总是再晚的时候，等母亲睡着了，更加轻轻地走过来，那么温暖的鼻息在我的脸上游走，知道我也睡着了，就伸出爪子，自己完成掀被窝睡觉的一系列动作。

再后来，我的黑猫不见了，活不见猫，死不见尸。有人说被猫贩子药死带走了，也有人说肯定自己误吃了老鼠药死了。反正，我再也没有看见我的大黑猫。我号啕大哭了整整两天，父母亲差点被我弄得哭出来，并由此判断我是一个孝顺的孩子，其实，他们哪里知道，我只是第一次知道了什么叫作不可以再来。冬天陪我度过一个个寒夜的那只黑猫，让我第一次知道了什么叫作不可以再来。少年仿佛一下子长大了。

那些少年的夜，总以为很长，长大后才知道原来那么短。

十五岁的那群鹅

若干年后,我在另一个时间另一个地点看到了一群鹅,但是我走了神,想了很多,我想出一个准确的词,叫作怅然若失。是的,怅然若失。我必须将那一群鹅的故事写下来,否则我将难安。

那年的夏天,十五岁的我将一群鹅赶到很远的地方。那个时候的各种水藻很是丰富,而且杂乱无章,是一种袒露的感觉,没有归宿,所以大家都可以享用。和我一起将鹅赶出去的还有一户人家,现在想起来还是会想出男主人的样子,干瘦,会享福,儿子给人家做上门女婿,家禽总是散着,门口总是各种粪便。母亲父亲总是不愿意往他家门口多去,觉得这家人家实在是懒到家了。但是,那个干瘦的男人并不以为然。还有那个女主人,总是两条大大的辫子油光可鉴,但辫子也不是白白梳的,会在小贩上门的时候论长度和质量卖给小贩,听说可以卖好几百元钱。那时候总是会遇到那个干瘦的男人,但我内心深处总觉得自己和他有不一样的人生。

十五岁的少年在将鹅赶去吃草的路上不屑于跟任何人讲话。路上有小草，有大雁，那孤芳自赏的影子和笑傲长空的身影总是让我兴奋无比，我总是想作一两首诗，但又总是不知道应该将自己比喻成小草还是大雁。十五岁少年的心比天空还要高比海还要深，总觉得无限美好的东西一定不会是在那里。但是，在那些日复一日里，我最有成就感的事情是将一群鹅一点点地养大，现在看来是一件多么神奇的事情啊。

早上，我将一群鹅赶出家门的时候，会看见一群鸭子大摇大摆地下水了，鸭子是不要赶着去喂的，直接下水就可以。那时候的河水是流动的，那时候的河里的一切是活生生的，足可以养活一群或者很多群鸭，不像现在的河，上次回去发现长满了一种什么草，不再流动。早上，会碰到很多妇女下地插秧。对的，一定是插秧。养鹅的夏季，配套的农活就是插秧了。那时候插秧是非常重要的事情，是技术是体力是体面是丰收是衣食无忧，是日子是大米是新房是媳妇是世代安康。家庭主妇们纷纷挽起裤腿下了水田，比进度比动作比横平竖直，女人们肥硕的屁股对向天空，暗暗较着劲；男人们将秧苗啪啪啪地甩向水田中间，谁又能说没有暗中较着劲呢。那是怎样的一种欢腾的场面啊。那时候的水渠还是土质的，所以常常会出现泄堤的情况，于是大队长一声吆喝，哪怕是半夜，大家都会拔腿就下地。就像很多年前看到的影片《焦裕禄》中的场景。所以，我有一项很重要的任务就是看好鹅，一定不能吃人家的秧苗，否则是一种自己也不能饶恕的罪过。

那时候的日子和平而安静，我乡我土，日出日落，一切有着迷人的魅力。除了没有钱。但从来不思考为什么没有钱或怎样才能更有钱。按部就班，日出又日落。当然，这样的生活被描写成"面朝黄土背朝天",是老师上课时常常说的,也一直当作是鞭笞我们离开那片土地的说辞。老师这样说是有依据的,有些老师找了农村的老婆,到了农忙的时候就是灰头土脸的,而有些两个人都是老师,定量户口,就没有这样的烦恼。

尽管我上面的叙述充满了诗意,但我一点也不想隐瞒当时我想离开那片土地的心情。就像梭罗认为的那样,"一旦人们继承了农场、房宅、牲畜和农具,他们就成了土地的奴隶,终日被物质生活所累"。千真万确,那时的土地对于人们只是谋生的工具,只是活着的依赖,哪里又有多少诗意可言?我一心想的就是离开,却从来没有想过离开的结果。当我如此真切地面对另外一群鹅,请原谅我的恍惚,甚至怅然若失。似乎得到,却是在失去。这样的鹅多像一个镜像啊,好比3D电影,明明就在眼前了,却又转瞬即逝。

我想念我的鹅。那群鹅顽固地停留在我的十五岁。读到鲍尔吉·原野的《房门大开》,作者说自己在山间居住的时候,总是房门大开,让外面的野风和露水都能够进来,在城市的时候总是打开窗户,让很多的虫子走进房间。还有燕子。作者说:"我无限向往燕子筑巢的人家,这一家不光住人,还住燕子,多祥和。"我想起了那时候我家门庭上的燕子,总是做了严严实实的窝,谁也不记得那个窝到底垒了多长时间,只是依稀记得在我家的房梁上安生了好几年,尽管邋遢,总有意想不到的鸟屎降临到桌子上甚至是头上,但是我的母亲一直不舍得捣了它们的窝。

原来我的鹅是和其他很多的人物、生物联系在一起的,比如那个干瘦的人,那些插秧的妇女,那群下水的鸭子。"如今几乎所有所谓人类的进步,诸如建筑房屋、砍伐森林树木,都只能摧残自然景色，使它变得日益温顺而廉价。"当荒野不再，人们总是希望"从丛林中找到理智和信仰"，就是所谓的理性的自然。眼前的鹅虽然也是鹅，却隐含了巨大的目的性，就是以逼真的方式引导人们去寻觅乡愁。原来，此鹅非彼鹅，充其量只是将来策划稻作文化的重要道具。

怅然若失只是你入戏的结果，那么之后呢，我不得而知，就此搁笔吧。

夕　阳

我看见夕阳的机会实在少。

我的家是一个半圆的结构。一梯两户，一边一户人家。一个风水大师说有点失去了平衡，如果将对面的一户一起买下，那将是多么恢宏的360度的视野。那样的愿景，像无数的房地产广告一样诱人。可惜，没有如果。

每天早上，我从东到西穿过这座城市去上班，又从西到东回家。我的生活程式化到看不见夕阳。

不知道从什么时候开始，我的生命里没有夕阳了。

夕阳除了美，还是一种完成。晨钟暮鼓，日出日落，日出而耕，日落而息。多好的完成，多好的安宁。

现在，我的世界里没有夕阳。我的世界里没有夕阳来告诉我一天结束了，是该休息了，我仿佛第一次意识到这实在是一件太可怕的事情。

现在，当搜肠刮肚关于夕阳的所有记忆时，我却没有想起小时候，小时候的夕阳是日常，日常得忘记了它的美。印象中，第一次对夕阳进行审美表述的应该是我的先生。那是2000年的元旦，他从工作的Z城回到生他养他的Y城。后来的很多天，他与我描述那样的夕阳，应该是下了公共汽车，背着行囊往爷爷家走的某一个河道口，他看到了一轮夕阳，美得令人窒息。那个时候他才二十几岁，还不是我的先生，而是男友。那真是人生的一个美好阶段，永远不会再重来的阶段，没有围城的纠结，甚至由此生出的怨恨。彼此单纯，努力做出可爱的样子，没有赖在婚姻里的随意，不要为很多事情烦恼。自己养着自己，父母没有老，孩子更是后来的事。先生说那天看见了世纪的夕阳，真是太美了。先生说他见证了一个世纪，甚至是十个世纪。多么豪迈的感觉，少年不识愁滋味。若干年过去了，那轮夕阳也许已经不在他的心里，也许在，我也不得而知。谈论夕阳与朝霞这样的事情在世俗的生活中近乎奢侈。我这样写的时候，仿佛在唤起一个失忆人的记忆。或许，希望唤醒的还有我自己——连我自己都忽视夕阳好多年，又怎能要求身边的人跟你谈夕阳？

闹闹小时候有些奇怪的癖好，不喜欢下雨，下雨时会大哭，总是喜欢看天气预报，觉得天上的彩虹很美，又认识到它的短暂，非要妈妈去摘下来。有一段时间，我们真的不知所措。那一次在草原上，天苍苍野茫茫，只剩下夕阳了，真是非常美，变幻出天边的风景。闹闹斜着眼睛看夕阳，还是不敢正视的感觉。同行的人说闹闹，那你画下来。闹闹说这个太难了，画不出来的。闹闹说太难了，不说美，多么具有参悟啊！禅说每一个孩子的头上都有一片天，也许是真的。你又怎么知道雨、彩虹以及夕阳在孩子的心目中到底是怎样的呢？于是释然，不再纠结。

现在，轮到我说我的夕阳了。我的夕阳下有炊烟，我的夕阳下有父亲的叫声，我的夕阳下有鸭子摇摇摆摆回家的身影。我的夕阳在二十年之前。我的夕阳是一种多么简单的快乐啊。夕阳下，母亲的炊烟燃起，是一种回家的信号，可是我贪玩得常常忽略这样的信号，于是父亲就大叫，扯着嗓子在村头大叫，于是我就在夕阳中乖乖地回家了。现在，父亲心肺功能不太好，已经喊不出那么中气十足的声音；现在，我只是在各种购物中心里听见说，多少号，多少号，什么大叔或者大妈喊你回家吃饭了。人在城里，变成了号。

现在，在2015年即将走远的时候，在一年将尽的时候，小年夜的前一天，我看见了美丽的夕阳。是啊，用美丽来形容吧。我的形容词与电台里那个我一直喜欢的主持人的形容词是一样的。安宁地挂在城市的上空。不再忙碌。空了很多。是一个圆。

夕阳下，高高的脚手架上不再有工人的身影。真的，我不愿意称他们为农民工，我心疼他们在城里和乡下来回奔波的样子。我知道一个本家大叔总是问我苏城某某地方现在怎样了，当初，他在那里贴过砖。贴砖的时候也不觉得累，大家吆喝着一起干，从清晨干到傍晚。我刚刚看到新闻里说一个工地上死了一个人，上去了八个，下来了七个，就看不见了。不知道到哪里去了。我宁可相信那是新闻，现实中是另外一回事。我知道在那些遥远或者不遥远的老家，他们是家里的顶梁柱，是家中老老小小全部的寄托。

现在，夕阳下，这个城市无比宁静。车子不再拥挤，人流不再汹涌。终于，整个城市以前所未有的方式放松下来，留出空隙让我们思考为什么出发或者怎样前行。

那天，2015年的小年夜，我在夕阳下归家。

读梵高

我喜欢梵高的油画。不仅因为他的作品里有底层的艰辛,还有对生命的挚爱。此外,蕴藏在他线条与色彩里的坚实而自然的气息,甚至让我一度相信梵高终结了绘画。

以上是熊培云在《寻找向日葵》中说的一段话,正好契合我的意思。拿来用。

禁　锢

春天的时候,笼子里的鸟跃跃欲试,它知道自己生来擅长某事,也强烈地想要去做,但又无法做到,但是那是什么,它无从知晓,只是模模糊糊地感觉到,其他的鸟儿都在筑巢、孵化、哺育雏鸟,于是它用头去撞笼子,笼子完好无损,它却因悲伤而发狂。

——梵　高

初中一年级的时候,我学习了那篇著名的《从百草园到三味书屋》,在那张语文试卷上写下"禁锢"一词,说是封建思想禁锢了小孩的思维。老师很惊奇,说这个孩子有思想,打着号子来我家报喜,说这个小孩小小年纪不简单,说我居然读懂了鲁迅,知道了禁锢。父亲大字不识几个,不知道鲁迅是谁,什么是禁锢,只知道老师来报喜,自然开心。于是拉开桌子,捉只公鸡红烧,油炸花生米,小酒喝起来。老师眼睛小小的,眼镜圆圆的,带着对我和父亲的满意离开,从此我心中种下学习语文的种子。

于是我在这里讨论禁锢。我敢保证,我那个时候一定不懂什么叫禁锢,禁锢是那个老师写在黑板上的一个词语。我抄下来记住了。如此而已。少年的字典里哪有什么禁锢,只是欢呼雀跃,大概跟当初在百草园中玩的周树人一样。

不知道为什么想说对梵高的禁锢的理解的时候,会写到鲁迅,这是意料之外的事情。大概还是由于根深蒂固的原因,我们这一代总是在对鲁迅的不断解读中长大的,我们小时候没有学过梵高,当我无意中通过对鲁迅的理解去解读梵高的时候,我猛然有了一些收获。比如对于现实的那种焦灼的态度,那种由于爱得深沉而产生的忧伤。

那个铁屋子和现在梵高说过的春天的笼中的鸟。那样的抗争、不妥协和无望。

你,是那个春天里关在笼中的鸟吗?

播种者

难道不是情感和对自然的真切感受在指引我们绘画吗?如

果这些情感太过强烈,你画的时候根本不觉得自己是在画画,有时就是一笔接一笔地流淌而出,就像语言或书信中连贯起来的文字一样,那么你就一定知道,这种情况并不会一直都有,将来也会有灵感枯竭的艰难时刻。

——梵　高

每一个有写作经验的人都知道这种流淌的状态。妙不可言,非我莫属,世上的人和事已经有着其中的关联和意义,现在,只是借着你的口说出来,写出来。由此,你与世界产生了关联,你的世界有了参照系并由此产生很多情义。你的生命有了意义。

我们还能流淌出情感和语言吗?在这个快速变化的时代,在这个最好和最快的时代。

梵高说面对自然时,也不那么无能为力了,梵高的《向日葵》的感觉为大家所熟知。问题是,我们还有那样汪洋恣肆的大自然吗?很多年前,我就写了《当油菜成了花》,现在,油菜花越来越成了花,成了某种意象和想象,我们躲在城里,叶公好龙般地喜欢着油菜花,想象着油菜花,勾画着油菜花,我们还真正地熟悉和了解跟油菜花相关的一切人和事吗?还会在一个没人的瞬间好好地体会吗?

与此同时,我们的欢乐物质化,我们的阅读碎片化,我们的忧伤虚无化。我们总是想方设法各种晒我们的快乐,而我们从来不晒我们的忧伤,仿佛,我们从来不忧伤。

而事实呢?

拉马丁广场的夜间咖啡馆

在这里被称作夜间咖啡馆,通宵营业,那些夜行客没有钱投宿或者醉得太厉害而被拒绝的时候,可以在这里住一晚上,对我们这些人来说,所有这些,家庭——故乡——或许在幻想中比在现实中显得更有吸引力,我们在现实中没有家庭和故乡,也过得不错。我总觉得自己像个旅行者,要去向某地,朝着某个终点。

——梵　高

如同某句箴言,一语中的。那样的一幅画,在我的客厅里,当然是仿造的。没想到是这样的解读。

画作黄色和蓝色构造一个空旷辽远的空间。最近在读怀特的《小城市空间的社会生活》,对城市里的小空间有很深刻的解读,城市里的小空间是让人产生关联,引发乡愁的地方。将我们的快乐或忧伤放大或者缩小。从城市空间里能够得到或者找回的东西因人而异,看各人的造化了。比如,有的人跟人分享了忧伤之后会更忧伤,而有人却恰恰相反,说的仿佛是别人的故事,说完了就跟自己没有关系了。

咖啡馆,这样一个极具公共空间性质的一幅画,它的气质与我的小小的餐厅那样地不相符。可是这么久了也没有觉得突兀,为什么呢?我在想。

边上一张泛黄的纸头给了我答案。那张纸上写着很多年前我给女儿创作的筷子歌曲,是为了让用惯了调羹的女儿用上筷子。如今,我是一定想不起来女儿是什么时候用上筷子的,也一定想不起来她是什么时候换出第一颗牙齿的了。

我们不是梵高,注定没有梵高那样的生命追问的勇气。世俗的生活足以抹平一切追问。

仿佛一切都没有发生。

黑与白

最近读梵高，才知道梵高除了那些众所周知的充满大胆色彩感的画作之外，还有很多黑白底色的简笔画、线条画，呈现出版画那样的效果，极具质地，像《织布工在织布机前》《刨土豆的人》《围桌而坐的农民》等，简洁、静谧，发人深思。

我执着地认为一个艺术家一定具备了对于黑与白所呈现出来的色彩感的高度鉴赏能力，况且是对于梵高这样的天才。

细心地发现，又找出了好几处梵高写的关于黑与白的文字：

> 我常常在这儿看到有趣的黑白对比，比如说，运河的白沙堤岸穿过漆黑的平原。再往上，黑色的人物与白色的天空，前景中也可以看到黑白相间的土壤。

> 我相信我在这里找到了自己的颜色。

> 一个英国谚语说，既来之事，必有先兆。

关于黑与白，我想以《播种者》为例来谈谈。画面分两部分，上半部分是黄色的，下半部分是蓝紫色的，白色的裤子可以让观者在看过黄色和蓝紫色超强烈对比的效果之后，暂且转移注意力，放松下眼睛。这就是我想说的。

简单地说，黑和白也需要被当作色彩，因为在很多情况下的确如此，它们的视场对比恰如红绿对比一样震撼。

更有意思的是，想象一个身着黑白棋格纹裙子的女子，站在同样纯净的蓝天和橙色大地上，这真是有趣的画面。

简言之，有了雪，整个自然都是难以置信的美丽——黑与白的博览会

……

说实话，读到这里，我的内心是战栗的。黑与白常常被作为艺术的某种附加手段，增添某种忧伤的氛围、怀旧或思考的色彩，比如，最近重新看过一遍经典老电影《魂断蓝桥》，那样战争的大背景对一对青年男女真挚爱情的伤害和青春生命的不复存在，直让人唏嘘不已。

但在梵高那里，不是手段，而是生活。

黑白色回到生活，似乎远比任何用来观感的影像来得沉重。

其实，每个人的心中都存在这样的黑白默片。它是我们成长的底色。而这种底色抽空了生活中很多看似丰富而生动的东西，如此

赤裸裸地来到我们跟前，常常是我们不愿意面对的真实。

熊培云的《追故乡的人》中用的都是黑白底色的照片，毛边，未经任何打磨，在这个流行 PS 的时代，竟是如此地不真实和不忍直视。而现实呢，仿佛总是那么隔着，像一堵击不破的墙，所以呢，书名叫《追故乡的人》真是恰当不过。何时，故乡是用来追的呢？

手头上还有一本里面都是黑白色照片的纪实类图书，黄灯写的《大地上的亲人——一个农村儿媳眼中的乡村图景》，封面上这样写道：

> 大多数中国人都如同我的亲人一样，在柴米油盐、生儿育女、生老病死的细枝末节中推进人生，他们模糊的面孔构成了大地上坚实、脆弱的庞大群体。

我仔细看那些照片，哥哥姐姐家的，那些如花的笑靥，那些如蚁的人生，那些坚实而前行的脚步。其他人先后对比，都看出岁月的变化，唯有一张三姐的，还是二十多岁的模样。照理，也应该是四五十岁的中年人了。我仔细读，发现，三姐停留在她的那个岁月。三姐在她的那个岁月走了。公公是继父，加入了婆婆家本来众多子女的家庭，中间本身就有诸多的空白和不易，因为继父当年的毒打，造成了三姐的服毒自杀。三姐的离去是这个家庭不能碰的伤痛。有一张婆婆的照片，充满了慈爱和无可奈何的眼神；下面一张是公公的，幽灵般地游走在田野的边缘。书中这样写，"苍老的身影，伴随着落寞的时光"。不知为什么，现在读到这样的文字，总是久久感怀。

　　人到中年。越来越明白,人生仿佛就是一场黑与白的默片。

　　但我们总是在说多彩人生。

　　人们总是想在黑白色的底片上跳舞的吧,做出声响。

　　人们总是在渡。春光总是来到。

我在一张蜘蛛网前却步

这是一张怎样的网啊。玲珑精致,毫不张扬,哀伤而静谧,那么静静地挂在矮矮的绿化树上。

它大概是柔弱的吧,不像成年的老蜘蛛织出来的,却非常有章法,喇叭状地向外发散开去,线条之间如此地平行,相同的间距,像一个精美的工匠。我见过乡下的大蜘蛛,那么硕大的感觉,经得起风雨,常常横挂在门前的老槐树上。因为硕大而过于缜密,常常和闷热的乡村联系在一起。要命,想起蜘蛛网,想起乡下,首先想到的是"闷热"这个词,闷热是属于夏天的,夏天是一个裸露的季节,因为裸露,蜘蛛网就愈发凸显出来;还有电闪雷鸣,在电闪雷鸣中,蜘蛛网随风飘动,以柔克刚,笑傲电闪雷鸣。犹如一道耀眼的白光,蜘蛛网悬挂在童年的记忆里。

岂止是记忆,有时,还在身上。堂屋里会碰巧有蜘蛛网垂下来,悄无声息地垂下来,垂到堂屋的中央,静悄悄的,毫不惊慌。看见的人一定会说,你家要遇喜了,或者你家要来客人了。蜘蛛在苏北方言中不叫蜘蛛，蜘蛛是什么东西，老太太们还不一定知道。它们有个好听的名字，叫作喜喜儿——喜喜儿，多么好听，多么喜气。恰恰，如果有久不上门的客人上门，就更加开心了。乡下人的待客之道，平时再怎么节省，来了客人一定是要大鱼大肉的。那个时候，不知道什么叫作素食主义，不知道什么素食文化，不知道尼采吃素，不知道甘地吃素。因为不知道，所以幸福。无知者无畏。

如此，竟然有些期待不期而遇的喜喜儿，期待丑陋的喜喜儿。如此，其实我已经看不见喜喜儿很多年了。真没想到，我在这样一个闹市区的公园里会碰到喜喜儿。当然，现在，让我称它为蜘蛛。

感谢我走的路。我选择了平时不怎么走的路往里走。公园是高大上的公园，整饬过的公园，各种高大上的植物上面挂着各种牌子，围绕着一片湖形成高高低低的坡度，高高低低的景观，真是美，但都是人工的痕迹。

这是一条平时不怎么走的路，人烟稀少，边上各种高大的树，是原来的样子，应该是之前公园没有进驻之前的景观。感谢造园人，给公园留下了这么一点点有野趣的地方，一种不一样的感觉，恍若乡间。有两个阿姨蹲在地上挑拣地皮草。刚刚下过几天的雨，地上湿滑。据说这个时候，地皮草就会长出来，非常鲜嫩。阿姨非常专心，我从旁边悄悄地走过。

边上一个路牌，写着前方危险，请绕道。前方是一条河，不算窄，有坡度，不过也危险不到哪里去，我决定往前走。往前走的目的是想看看这条河与我家边上一条河的关系。虽然住在这里已经十年了，是老居民，但是我不了解周边的河。不要说它们的前世今生，就是其中纵与横的关系也未必知道——这是可怕的。尽管我的女儿认为这个地方将来会成为她的老家,但是,请允许我抱着怀疑的态度。

现在,我在探寻的途中遇到了这么一个小小的蜘蛛网。

我一定是走得小心翼翼的,不然我怎么会看见这个小小的蜘蛛网呢?

我心里咯噔一下,现在这张细细的甚至有点羸弱的蜘蛛网有震慑我的力量,让我的脚步停下来的力量。

真的。

明明刚刚下过雨,好几天不算小的雨,明明公园里有这么多的人,是怎样聪明的蜘蛛知道将自己的小小的家安顿在这里呢?安顿在这条看起来无人问津的河边?对岸就是高大的广告牌和脚手架。但是,现在,这个角落是多么地安静啊。安静得让你停息脚步,安静得让你听得见世界的呼吸,众生平等。

谁说城市就是你们的家,谁说城市没有蜘蛛织网的地方?

前些天,朋友圈流行一则听上去有点搞笑的段子,说青蛙的叫声干扰了居民,说这些青蛙声怎么这么讨厌?成人的规则世界里是讲究先来后到的,那么,试问,到底是你干扰了青蛙,还是青蛙干扰了你?为什么在人和青蛙之间不讲究先来后到呢?为什么世界逼仄得容不下一张蜘蛛网?

之前,和一个漂亮的美国姑娘走在护城河边,有鸽子从水面掠过,那个姑娘说就是不喜欢鸽子。因为常常有鸽子去啄她手上吃的东西,还有到处遇到的鸟屎,有时会拉在身上,想想是一种什么样的城市景观?相比之下,我们的城市太洁癖,将除了人之外的东西清除得干干净净,只留下人,聪明的人,楼市中的人,股市中的人,红尘世界中的人。

现在,我在一张蜘蛛网前却步。

我保留了一张蜘蛛网的尊严。

我享受了那片刻的安宁。如醍醐灌顶。

笼中鹦鹉

春天的某一天,回家看到一幅血肉横飞的景象,是我始料未及的,甚至汗毛直竖:家里一只鹦鹉在吃另一只鹦鹉的头颅,而且吃得津津有味,另一只鹦鹉倒在血泊中早已归西。鹦鹉啊,你不是吃谷子的吗?那一只鹦鹉是怎么死的,又是怎么被同类而食,成了我的心头悬案,至今未解。

明明它们曾经是那样要好,晚上依偎在一起睡觉,小小的眼睛从半睁半闭到一点点地闭上,场面温馨而动人。早上又一起将我们叫醒。漫长的时间里,它们一起在笼子里将日子过得津津有味。重要的是,它们陪着女儿一起长大,女儿从试探性去摸它们,喂它们吃的、喝的,到带它们去菜场遛弯,两个小生命已经成为我们家庭的有机组成部分。最能表示它们存在的时间是一天的早上,叽叽喳喳,叽叽喳喳,听见它们的叫声,仿佛天一下子亮了,人也一下子醒了。

可是现在,它们的半片天塌了。那只鹦鹉开始哀号,然后开始啄笼子，一刻不停，特别焦躁，尖尖的红红的嘴巴不知道哪来的能量，失去了任何可以把控的节奏，单调而绝望，听得我心惶惶。

再去配一只吧。母亲说。

花鸟市场，我们提着只有一只鹦鹉的笼子去了。一连选了三只鹦鹉，可一放进笼子，就遭到我家那只鹦鹉强有力地"狙击"，满笼子追着咬，咬得新进来的鹦鹉吱吱叫，咬得羽毛到处掉，无一不败下阵来。卖鹦鹉的看不下去了，说，不行，你们这只鹦鹉太厉害，我不能卖给你们。她想了想，让我们将我们的鹦鹉给她，然后再买两只回去。我一开始觉得挺好，后来想想不对，毕竟是在我们家养了这么长时间，哪能说送就送走。后来，老板娘终于想出一个办法，说，再买一只鹦鹉加一个笼子，先将它们分开放，等时机成熟的时候，再并到一个笼子里去。我们一听这个主意不错，就采纳了。

于是，我们将新买的鹦鹉放在笼子里带回家。家里两只鹦鹉两个笼子，真是一道别样的景观，像极了舒婷的《致橡树》中描述的场景。家里关于鹦鹉的战事暂时平息下来，它们各叫各的，各过各的，相安无事，旧的不焦灼，新的不孤单。

但是弄两个笼子终究还是麻烦，比如要放两边的谷粒和水，要打扫两边的粪便。我想要不要将它们放到一个笼子里，先生说不能操之过急，不要等到我们回来的时候一只又魂归西天了。于是并不敢，但慢慢想一些办法，促进它们的融合，比如，我将两个笼子紧紧地放在一起，将中间的小门同时打开，于是两个笼子就变成了可以自由进出的空间。渐渐地，两只鹦鹉开始走动，原来的那只到新笼子里视察一下，新来的也偶尔到旧笼子里去打探一下，慢慢地不那么敌意，气氛在日子里缓和下来。

但显然，信任是不充分的，只是不决斗而已。新来的那只想到旧笼子里吃上一口粮食的话，绝对没门，老的依然强悍，作风凌厉。如果新来的鹦鹉想要探头探脑吃一口的话，那只老的会毫不犹豫地泰山压顶般扑下来，吓得新来的鹦鹉掉头就跑。于是，新来的那只想要吃谷子的时候，总是趁原来的那只不在意的时候，上来赶紧啄两口，然后让开，之后再上来啄两口，让开。分寸把握得非常好，非常谦卑的样子，老的似乎觉得很窝心，也就不和它那么计较了。一方见尺的空间，居然有那样的气场，这是我不得不折服的。

如此久了，终于有一天，回家一看一个笼子没有了，是母亲嫌太麻烦了，将新买的笼子扔了，发现它们也相安无事。我真是感慨，时间啊，真是把杀猪刀。终于，吃早饭的时候，我们又听见两只鹦鹉叽叽喳喳叫唤，同一频率，同一表情，像极了一家人的样子，甚至认不出彼此，认不出雌雄。甚至，好像什么事情也没有发生过。

一天，它们同时遇到了一个不速之客，就是慢慢长大的女儿闹闹，有自己想法的闹闹。闹闹突然觉得它们一天到晚待在笼子里一定太没劲了，想要还它们自由，让它们自由飞翔。闹闹干脆将鸟笼打开，将鹦鹉赶出笼子，说让它们在家里飞一会儿。闹闹用鸡毛掸赶着鹦鹉扑棱棱往屋顶上飞。闹闹停了，鹦鹉就跌跌撞撞往下飞，可怜巴巴奔着笼子的方向，找家呢。闹闹不乐意了，接着赶，鹦鹉就无可奈何地在空中盘旋，凌乱的羽毛飘散了一地。我仿佛听见它们筋疲力尽的声音，赶紧叫停了这场以自由为名义的胡闹。

笼子的作用，谁也不要小看。

一个笼子里的两只鹦鹉,像极了一个屋檐下的两个人。

女儿闹闹写过同样题材的一篇文章,像极了孤独的她自己,读了让人心疼。录于此:

> 我以前养过的鹦鹉,一只叫欢欢,一只叫乐乐。
>
> 它们整个身体都是绿色的,头顶上有点红,它们的嘴巴尖尖的,它们也有翅膀,它们会飞。但是它们一天到晚被关着,只能在笼子里飞来飞去,很可怜。
>
> 它们是好朋友,但是经常有一只会死,因为另一只鹦鹉被不小心踩了一脚,剩下了一只鹦鹉,剩下的鹦鹉很孤独,天天啄笼子,并且发出很奇怪的声音,很可怜。
>
> 我就和妈妈去买鹦鹉。就是为了给它找一个新朋友。可是发现它们相处得并不愉快,原来那一只小鸟老是欺负新来的小鸟,不给它吃不给它喝,还咬它的毛,我真着急啊,真想去打它。
>
> 后来过了很长时间,它们居然成了好朋友,再也不打架了。我很喜欢它们,但还是决定把它们放了。

秋天的田野

多么老的一个题目。可是那么饱满的热情、那种丰收的喜悦我还是想写下来。

好久没有看到躺在地上的黄豆藤了，地上粒粒饱满的黄豆安静地躺在藤下，我知道那个摔得噼里啪啦的连秆刚刚离开，还有戴着斗笠毛巾的农人也刚刚离开。一定是吃中饭的时间到了，若干年前我的父亲母亲常常是这样，事情做到了一半吃饭的时间到了，一定得回家弄饭。做过工人的父亲母亲认可的农民的生活方式之中很重要的一条，就是做农民真正好，什么时候想做了就做，不想做了也没关系，日子顺着日子流淌。女儿捡起一粒豆子放在嘴里，说是要变成豆浆。没有办法，大豆对于女儿的意义就是豆浆。但是对于这片土地上的人们不是这样的，一定不是的，他们要将它换算成票子以及票子之后的日子。经过换算，到了城里之后，父亲早已经明白了这个背后的某种"欺骗性"，说不要看忙得热闹，其实变不了几个钱，所以，他坚决反对母亲赶回家去种豆子。所以，这次回去，母亲看到人家的大豆，一声声哀叹，说人家都有大豆，就我们家里的地是荒着的。

比起大豆，吸引人的还有稻子。女儿用了"一望无际"这个词，其实，离一望无际还差得很远。是一个不大的村子，井字形的结构，沿河的两岸住满了人家，这些人家将稻田包围起来，好像女人围在肚兜里的宝贝。谁说不是呢？我之前看过一篇文章，题目叫作"水稻生长在村庄"。那篇小小的散文写得非常好，写水稻拔节的声音，写稻花——水稻还会开花吗？我怎么在乡下的那么多年都没有看见。写稻花谢了，"稻花凋谢之后，水稻进入最美的年华。安定内心，养精蓄锐，青涩，饱满，直到遍体黄透，完成生命的点睛之笔。在这片土地上，一切都忙着向阳光邀宠，在暧昧的阳光里搔首弄姿，唯有水稻，拒绝了阳光的威势和诱惑，低眉垂耳，把自己交给了土地"。我带着女儿走到田边，剥开一个稻子给她看，嫩嫩的米浆流出来。女儿说怎么不黄，因为书上告诉她是黄色的稻子压弯了腰，女儿对于田野所有的认知都来自书本，这是没有办法的事情。不像我们，是一种与生俱来的生命记忆。小的时候，跟在大人后面捡麦穗，现在想起来，实在太清楚了，那么明晃晃的夕阳，那么广袤的大地，那么孤独的少年，那些弓着腰的虔诚的寻找。张爱玲说往事不是用来回忆的，而是在某个特定的时候会一遍遍地向你走来。千真万确。现在，当年的那个场景那么真切地涌现出来。恰巧读到《圣经》里的一句话："一粒麦子若不落在地里死了，仍旧是一粒；若是死了，就结出许多子粒来。"实在是太有诗意了，换成水稻一定是一样的。那些年，那些没有被我捡起的稻子，是否已经嵌进了这片土地的深处，是这片土地永远肥沃，永远充满希望，永远生生不息的奥秘？

还有那安静地躺在地上的花生藤，还有安静地生长在泥土里的山芋，还有很多安静地生长在田边的小小的扁豆花，小小的黄瓜花，实在是太小了，实在是太卑微了，从来没有人将它看成是花，看成是什么东西。邻居家的一串红开了，鸡冠花开了，桂花树开了，菊花开了，这些慢慢成为新农村建设的新宠，这些才是人们觉得美丽的风景。

现在，除了我和我的闹闹，田野里那么地空旷、辽远。那些打工回来的人们因为一个喜宴聚到了一起，聚到一起的人们谈论的仍然是外面的世界。田野站到了整个村庄的背后。堂哥家今天要娶媳妇了，我还清楚地记得婶婶当年是怎么一点点地大起了肚子。婶婶是一个非常能干的人，是镇上农技站的一个能手，后来结了婚，为了孩子就一直固守在这片土地上了，为的是放学回家的孩子有一口吃的，出门打工的丈夫回家有个温暖的窝。村上人都说是委屈她了，这么多年，自己去地里种地、施肥，没有什么活计掉在人家后面。小小的院子圈起来，二层楼房砌起来，大红的气球挂起来，大红的彩带挂起来。新娘子就要来了，我们也要去吃喜酒了。

当我们回头往村庄里走的时候，我看到五十岁的兴详带着他的八十岁的老爹往地里除草来了。我看到了这样一种场景，我很感动。我知道，兴详平时忙着在城里帮着带孩子，离开这片土地也已经很久了。回到田野里的兴详，是那么神采奕奕。我还看见寡居的支书家的女人独自一人在扬晒满场的稻子，对着很大的扬风扇，风吹满了整个院子；当年的支书很能干，而她是村里的一枝花，是当年演阿庆嫂的唯一人选。支书英年早逝，她已独自一人很多年，现在，风吹满了整个院子，风差点吹动她孱弱的身子。

当我到达村庄的时候,我的一身油漆的叔叔站在我家门口,等着还钱给我,是儿子结婚时欠下的,现在儿子又要到城里买房子了,他们为了儿子,又要背上新的债务。但是,叔叔说,不管怎样,要将之前欠人家的钱还了,不能让人家觉得就是自己家会享福。我接过一叠钞票,觉得沉甸甸的。

秋天的田野啊,永远那么内敛,含蓄,生生不息。

当我们在谈论雪的时候，我们在谈论什么

那个晚上，雪下了满屏。孩子奶声奶气地呼唤。大人成了孩子，满城传递雪的消息。

那个晚上，我行驶在苏城一条道路上，激动得像个孩子，拍下一段雪的视频，赶紧上传朋友圈。

那个晚上，晚归的孩子爸爸带来外面雪的消息，跟女儿一遍遍地说着外面雪的故事。女儿兴奋地摸着爸爸头上的雪，表情像是在演童话剧。

那个晚上，天南海北的雪，还有这个城市诸多关于雪的经典表情一一呈现。

那个晚上的电台，放了一首歌，一个不太沧桑的男人，叙说自己想要成为一个孩子的愿望。

那个电台的主持人是我喜欢的，我喜欢她文艺的气质，在那样的一个雪夜，选择那样的歌曲仿佛是再恰当不过的。我是个音乐

盲，大概只能分出男音或女音，有时甚至听不出谁是王菲。这是真的，我理解成上帝为我关闭一扇窗的时候一定会为我打开一扇门，所以请原谅我实在想不起来那歌曲是谁所唱，但是，那种让我窃窃地喜欢的感觉一直存在。

那个晚上，满城的人都很欢喜。

那个晚上，我想问的是，当我们在谈论雪的时候，我们在谈论什么？或者，是什么让我们以如此欢喜的心情来迎接一场雪？

雪，如此贯通古今的具有审美意向的事物，历代文人骚客怎么会错过。雪其实早已经存在于各种想象中，比如红梅傲雪，譬如大雪压青松，一种苦寒的意象；用在人世间，来得不是时候的雪让人觉得彻心地悲凉，窦娥喊冤的时候，一定是要六月飞雪的，虽然是文学想象，但还是让人毛骨悚然。雪下到大地茫茫一片真干净，又是另外的一种境界了，真正能够体会的没有几人。

我注意看报纸上满天飞舞的文字。我警惕其中一切的欺骗性，带有南方人的矫情。难怪一个来自哈尔滨的诗人说南方的雪是稀罕的客人，而北方的雪就不一样了，是一种生命的日常。我相信是真的。正好看到某个北方的作者写的北国的雪，那种围炉夜话的暖意：

> 有时雪也会在夜晚将至的时候来临，风呼啸水清寒，天上忽然就飘起鹅毛大雪来。谁也不想早睡，一家人围坐在火塘前，婆婆爷爷坐在嘎吱嘎吱叫的破竹椅上，我们则坐在爸爸妈妈的膝盖上，听长辈们扯邻里乡亲的人情，讲山里山外的变迁，谁家姑娘出嫁了，谁家孩子孝顺，谁家的祖坟埋得好，谁

谁谁是个败家子……人们常说的家风，往往就在这样的夜晚，在一家人相依为命的围坐当中，渐渐教化而成。

朋友带了孩子去了东北，拍回来满天的雪景。可惜我们没有去，那种登山而上的感觉只能想象。但又私下里认为她们走马观花欣赏的只不过是雪本身而已，聊以自慰。

雪，又下在我生命的哪些角落呢？

小时候的雪下在麦苗上，老师说是像厚厚的棉被，父亲说预示着来年的好收成；雪除了下在麦苗上，当然还有油菜之类的农作物上，总之是好事情；还有在雪花中上学的情境，那些年的风风雨雨；还有在雪花中上外公外婆家拜年。那条很长的路，絮絮叨叨的母亲总是忙忙碌碌，准备礼物给外婆家拜年。那个时候，父亲的自行车载着我和母亲，前面一个，后面一个。大海航行靠舵手，父亲就是我们全家的舵手。土质的道路，下了雪之后的泥泞没有亲身经历根本难以想象。我几乎是闭着眼睛，都能想象父亲带着我们在风雪中行走的样子。眼睛一眨，三十年过去了。那双为了漂亮而冻僵了双脚的单皮鞋在外婆家的堂屋被脱下，换上厚厚的棉鞋，十四岁少女爱美的虚荣心在八十岁外婆的实用主义面前不值一文钱。现在，外婆已经永远去了另外一个世界，母亲也俨然成了外婆，在城里带着天天盼望下雪的闹闹。2008年的那场鹅毛大雪对于八岁的闹闹来说只是传说。那个时候，她是我腹中的胚胎，刚刚发芽，看不见外面的大雪，看不见雪地中前行的妈妈。

生命就以这样的方式轮回。

于是，我得出了我的结论：雪，一定是和生命中的某种情境融合在一起的，雪一定是让你想起过去的。所谓的雪景，一定是有对照和比照的。由于诸多原因，我们跟我们的过去之间总有很多的空白地带，在一个恰当的时间，雪会到来，下在这样的空白地带，生出许多虚室生白的意境。

就像那晚的雪，一下子下出很多的意境，抑或说是意犹未尽。

在今天的《人民日报》上看到一篇文章——《保持生活的仪式感》，这样写道："下雪就像一个仪式，让人感受到季节变化，让生活充满欣喜。"很到位的一句话，比我啰里啰唆说的好多了。

年里的寺庙

春节里，我去老家边上的观音寺。从来没有见过那种阵势的烧香的架势。噼里啪啦的柴火。烧火的东西，是旧屋上拆下来的桁条；分成等级的香，长长的，扛在肩上；大的有成人那么长，次一等的也有半大的小孩那么高，我是第一次看见。过年还在先生的老家见识了一种很高的香，准确地说应该是像半人高的圆锥体。先生那里的人家家家户户立在门前的院子口，说是烧高香。

小时候，过年时家里烧的是大大的盘香，一盘盘地挂在屋脊上，能安静地燃上好几天。很俗的那种香味，香到骨头里。因为平常不大闻见，只在过年的时候用，倒是平添了很多仪式感。香灰很大，有时会掉到刚做好的馒头上，也没人觉得有什么不对，轻轻弹落就是。

若干年后的某个场景，下雨的午后，一杯清茶合着檀香。檀香点在那些斑驳的老木上，据说是艺术；当然还有檀香，很高级的檀香，轻轻的，似有若无的香味，清淡雅致，如果需要，可以用各种比喻句或者形容词；但那不是我经验范围内的。一烧就会慢慢地卷起来，仿佛一美人，犹抱琵琶半遮面般，一点点将自己掩藏起来，再掩藏起来，直至悄无声息，仿佛没有发生过，只剩下香气。那样的场景是那样地不真实。还见过一个自称带着很多舍利子的高人，有颜色的舍利子，还能生出小舍利子，还有舍利子泡过的那些健身强体的保健品，有各种神奇的功效。听着各种关于舍利子的传说，我只能更加诺诺了。

对于如何烧香，父亲自有心得。父亲说只要心诚，不在于什么样的香。父亲拿了最便宜的一种，只需要5元钱，极其简易的包装，父亲都觉得没有必要将包装拆了，说直接放在之前那些点燃的高高大大的香上面，自然会点燃。果然，一把没有拆封的香放上去，一会儿就点着了，加入到那轰轰烈烈的火势中去。

闹闹也模仿大人认认真真地拜了佛，一不小心踩到蒲团了，还认认真真地和菩萨打招呼，说我不是故意的。我倒是看过一篇英文小文章，说是如何回答小孩关于圣诞老人有没有的提问。说有一个小孩很怀疑世界上到底有没有圣诞老人，即使有，他怎么会一夜之间给全球的小朋友送礼物？那个小孩认为，这样的叙事，极具欺骗性。那个非常聪明的家长，非常艺术而巧妙地告诉孩子，要相信世界上是有圣诞老人的，圣诞老人会带来真善美，通过努力，会得到圣诞老人的很多奖励。后来，小孩在这样的善意的引导下，一步步地走向善良和正义。那篇文章最后说，还是要相信某种神秘的力量。

现在，在这座颇具气势的寺庙里，停满了各种牌照的车，很多男男女女拾阶而上，光鲜的衣着，落伍的时髦，虔诚的味道，笔直的挺括，仿佛在这里，很多城里的艰辛，一年的打拼都有了归宿和寄托。

嬉戏的孩童使这里充满了人间的气味，他们争先恐后地往铜像身上扔钱币，叮叮当当的回声让早晨雾中的寺庙有了声音。那个红指甲的女人的口袋有点紧，不怎么拿得出来钱，掏钱的姿势坚决而已无法完成，挺有意思的一个瞬间。

那些穿着僧服的人，因为是家边上的缘故，少了很多江湖的意味；晨雾下的大树边好几个小和尚在一起聊天，谈些家常，似乎还在此岸，靠在人间这头。

邻居家的大妈说去年腊八节的时候，全村的人倾巢而动，去寺庙讨要腊八粥。要知道，老家那里的人其实是很矜持和讲礼数的，虽然平时见面了第一句话还是会问，你吃了吗？到我家来吃啊。其实，哪有人会真正地去人家吃呢，但是，因为是腊八粥，全村的人都出动了去讨要，不但自己讨要，还会给家里人带一碗。因为是腊八粥，带有平安消灾的意味。

本文的乡村图景，不常在我们的叙事之中，但不可否认的是我们成长的底色和背景，是中国的乡村大叙事，亦常常会无意识地出现在我们潜意识的某个角落。如何用，怎样用，是一个庞大的话题。

所有的寻找都在进行

（一）

昨天晚上的《新闻联播》说到了溱潼的会船节，好像用这样的词形容：迄今为止保存得最完整的最原生态的农民会船节。我去年看过溱潼的会船节，千军万马的气势，不愧名声在外，据说赢了的老百姓会得到一袋化肥，但是气喘吁吁的老百姓上岸时，一袋化肥不重要，重要的是一口气。有的说拿出的是吃饭的力气，有的说要像当年打小日本那样往前冲。

溱潼是父辈们口中的里下河地区。父辈们这样说的时候，带着对那片土地的一点点的不屑。里下河多水田，粮食难以成片地种植，影响播种以及收获时的便利，不如我们那里，都是旱田，总是觉得里下河的人们更辛苦的意味，没想到如今做了一篇漂亮的文章。其实，溱潼的地位应该不是今天才显现出来的，漫步古镇，还能寻觅到荣氏家族发迹的足迹，当时是苏北最大的粮食集散地。见水见财，看来是真的，就像刚刚去过的天津杨柳青一个石家大院，也是当年京杭大运河漕运的必经之地。

溱潼湿地公园非常不错，特别原生态的感觉。粉红的桃花，金黄的油菜花，那些长了经年累月无人问津，叫不出名字的高高低低的树木，如今呈现出疏朗俊逸的态势，接着天接着地，刚刚长出新芽的芦苇、茭白、茨菰等等，都没想过有一天自己也会成为风景。甚至进了旁边的博物馆，那样的声光电的感觉，一年级的女儿知道是进入了博物馆。那简直是一件实在太悲哀的事情。至于我，他们就是家前屋后的生灵、衣食住行的日子以及与之相连的种种。有一句话这样说，"人与草木，都是大地上行走的作物，人用脚步往远方开拓，草木用头梢向天空生长。在生长与生长之间，他们记住了彼此的体香"。真是啊，在我的眼里，茨菰就是父亲满脚的泥，茭白就是母亲端上桌的一盘菜，是无论如何与风景挂不上边的。

任何景点都少不了一些点缀，倒是满足了不同的需求，比如这个苏中的湿地公园里也会点缀一些黑天鹅，还有麋鹿，等等。对这片土地如此熟悉的我，当然一眼能够看出来，但是，我的小小的女儿就不一定了，一定会混淆视听，没有办法的事情，这一代生在城里长在城里的孩子对于动植物的认识往往以一种科普的方式碎片化地进行。好在，她与我一样喜欢那厚厚的水草里的一尾尾小鱼。那灵动的黑黝黝的小鱼啊，只有它们才能配上我们灵动的童年和小小的欲望。我们总是在那些黄昏与这些小鱼斗智斗勇，想将它们收入网中，带有恶作剧气息地将它们变成盘中的晚餐。现在，它们在女儿撒下的饼干下快速聚拢来又散开。

当年那些有着厚重生活气息的古镇也变成了景观。那些吱呀的木门，上面贴的门神，那些大红的对联，那些飘荡的喜喜儿，还有那棵八百年的山茶花，五百年的黄杨树，还有上千年的槐树，那些灰灰的屋檐，那些滴水的瓦当，还有砖雕的门楼，那些雕刻的花窗。那些疏朗的庭院，那些小小的厢房，那些窄窄的弄堂，一幅苏中大地的样子。还有那个煞有其事的写字馆，孩子在里面认真写字。那个老先生，其实也不老，但起码对文字是热爱的，不管他的文与字写得怎样，因为那千年槐树五百年黄杨树的陪伴，也沾了很多的仙气，何况又是给孩子写有名字的藏头诗呢，人们虔诚地在他的案头等待，很多的期许连着悠悠的生活，甚至带着占卜的气息。导游进行故事性的讲述，说是当年七仙女和董永相会的地方。就像谁也没有见过七仙女一样，谁也不能断定这个传说的有无，但是，我只能说在我十八岁离开那里前，没有听说过这么美丽的传说。没有人去追求那些故事的真伪和其中暧昧不明的关系，何时何地都不要小看了人们的情商，不然怎么有那么多的红绸带还有那么多的连心锁，还有一个大大的"佛"字，以及烧满香的香炉。

古镇的农耕文化陈列室，特别地亲切，对我来说自然是更加地亲切。那个独轮车，非常有本事，常常是两边各一只粪桶，真是常见的东西，不想也会是风景，还有那些研粉的家什，那些弹棉花的机器，那些捞鱼的网，都特别地好，昨天的生活，今天的生活，闻得见生活的泥土味。我不知道其他地方展览的东西是否仍在使用，我所知道的是这些东西仍然在使用。无论如何，应该感谢这个古镇，吸收了前人的经验，保留了原住民。正是清明时节，家家户户都包起了饺子，点起了蜡烛，打开了大门，请祖宗回家。想象在我成长的十八岁之前，每年的清明也是这样过的，但是今年的清明，我在这个古镇的街上晃荡，我的心里突然很没底。

(二)

刚刚参加了一个学术性的会议，知道了一个词，叫作"根系"。这实在是一个迷人的词，有着强大的吸引力。我们总是在寻找乡愁，但总是不得要领，又总是怅然若失。

譬如油菜花，我总是喜爱。一定是与童年、邻居家老屋的土墙以及土墙上的蜜蜂连在一起的。时间多到不知道怎么用才好的童年，每到春天，最爱做的事情就是用透明的小瓶子罩在土墙的小洞上，吸引蜜蜂自投罗网。对于其他地方的诸多菜花，我总是心怀警惕。

迟子建在《文学的山河》中说，上大学时报到的时候，那么盼望卡车将自己驶出大山，到了到达的时候，才发现车子还是停留在大山里，并感慨，那一辈子走不出的大兴安岭啊。反过来说，也正是这样的大山，成就了迟子建文学的北国气势。一方水土对写作者的养育的重要性是不言而喻和无可替代的，已经被多次证明，许多文学评论家为了更多地接近写作者的精神地图，无论怎样艰辛，也会想方设法实地考察一番，特别是这样的寻访在经历了许多岁月之后进行时，越发显得醇厚珍贵。

大家都有一个心照不宣的事实，就是笔下的故乡并不尽然都是真实的故乡。我就知道离溱潼非常近的高邮，同样的水网地带，出了个汪曾祺，以及那么多带有湿漉漉水乡气息的文章。我没有去过高邮，但我知道高邮盛产咸鸭蛋，而且都是双黄的，小的时候就听说，觉得非常神秘，为什么那些蛋打开无一例外是双黄的？后来知道，其实很简单，在蛋下锅之前，拿着手电一照，就知道哪些是双黄的，哪些不是了，于是端上桌的都是经过挑选的，这十分像文学作品，到了作者的笔下，都是挑选过的双黄蛋了，具有十分迷人的效果，至于背后的更多真实，常常被人们所忽略。

不久前，我们刚刚去看了孙犁的荷花淀。如果不是机缘巧合，说不定一辈子都不会去那个地方，先是高铁坐到天津，再坐到保定，然后再改乘汽车，还要两个多小时，特别是天津到保定的那辆火车，是很多年没有坐过的感觉，人挤着人，形形色色的人挤着形形色色的人。正当我们筋疲力尽的时候，荷花淀大片的芦苇出现了，我们惊呼这一路的艰辛是值得的。我不知道应该怎样形容她的美，无疑是萧瑟的，但是因为一大片的原因，谁能说她没有气势呢？正是那样的芦苇里才能藏着抗日的水生和水生嫂。那天，我们在那个船上温习和想象那样的场景，读着《荷花淀》中一段经典的对话，那个编着芦苇席的水生嫂低着头说，你总是很积极的，一个千般万般不舍的小媳妇的形象跃然纸上；临别前，水生对水生嫂嘱咐，不能让他们捉活的，捉住了要和他们拼命——男女的情意以家国的名义让人荡气回肠，并孕育了芦花荡里的生生不息。

那个黄昏，那个在村头敲锣的光着屁股的小屁孩，那个在村头骑着独轮车冲上冲下的小子，那些村里张贴的农业学大寨的标语，让人不知今夕何夕，今年何年；不远处，夕阳的余晖铺满了整个湖面，有渔家的一叶小舟在暮色中慢慢驶近，仿佛当年的场景，到近处才发现，小船上的根本不是什么水生嫂，而是一个扎着花头巾戴着墨镜的城里妈妈。岸上,那个坐在自己的水果摊上晃荡着双腿的老人悠悠地说,到这里来旅游,这里有什么好看的,谁来谁就是傻瓜……

文学意义上的寻找与生活意义上的突围常常以一种悖论的方式进行,我们总是被我们询问,你何以出发,又是否或者终将到达?

米 山

昨天去莲花岛，倒是意外的收获。

一种文化需要去传承与发扬的时候，往往说明这种文化已经离我们当下的生活渐行渐远了。就想想二十几年前，我们上初中的时候，哪里要讲什么稻作文化的传承与发扬。记得那个时候中考结束，正是六月份的天气，不很热，但足够舒服。特别是傍晚的时候，就会随大人一头扎进水田之间，天空远远的，大地是满满的呼吸。小屁孩们坐在田头嬉戏打闹，笑声传得很远；半大不小的孩子欢天喜地下田了，享受那种极其舒服的湿漉漉的感觉，似懂非懂地听着大人们的荤笑话，日子过得密密匝匝；再大一点的往往就要在家里帮助干活了，煮好晚饭，烧好洗澡水等等，这些都当作是勤劳的标志，做这些事情的往往是女孩子，会被夸赞成懂事，将来进了谁家的门是谁家的福气。我在这样的大大小小之间长大，下过田，也等待过，就是不怎么会烧晚饭之类的。因为是独女的原因，也常常受到种种厚待，母亲总是一边夸赞别人家的孩子懂事，会做事情，一边又不放心让我做任何事情，所以，我的动手能力特差，插秧的事情大概也是没有学会。但是，这并不妨碍我对稻田的热爱，觉得每到那样的时节就发自内心地满心欢喜。

大大小小的孩子们都长大了。现在，我带着我的女儿去莲花岛看彩稻文化艺术节，不能不说是一件好事情。非常漂亮的大地景观，稻草做成了巨型的大闸蟹，彩稻铺成了栩栩如生的大黄鸭，还有很多造型各异的稻草人毕恭毕敬地迎接我们，真正是大地景观了。可是，因为前天刚刚下了雨，地上有些湿滑，闹闹弄了一脚的泥，就再也不肯走了。注意力全都放在自己沾着泥的双脚上了，特别地纠结，一点也没有我们小时候对于泥土由衷的喜爱。

后来，带她去上室内的农事学堂课，没想到学到了很多东西。没想到，那个穿着汉服的老师一开始就说要将孩子拜托给各位，他准备了课件，但现在面对一群活泼可爱的小孩子的时候，还是不讲那个准备好的课件了。于是开始讲故事。从我们的爷爷奶奶主要是干什么讲起，终于有孩子说是种地和种水稻，讲到插秧时布谷鸟的来历，讲到人类的朋友老黄牛，讲到河水里弄泥土去施肥等等，非常有意思。没想到，这样的老师居然讲到"米山"这个概念。他问孩子们，有听说过米山这个词吗？一粒米可重于一座山呢！老师卖了个关子，说等孩子们长大了自己去发现，为什么一粒米重于一座山呢？

这个关子卖得很好，我也不知道为什么一粒米重于一座山。上网查了一下，原话是这样说的，"众生一粒米，大于须弥山"。附注很多解释，非常具有哲学意味。我没有听说过一粒米大于一座山，但是我听老父亲讲过一粒米里有七十二担水的故事，听母亲唠叨的面朝黄土背朝天后面蕴藏的所有价值取向和追求。我还知道村上几户人随孩子到了城里还总是想着家里的两亩水田，惦记家里大米的味道。

陈丹青的文章曾经提到，说最奢侈的事情不是别的，就是种自己吃的大米。芦花放，稻谷香，朝霞映在阳澄湖上，不就是祖辈们追求的理想生活吗？自然、宁静、富足的美感。还有"稻花香里说丰年，听取蛙声一片"，就是一幅美丽的画，让人想起天坛，想起明君，甚至还有土地公公和龙王，所有的风调雨顺的期盼。有人说苏州的"苏"字的繁写字，下面就有一个"禾"字，鱼米之乡的苏州如果没有稻田简直是一件不可想象的事情，无论怎么说，莲花岛的大地彩稻艺术节都是一个很好的开始。那个穿了汉服的满脸笑容的老师坐在那里，隔了时空，仿佛回到几百年前，听说还是一位写了很多文字的业余作家，鱼米之乡的阳澄湖畔孕育的一种生活态度。最后，他推荐一部电影，叫作《柳堡的故事》，说有很多的风车，有空的时候建议大家放给孩子看。

那些孩子倒是非常地真实，说如何去种水稻时，说先除草，然后浇水。老师笑了，非常宽厚，很有礼貌地说，孩子，你说的是浇花啊，孩子们大笑。大笑的孩子们一齐背诵了那首有名的古诗——《锄禾》，里面有我的闹闹。

我们大人已经离开自然太久了，遑论儿童以及儿童教育。一本书上说，孩子十二岁之前一定要做的一百件事情就包括让孩子有充分的乡村生活体验，要去读无字之书，这本书就是生活本身。这实在是一个非常好的建议。让我们从彩稻文化艺术节开始，跟随孩子们的脚步，去读万物枯荣的无字书，去认识何以一粒米重于一座山的道理。

以此文共勉。

相城寻梦

星星还是那个星星，月亮还是那个月亮。江南还是那个江南。古往今来，关于它们的话题确实说不清道不明。构成这些意境的想象的，艺术的作用功不可没。在这里，文字或者绘画具有同样的功效。对于画，我是绝对的他者、门外汉，一个偶然的机缘，我可以和苏州籍的国画大师，时人称为"发现周庄第一人"的国画大师杨明义先生一起游览相城区。之前，杨老师一直强调要去原生态的地方，那些复制的景观就不要看了，于是我们直接去了相城区阳澄湖镇的莲花岛。透过大师的视角看过去，江南别有风味。

隆冬季节，三九四九的光景，没有岸芷汀兰和菊黄蟹肥。快艇箭一样地驶向湖面，犁出一串串欢快的浪花，也显出阳澄湖上风的气势。我们随行的人纷纷躲进了舱，刚刚在来的路上还打起了盹儿的杨老师却一下子来了精神，兴高采烈地站在了快艇的舱外，频频举起了他的有着长长的"炮筒"的相机。天空湛蓝，湖面澄净，湖岸线规则或不规则。一两棵大树脱光了叶子，静谧在时光里；两三条小舟慢悠悠地晃荡在围网边,一个男人一个女人弓着身弯着腰,完成一幅劳作的写意;四五只野鸭怡然自得的表情,骄傲地扬着头;六七只飞鸽扑棱着翅膀,从一个围网飞向另一个围网,管你春秋与冬夏。

苍穹下,水天一色。有点出世的缥缈,抽象了人世和尘埃,像杨老师的画。杨老师说看看这湖水深处的人家吧。于是小舟犁开浩渺的水面,沿着湖岸线行驶。沟越走越窄,枯枯黄黄的芦苇岸上一片水下一片,伸手够得着岸边的枯枝,杨老师说这让他想起了小时候和小伙伴们结伴划船去木渎的场景。还说美国很多像这样沿着堤岸的老枯树都是就地烧了,来年春天老树旁长出新芽,一看就喜欢得不得了。说着说着,小沟慢慢收拢,莲花岛深处的人家就出现了。在杨老师的提议下,我们弃舟上岸,踩着松软的泥土,看着路边长得结结实实带着霜的包菜,有一种久违的脚踏实地的感觉。走着走着,便看见了就地取材的做船菜的人家。不见主人,迎接我们的是一条黄狗,前前后后地叫唤着,好像我们昨天刚刚来过。还有闲田信步的老母鸡,并不怕人,自顾自地觅食或者咕咕地叫唤。杨老师说这样的表情有点像法国香榭丽舍大街上的鸽子。原来有很多气息是相同的,譬如人与自然的关系,只是表现形式不一样。于是,借此机会我向他讨教关于绘画的问题。问他江南的画作那么多,有一种画尽了的感觉吗?杨老师说,哪能呢?江南永远是变化的,风生水起,阴晴圆缺,每一时刻都是不一样的,白居易有白居易的江南,我的江南的画作有一个人看得泪流满面,这就是我的江南和他的江南引起了某种共鸣。我又借机问他,绘画的形式和内容哪一个更加重要?杨老师笑了笑说,当然都重要了。好的绘画离不开好的表现形式，离不开光线、色彩，以及点线面的结合，但是重要的还是整体的感觉，你看到一幅画，觉得自己被打动了，觉得美，就是一幅好的画。注意，这里是说美而不是漂亮，漂亮的东西有可能占形式上的优势，但是美的东西一定是内外结合，由内而外的。拿江南来说，小桥流水、粉墙黛瓦都是江南水墨画的必备元素，但是整体意境一定看你渗透了什么样的感情。杨老师说他本人比较喜欢营造一种沉静略带悲情色彩的氛围；他还笑着跟我打了个比方，说比如你谈恋爱，最想恋的一定是那个得不到的小伙子，而那个小伙子不一定是最好的小伙子，于是大家笑。笑声中，杨老师认真地说，其实这么多年，自己都是在寻找梦中的江南，这种寻找到现在还没有完成。也许一直到生命的终结，他都会问自己，杨明义的江南到底应该是什么样子的呢？

后来又去了相城的老街。一条不长的街，有叫卖声远远地传来，几个老太守着自家种的几棵水灵灵的大萝卜，几捆绿油油的菠菜，几串红红的辣椒，还有自家腌制的几缸酱菜，没有太多的现代商业氛围和浮华的喧嚣，只是和寻寻常常的日子紧密相连。走进老街，杨老师是喜欢得不得了。弹棉花的老铺子，理着分头拿着老式推剪剃头的小师傅，扬声笑着和老街坊打着招呼又转身走上老街后面小桥的老妪都成了杨老师捕捉的对象。整个在老街的过程中，杨老师一直兴致很高地走在我们的前面，一会儿串进窄窄的小巷，一会儿健步登上人家背后的小桥。夕阳的余晖将他的背影长长地印在小巷的石板路上。夕阳下的光感最美，他说。与街并行的小河逶迤向前，河水瓦蓝瓦蓝地打着波纹，拐角处，又见夕阳。

有几张照片杨老师颇为得意。一群玩耍的小孩看见他手上的长长的"炮筒"便尖叫着作鸟兽散了,于是几张带着仓皇腼腆笑意的童真的脸便留下了;一面灰灰白白不起眼甚至有些斑驳的墙面上,一条布绳上杂七八拉地晒着几块抹布,他拍的时候,我们颇不以为然,翻开他的相机看,一下子就成了一幅错落有致的写意画。还有几张照片是一个八十五岁的老妪布满皱纹的沟沟壑壑的脸的特写。杨老师连连说,这样的皱纹太美了!也许,这就是另一种江南。

吃　食

因要做一档关于相城文化的节目，决定从吃开始，我觉得是明智的。于是有了参观相城知名老字号的机会。

第一站去的是位于黄埭的天福瓜子厂。天福的名字，实在好。天福，天福，天上掉下来的福，老天爷赐予的福，还有什么比这个名字更好的呢。大概人们有闲下来嗑嗑瓜子喝喝茶的时候，总归是有福的吧。老板居然是第七代传人，讲起黄埭西瓜子的做法，头头是道，比如说要粒粒饱满，大小一致，要用纯正的菜油去炒，炒好后要扎紧塑料袋捂上三天，让瓜子充分吸收了菜油的香味才好吃。这就是所谓的古法吧。按部就班，脚踏实地，不忽悠，不虚张，本本分分的样子，所以，人们越发觉得珍贵了。

后来去了黄埭面条的加工厂。我吃黄埭面条是不要放一滴油，不要放一粒盐的。就这样吃，一种纯粹的味道，仿佛看见阳光，仿佛看见麦浪，仿佛看见我们的前世今生。老妈特地送过来鱼汤，说放在鱼汤里才好吃，我说不要了，怕破坏了面条的纯，枉费了老人的一片心意。女儿也跟在我后面喜欢上了吃面条，自从喜欢上吃面条之后，女儿每天早上有热腾腾的早饭吃了，不像以前，就是牛奶面包。

黄埭面条为何如此受欢迎，其实也是用古法。小麦要用水洗干净，要多轧几遍，说起来很简单，却被有些人看作傻。黄埭面条一开始不像现在这么名气响，但是买过吃过的人都说好吃，很滑，而且煮着不烂，特别有嚼头，名气慢慢起来了。于是就有人造谣中伤，说一定是放了滑石粉了，听说还惊动了有关部门进行检查，结果发现根本不是什么滑石粉，而就是这样简简单单地按部就班地制造，如此一来，反而名声就更响了。现在，厂里那个窄窄小小的门店前面，排满了等待买面条的人，听说不少上海人、无锡人还特地大老远赶过来买面条。厂里的工人忙忙碌碌，走路几乎都是奔着的，但表情却是宁静的，日日闻着大麦的香味，和工厂里流水线上的工人面色到底是两样的。老板大概六十多岁了，也是憨憨的感觉，像邻居家的大伯，生意倒是越做越大，听说邻近的无锡还特地批了一块地给他再造一个厂房。不过，他表示，不管走到哪里，都不会改变黄埭面条的味道。

说到相城的吃食，不能不说到鸡汤碗，据说是蒸菜的代表之作，而蒸菜则是苏帮菜的起源。听说还蕴藏了沈周发现的关于孝的故事，上面八样菜分别代表八个子女给母亲做寿的一片孝心，还有阳澄湖的奥鹅、渭塘的大团子、湘城的麻饼……写着写着，发现相城好吃的实在太多，以阳澄湖大闸蟹为代表的阳澄湖八鲜不要说了，其他像老百姓的家常菜，河蚌金花菜、韭菜炒蚬肉、慈姑烧肉、笋干烧田螺、塘鲤鱼炖蛋、腌笃鲜、小鱼花生、桂花莲藕、炖盐水……哪样不是日常的美味？看似司空见惯，其实深入骨髓。是水乡特有的东西，是水乡人们的生活方式。想起汪曾祺写过的家乡的咸菜、咸鸭蛋等等，哪一样不是日常到骨髓里的东西，但是如此富有诗意的表达和娓娓道来的讲述，却是得到了越来越多的情感共鸣。我想这样一种对于生活回望的能力，其实就是一种感恩的能力，对于生活不做过多的奢求，一切都是满满的欢喜，于是平淡的日子就会产生诗意——与其说是诗意，不如说是一种暖意。面朝大海，春暖花开，一种怎样的暖意，一种怎样的诗意！——从明天开始，做一个幸福的人，喂马，劈柴，周游世界；从明天开始，关心粮食和蔬菜……

不用说，相城的吃食是相城这片水土孕育出来的。在相城吃饭，店家会不无得意地告诉你，蔬菜是自家种的、鱼虾是自家养的。这就是对一方水土的自信了。有机会去相城乡下的老街老镇的菜场走走看看，真是一件幸福的事情。莲花岛大码头，就是一道景观，那么多穿水乡服饰的满头银发的好婆们，守着自家种的东西，一点点芝麻，一点点绿豆，萝卜一定是带着叶子的，山芋一定是带着泥的。还会遇见小时候久违的甜秸秆。真是一种时空穿越的感觉。

写着写着，就想起家乡，想起小时候了。

在相城吃饭，总是让你想起家乡，想起小时候。

沈周与阳澄湖

就像莫言在获得诺贝尔文学奖的演讲中，不止一次提及他的家乡山东高密乡。他说他在创作的过程中，那些父老乡亲总是一遍遍地向他走来，甚至在创作红高粱的时候，有一个士兵的名字就是用的村上某个人的真名。的确，我们知道，故乡的含义绝不是地理位置上的所指，更是意识的源头，心灵上的源头。做人最初原始而混沌的体验，却会变成一生精神上执着的守望，对于艺术家更加如此。所以，当有人奇怪说沈周一生的游历并不广泛，南到杭州，西到镇江等地，平时也就是西山、虎丘等地的转悠，如何能开创一派吴门画派人文山水画？这就不得不提到沈周的家乡——相城区的阳澄湖镇风土人情的滋养。

在这次如此真切地站在沈周的画作之前，我不止一次去过沈周的故乡。

最近一次去阳澄湖镇应该是这个初冬的某一天下午，天气不错。进入老街之前，先闻见老磨房里湘城麻饼的香味，看见了大青菜、水芹菜、小鱼，还有弹棉花的铺子，感觉是不错。拐角处，有一户有着耕读传家字样的砖雕门楼的人家，门口一棵很多年的老槐树，斜着身子，倚在一片宽阔的水面上，对岸的人家影影绰绰。沈周的《渔庄村店图》这样写道，"渔庄蟹舍一丛丛，湖上成村似画中"，如今看来，这样的景象似乎没有大变。要说变，变的也许是《田家耕作图》中农人扶锄上田的农作方式，底子还是水乡人们对生活常怀的一颗憧憬的心。

老街上很多的石板，很多的碑文，很多的历史。老街上有济民塘和济民桥，讲的是晋大将军开仓济民的历史。妙智庵前面是一湾不算浅的湖水，芦花纷飞，野鸭嬉戏。对面的灵应观，听说是当年姚广孝学徒的地方。房屋是宋代的建筑，看得出当年恢弘的气势，里面的石柱子变了颜色，主要是后来做过粮仓。后面有一块砖雕的门楼，显示原来藏经楼的位置，现在藏经楼没有了。就在那个断壁颓垣的边上，我发现了一个非常有意思的立桶，破旧了，但柳条做的半人高的形状仍在，听说是大人做生活的事情，将不会走路的孩子放在里面，大人小孩两不打扰，可以各人做各人的事情。不知道沈周小时候有没有在这个立桶里待过，但可以想象，这是一幅非常有意思的画，成长的瞬间也许就在嬉戏之间不经意的完成，流淌出饱满安康的生活情趣。就像评论说的那样，沈周开创的吴门画派不同于元末人文画家的隐逸山水画所传达的枯疏空寂的意境，而是注入了入世的怡悦之情。正如沈周自己在《西山记游图》中说，"辄放笔想象一林一溪，一峦一坞，留己格间自玩。"正是对生活的热爱和把玩，成就了沈周画作的盎然生机。而恰巧江南水乡的民间有太多这样的题材和细节。

山水画少不了用笔、浓淡、远近和取舍。沈周的画早年工笔细密，到后来越来越刚健粗简，达到人书俱老的境界。当然，一幅画少不了好的形式，但如果仅仅是形式上的胜利，仅仅是一幅好画，而成不了名画。但当我们如此真切地站在隔了数百年的画作之前，仍能感受到一股流动的气韵，感受到画间生长的江南水乡的绿肥红瘦、燕飞草长，细水长流的日子，无处不在的家常。沈周的山水画中，常常有人，但总在一个小小的角落，绝不喧宾夺主，绝不哗众取宠，仙风道骨或与世无争。《寒林归艇》中的归人与枯树昏鸦向伴，《野客渡桥》中孑然独行的老人与繁茂的山坡相对，《幽居图》中乘着牛车的旅人则与林木掩映的庄园相得益彰，正如沈周自提"心远物皆静，何须择地居"。的确，人在画中，画如其人。就像苏州博物馆这次沈周画展的序言中说的那样，沈周的山水画是人与自然的对话，是人与自己的对话。人在看画，画也在看人。譬如《为碧天上人做山水图》中，六十五岁的沈周在看自己三十年前创作的画，"三十年前写此山，山房重看石仍顽。山翁那得长如此，当被青山笑老颜。此图距今已三十一年，余亦六十五龄。头童齿齿，不复如故吾矣"。

正如《九月桃花图》中说，"荣华虽顷暂，天地亦多情"，人生苦短，大地万物才是永恒，只有将人放得低低的，才会有一种超凡脱俗的意境，才会有一种真正的闲适情趣。如此，寄情山水，融情与景，物我两相忘。这其实就是古代人朴素的生态学。曾几何时，"明月松间照，清泉石上流"或者"采菊东篱下，悠然见南山"，已经成为我们心中久远的乌托邦。当现代性的车轮滚滚而来，桃花源的梦想轰然倒塌，寻找诗意的栖息地成了一代代人文工作者孜孜不倦的追求。有学者说，"当我们从'生态'的角度进入历史、社会、经济、政治、文化、自然与人时，改变的是整个世界"。当然，任何对生态主旨的重构如果不上升到精神生态的层面，那样的生态也一定是徒有其表的。《桐荫乐志图》的题识曰："钓竿不是功名具，入手都将万事轻。若使手闲心不及，五湖风月负虚名。"还有《灞桥风雪图》的题识更加明显："灞上驮归驴背雪，桥边拾得醉时诗；销金帐里膏粱客，此味从来不得知。"这样的山水画足够让被消费主义冲击得晕头转向无所适从的现代人汗颜。

当然，意境并不是不食人间烟火，也少不了世俗生活的底子。《魏园雅集图》中的三五知己游冶山林，《盆菊幽赏图》中"对景酒盈杯"当然也是一种必不可少的生活，也是沈周画作的重要题材之一，生机盎然。还有很多的花鸟图，略施水墨，随意点染，并跃然纸上。《枇杷图》体现了一些人文的幽默感，"爱此晚翠物，结实可一玩。山禽不敢啄，畏此黄金蛋"。《枯木鸲鹆图》写八哥"故故作人语，难同凡鸟看"，体现的则是对生命本身的尊重。《一坞杨梅图》"属厌往复宜为少，适可濡唇不在多"，则是一种知足长乐的情怀。还有一些美好祝福的东西，都流露着某种市井的气息，触摸到生活的味道，比如，《荔柿图》《椿萱图》，还有《芝田图》以及《瓶荷图》等，古老的天人合一的思想，言简意赅。那天在阳澄湖镇，回头的路上看见了几个粮仓，非常饱满的感觉，在黄昏里，展现鱼米之乡不愁吃不愁穿的底气，不得不说这里真是一个好地方。换句话说，因为无常，所以祝福吧。生在五百年前的沈周不知道后来的多年里，阳澄湖畔发生的惊心动魄的故事，但是古老的农耕文明就是这样一点点的积淀和传承，并生生不息。

周庄的文化自信

现在，我们坐在 2001 年召开 APEC（亚太经合组织）贸易部长会议的周庄舫上，听周庄的老书记屈玲妮讲关于周庄的故事。

古朴的周庄舫静静地泊在白蚬湖的水面上，舒适的老藤椅上放着各成员体政要的名字。这里曾经发生了"刀光剑影"的会谈，会谈的结果直接决定中国能不能加入 WTO（世界贸易组织）。事实证明，当天的会谈是非常成功的，会后的一天，当时的总书记江泽民还专门到过周庄，感谢周庄为中国做的贡献。

屈玲妮说过去的周庄是有名的苦镇，四面环水，公路不通。到昆山市里开会，别人开一天的会，她要用三天的时间，第一天先报到，第二天开会，第三天回来。有一次，费孝通考察周庄，给周庄人出了一个点子，说周庄是苦镇，就要在这个"苦"字上做文章，将"苦"字上面的草头去了，就不是苦了，变成"古"镇。一语点醒梦中人，周庄人便在"古"镇上做起了文章，动起了脑筋。

1995 年，周庄卖出中国第一张一票制的古镇门票。就在这一年，上海的《新民晚报》开骂，说周庄人不要脸，老祖宗的东西都要卖，周庄人卖了衣服还要搭裤子；又制造舆论说，周庄人的门票我们买不起，还是躲得起。就是在这样强大的舆论压力下，周庄人将危机变成机遇，成为古镇整体运营的成功案例，而旅游秩序和环境的整治与管理，又让周庄的面貌焕然一新，成为国家旅游局总结推广的示范，成为名副其实的中国第一水乡。1996年，周庄成功举办了中国第一届国际旅游节。当时，以一个镇的名义办国际性的旅游节，是从来没有过的事情。而以一个镇的名义打造一台江南水乡实景演出，也是没有过的事情。实践证明，《四季周庄》的成功运营，让更多的人留在了周庄，住在了周庄，延长了产业链。还有著名的"万三蹄"，老周庄人告诉我们，1995年之前压根儿就是没有的，那个时候叫红烧蹄髈，游客好吃不好带，是他们想尽办法，研发真空包装，现在一年要销售300万只。传奇的道路上，永远少不了很多的第一次和金点子，用一个词概括的话，就叫"创新"吧。

所有这些，我最感兴趣的是1995年的屈玲妮将周庄拍成照片，做成折叠式展板背在肩上去海南参加旅交会的那个决定。我钦佩这样的决定背后的文化自信。大家知道，伴随着一个世纪中国梦的追寻，其实一直在西方话语的压倒性优势下进行。从摩天大楼，到美国大片；从麦当劳肯德基，到我们日常的言说方式；从中学为体，西学为用，到言必称西方……我们的心理经历了太多文化的断层。在这样的语境下，有人突然发现原来我们一天天生活的地方是美丽的，是可以入画的，是可以拍成照片背上展板出去推销的。这不简单，也注定充满艰辛。正如屈玲妮回忆的那样，当时，在旅交会的展台上，杭州天堂旅行社的许亮总经理问她，周庄古镇也可以成为旅游产品来推销吗？

当然，还有很多的文人推波助澜，譬如陈逸飞。有人说陈逸飞成就了周庄，但是也是周庄成就了陈逸飞。现在的周庄有著名的中国画家村，有柳亚子和南社活动的迷楼，有中国文联的创作基地，还有很多的文化基地，小桥流水人家的周庄从一开始就浸染了太多的人文气，或者说，这样的人文气又一遍遍重新构写和表达着人们心中的周庄。

现在的周庄已然成了慢生活的象征，很多的人，很多国家的人，纷至沓来，来了再来，仿佛倦鸟归巢，仿佛一直在寻找这样一个地方。哪怕，明明已经知道，现在的周庄一定人头攒动，还是阻挡不住很多人的步伐。这就是一种文化想象的魅力了。

现在，我们讲实现中国梦，讲美丽中国。我喜欢一篇文章中的一句话，说美丽中国是一种由内而外散发出来的气质。身处转型期的我们，带着向内转的眼光，会发现，很多过去我们迫不及待要摒弃的东西，其实蕴含着现代性的意味。现在周庄的贞丰街上，有很多我们曾经熟悉的老门店，纺纱的，织布的，打铁的，水磨豆腐店，还有酒作坊。传统的东西，正一点点地被找回来。

屈玲妮说，周庄最美是晨和夜。早晨可以看到清早人们为了一天生活忙碌的景象，石板路上炊烟袅袅，河边的妇女正在洗菜；夜晚可以静静地欣赏，听听流水的声音，看看油纸窗内的光。当年的屈书记这样说的时候，仍然两眼放光。那个时候，我相信，周庄的流水一定融进了她的生命血液。同去的朋友戏言，她写周庄的夜，我写周庄的晨。可是，遗憾的是，当我早上起来的时候，太阳已经八丈高了。不知道朋友的周庄的夜写得怎样,我想我的周庄的晨是写不了了。不过,又自我安慰,人们常说,没有什么比一夜好梦更美好的事情了。我想一定是沈厅客栈,那个站在门口的小二,有点经了风霜的脸,笑眯眯的,用地道的周庄话,有点俏皮地说,客官,楼上请;那个《四季周庄》的演出中,噼里啪啦的打谷场,挥汗如雨的农人;或者就是那个晚上,那条窄窄的弄堂昏黄的灯光下,青花台布上的一碗豆腐花,给了我一夜的好梦。这就够了。

那些老宅子，那些人家

由于要写一篇关于砖雕的文章，我在那样一个上午走访了这座古城的几座老宅子。初秋的天气，空气薄薄地透明，像蝉的翼，让人微微地醉。

年份不同的老宅都静谧着，似乎毫无声响，大门却是敞开的，一切不设防的样子。但是那样的老宅就是有那样的震慑力，让你望而却步，只有壮起胆往前走。绕着老宅狭长的备弄往里走，慢慢地你会发现，这里早已不是以前花团锦簇、父父子子的一大家子，而是散落成了很多的寻常人家。来来往往的人明明看见了你，却并不搭理你，你似乎放松了很多，于是继续往前走。

印象很深的是东花桥巷的汪宅。里面一间有通往楼上的楼梯，木板却已经腐烂，于是楼梯不再具有功能上的意义，只是表示曾经的存在。墙壁上长着潮湿的斑点，地上堆放着杂物，朝南那边还东倒西歪着，甚至是破了一个洞，透出开在院子里的迎春花（说也奇怪，明明是秋天了，却开着迎春花。这个季节有些错乱，女人不知道怎么穿衣服,花儿不知道自己什么时候开),墙壁上的窗子裸露着沧桑的骨架,努力与墙壁表示出经历过岁月的疏离感。就是这样的墙壁下,却赫然摆着一个崭新的灶台,阳光在上面刺眼。

在这个老宅走了很多趟之后,终于发现了掩在背面的砖雕门楼,是在苏城很有名气的状元游街砖雕门楼。上面是五个不同的福,中间是状元游街图。两个老伯从老宅里出来,一左一右地和我们讲解这个门楼的故事,神采飞扬的样子。一个在烧饭的阿姨将头探出来说,电视台都来拍过很多次了,看来的确是个宝贝。香味从厨房蔓延到整个院子,一个年轻人从老宅里走出来,手里拿着一把汽车钥匙,喊,姆妈,我走哉。

大石头巷的吴宅那个在修整树木的中老年男人似乎不那么友善,问你们是不是要买这个老宅子,一千万就卖给你们。我们说这房子是你们祖传的吗?你们祖上真是发达啊。他说要是祖上的就好了,早就卖了这房子住别墅了。才两句话就前后矛盾。在树影里,老宅的光线明显有些暗,没有什么像样的家具,老式的双层竹编碗橱歪在墙角,那些翻天覆地的日子在这里似乎从来没有发生过。交谈的结果使他明白了我们的来意和诚意,他客气了很多,告诉我们里面是有个四时读书乐的门楼,要沿着备弄往里走,但是不一定能看得见,都是被不同的人家租住了去,不一定有人。

那个门楼我们后来是没能看见,倒是看见了老宅里的许多新人家。一个苏北的阿姨叉着腰站在天井里的老井旁,抱怨说自己在附近的一家饭店里打工,工资不高,这么破的房子还要收一百五十元一个月,说着用手指着用报纸裱糊的矮矮平房的顶。仔细看,这一溜的房子已经不属于老宅子了,应该是后来砌起来的车库,现在却变成了生财的来源。有清脆的铃声从大宅的备弄里响起，一个打工模样的男人骑着自行车冲出来，腾云驾雾般的表情，享受得很。这个苏北阿姨居住的斗室旁边有一间大房子，里面传出很多男人的笑声，是劳动之后的轻松和快乐，坦坦荡荡，踏踏实实，对得起生活的感觉，他们先期回"家"已经烧好了饭，也许就等他了。

在曹胡徐巷35号的郑举人宅真是产生了一种时空交错的感觉。那个天井里，一个女人在给一个小孩洗澡。女人介于年轻和不年轻之间，肤色显出一些乡土气，眼神有些腼腆而退缩，表情却是安定而祥和的，不急于抗争或者改变，是在日子里泡过的女人。旁边一高一矮两个小女孩，她们在自己的世界里玩你拍一我拍一的游戏。最忘不了的是那个在洗澡的小男孩的笑。也许他的身份将要被定义成民工子弟，却在那一个接近中午的时候，光着屁股，徜徉在老宅的阳光和水里，快乐地在澡盆里划泼着水，又快乐地将手指放在嘴里吮吸，在如此的反复中，将咯咯咯的笑声荡漾进水波和远处的天空。那样的神情是任何一个人在家里才会有的安全感，那是一种对家的绝对信赖，与生俱来。的确，这里对于他来说，就是生他养他的家啊，管他以前的主人是什么举人不举人。那个砖雕门楼上挂满了孩子们的衣服，大大小小，长长短短，像一面面旗帜。

宅子老了，日子继续着。

苏州意向与意向传承

不久前，聆听了苏州大学徐老师的专题讲座《文化苏州与家在苏州》，觉得特别过瘾。讲座不到两个小时，却将苏州文化细细地梳理了一遍，特别有人文气息。从范仲淹、冯梦龙到周瘦鹃、陆文夫；从包头的方巾到吴地渔歌再到情调苏州，从园林、小巷到昆曲、评弹，苏州可以说的东西实在太多，说得家在苏州的我们又平添了几分幸福感。一边听讲座，几位老先生还一边在私底下争论到底是头刀韭菜炒鸡蛋好吃还是二刀韭菜炒鸡蛋好吃，真的特别有苏州味道。

徐老师说，苏州作为农耕文明时期城市文明的典范，呈现出一种回溯性的城市想象。是的，我们正是生活在远方的人们想象的江南鱼米之乡、天堂之府啊。

苏州总是在苏州当中，又总是在苏州之外。

苏州之于小时候家在苏北的我，是那么遥远又特别美好的地方。因我的奶奶是苏州胥门人，所以，我家老屋的后门上写着奶奶家的地址。其实奶奶早逝，我的母亲根本没有见过我奶奶，但如果有客人来，总还是乐此不疲地将木门后的地址指给来人看，说明我父亲有点不同于当地的农民。我到现在还记得，到苏州求学后第一次去观前街问路时的场景，几位好心的老太，弄了半天才听懂了我说的还算正宗的普通话，之后就非常热情地起身为我指路。其实，再过去两条巷子就到了，但是，置身小巷当中，却恍若迷宫。

我的老师调到了复旦大学，他说，有好几次回苏州，都是一个人清晨起来，从十梓街头小小的校门进入校园，然后将校园用脚步丈量一遍。当然，在苏州大学校园里生活的好不是人人有幸享受的，我们算是享受过的。刚到苏州求学的时候，曾经借住在苏州大学红楼后面的教工宿舍里，楼上人家的狗闻到肉骨头的香味过来作揖，我们总是及时地给一块肉。那种感觉，后来住进园区的公寓房里就再也没有体会过。

我的师兄，长我们很多岁，有些事情比我们看得开。比如，当我们殚精竭虑背诵英语单词的时候，师兄总是到校园外溜达一圈，穿过几条巷子，去吃边做边卖的煎饼，哪怕是排再长的队伍，也乐此不疲。这么多年，我一直跟自己说要去那个地方再吃一顿早饭，终于由于各种原因，一次也没有去成。煎饼店过去两条巷子，就是葑门横街。听说，不到葑门横街，就不算真正到苏州。我一直说去，还是没有去成。

我是知道苏州的好的，特别是古城区的某种妙处。但是，我六岁的女儿闹闹却不是这样。她特别不喜欢古城区，到了古城区，总是闹着要回去。在拙政园边上说那里不是苏州，说不喜欢这里，就喜欢高楼。真是要命！其实，他们学校还是比较注重培养孩子的吴文化意识和感觉的，比如，带孩子去古镇玩、参观博物馆、举办吴文化节、教唱苏州歌谣等等，但是，闹闹显然还是没有足够的作为一个苏州小女孩的感觉。也许，那些风景化、盆景化、意象化的东西是注定不能给一个孩子生命的记忆。

徐老师也说，现在，即使在古城区，小巷子里叫卖栀子花的声音也是很久没有听到了。是啊，正是那些苏州生活的日常点滴塑造了苏州的气质。正如写作《无愁河的浪荡汉子》的黄永玉说，正是这些童年的点滴细节、人、事、物，滋养了他的性灵，成为一辈子的财富。我真担心现在高楼里的孩子没有了苏州味道的滋养空间。生活在苏州之中，却在苏州之外。

听讲座的第二天，我们带孩子去观前街。出了地铁相门站，就看到护城河边上刚刚修建的一段城墙，很多孩子在上面嬉戏。里面有个城墙博物馆，很多家长和孩子在里面参观，免费的，感觉很好。喜欢那样的几段题字："墙根下的家，城头的童年，那护城河的波光潋滟，载着往昔的欢声笑语，从时光的远端回现，回现城墙依然，城头依见，张张旧照阅不尽，城墙内外的嫣容胜景，幕幕影像现不完，城墙百姓的往日荣光，文字无言，记录城市风云岁月，追述无价，引领我们浸入历史，浸入在城门穿梭，在墙边欢歌的光荣与梦想……"

那是一个雾霾严重的天气。我的先生——一个曾经对苏州充满无限好奇和想象的文学青年，带着他在苏州出生的六岁的女儿，在苏州修旧如旧的城墙上跑步。

杭州行走

去南宋御街之前去的清河坊。

不得不说一下清河坊的江南铜屋，中国工艺美术大师朱炳仁及子朱军岷集五代人的艺术精华。整个江南铜屋铜光闪烁，古朴华贵，总建筑面积近3000平方米，耗费原料铜65吨，展示了独特的铜文化。原本就是一些烧化的铜，却变成了枯荷、睡莲、芦苇、渔翁……分明是铜，仿佛又都不是。《雕塑》杂志副主编宋伟光形容之"解形熔意"——抽象的形态和具体的意念，表达一种超越时空的心展意驰。

清河坊作为全国中医馆最为集中、中医药文化最为浓厚的区域，果然名不虚传。叶种德堂、方回春堂、万承志堂、保和堂，这些一度消失的百年中医药店，如今又在河坊街一一呈现。胡庆余草堂的门口写着进内交易的字样，里面有一块价二不真的牌匾，据说正过来反过来都可以讲得通。很多的人，不像是来药店，倒像是到了菜市场，欣欣然的神情。不是吗？头顶上很多养生滋补的妙方飘来飘去，写着清凉汤、八珍汤、百合莲子汤、酸梅汤等等，都是一些平常的东西，却有了很多的妙用。这就是所谓的文化吧，人们衣食住行生活方式的某种积淀。人们大口大口喝那个大水缸里的养颜汤，细心的人判断也许就是菊花茶，但照样不会影响人们的心情。

南宋御街的街景很不错，是一些洋房建筑，整饬得呈现一个似曾相识的时代，那些四平八稳的砖头，那些典雅的垂吊的窗花，那些蓦然回首的街角，黑、白、灰的主色调。仿佛走在哪个民国剧的布景里，却又是现世的熙熙攘攘。一些洋名字的甜品屋：哈根达斯、百滋百特等；一些老字号的黄金珠宝店：周福生、老凤祥、中国黄金；一些土名字的店铺：王星记、张小泉、万隆火腿店、状元馆、景阳观、羊汤饭店。甚至20元的小饰品店，往来者也是络绎不绝。还有街当中的街，木头间，格子坊，各种叫得出名字叫不出名字的小吃店，各种的吃相，色香味俱全。小导游说这条街要打造成本地人常常来，外地人定要来，外国人想要来的地方，现在看来，这个目标一定是实现了。

整个南宋御街引水入街，水流潺潺，鱼游浅底，引荷入渠。有了它们的衬映，800年的古街深巷摇曳生姿。南宋御街的道路当中有个呈现街道历史的博物馆。以开膛破肚的方式，选择一个点，将一条街的历史层层剥开，下面的道路居然层层叠叠，那些曾经的历史变成了青苔。我们知道这条街刚刚叫作中山路，甚至更遥远的还叫过张三或者李四的名字，现在，这条街又叫作南宋御街了。御街，为南宋皇室游街之道。

御街的那个文化墙壁很有创意，旧自行车、旧木门、旧楼梯，就那样自信地嵌在那面墙上，前不见古人后不见来者。都是我们熟悉的东西，不知什么时候就变成了历史。旁边，更远古的历史以漫不经心的方式呈现着，那个鼓楼，经历了风雨，却不与风雨争锋，如果你愿意，可以抬头看一眼它高高的飞檐，高高的走壁，还有高高挂起的随风飘的红灯笼。所谓的古韵今风，大抵就是这样的吧。

拱墅区的运河文化做得也相当不错。不大的小河直街积淀了近代城市平民居住生活文化、生产劳动文化和运河航运文化。小河直街围绕"运河民居、民俗生活"市井文化主题，通过修旧如旧的保护开发，展示了"最后的运河人家"风情。小河直街分成三个部分：历史风貌区、商贸旅游区和风貌协调区。最有味道的还是历史风貌区，那些窄窄的小巷，能走出人见人爱的丁香姑娘；那个写着好大一个"酱"的园子里，一定藏着一个厉害的老板娘；那些回迁的人家，住在原来的房子里，将被子晒在窄窄的楼台上，心安理得，与世无争。生活一向如此，本该如此。还有一些以前的粮仓，现在改成了跆拳道馆或太极拳馆。小河直街的尽头，会见运河，有个"航泊三水"的巨石标志，据说顺河道西下能进入西溪湿地。运河边，那些厚重的纤夫雕塑，充满了工业时代的力量感。

运河边有大大小小五个博物馆：中国京杭大运河博物馆、中国刀剪剑博物馆、中国伞博物馆、中国扇博物馆、杭州近代工业博物馆。特别要说的是工业博物馆，不但是一些高雅的工艺，比如玉雕，比如瓷器，甚至那些曾经熟悉的竹篮子，那些曾经表明小资生活的花桌布，都被请进了博物馆，这就是一种胸襟，万物平等。刀剪剑博物馆将工艺的传人请到了场地中间，透明的玻璃与参观者隔开，里面按照制作的工序分成一个个格子间，工匠们圈在其中实地操作，通红的炉火，飞溅着铁屑的火星。博物馆设计的初衷用心良苦,叫作非物质文化遗产的活态保护。

其实,真正的活态保护应该是接地气的。离我们的生活不要太远,却稍加修饰,体现某种引领的功效,就这一点,整个杭州城都做得很好。

溪山清远与"蓝顶实践"

成都双年展当代艺术展部分取名叫溪山清远。

介绍说,"溪山清远"仅仅是一个提示,只要有一点中国文化的常识,就知道它的真正含义是什么……溪山清远希望将有同样感受的艺术家的工作集中起来,让更多的人看到:无论这个世界如何地复杂和充满问题,我们需要精神上的洗礼,需要重新反省自己的文明,从那些有文明修养的古人思想里寻求可以转换的滋养。日常经验告诉我们:精神的下降状态总是在无可奈何的时候,尽管这种状态有它的理由。可是,我们将如何来安排精神必要的上升?"溪山清远"成为一次解决这个课题的机会与尝试。

展览在一个老厂房上面。墙上还留有过去的字,修旧如旧地保留着,效果不错——永远听党的话,做一颗齿轮和螺丝钉。还有过去的黑板报和干部警示语录,高高的水泥柱的梁,一行行地排过去,像风中的旗帜。门口的树根处用铁皮包裹着,很有那个时代的质感,透露着那个时代的情绪。刚硬、质朴而柔软的情怀。

很多创意设计小店,我们分别买了几个杯子,一个上面写着上班不如种田,一个上面写奖给我亲爱的老爸,一个写饭量大,求包养,还有很多好玩的。然后上楼。

画很多,很多画有种单纯的美,让人忍不住注目,说不清为什么,真是一种抽空时代与背景的感觉。

有曾培老师的一幅画。标题是:一棵树和男人、女人。树荫异常浓密地挥洒开去,男主角嫩黄色的裤子与女主角的淡蓝色衣裙相映成趣;分明听得见心跳的声音,却木木地不看对方,向左转向右转的样子,让人想起初恋时的他(她)。

有一幅摄影作品,白色的底,黑色的山,女主角白色的皮肤,黑色的头发,抽空了时间地点的静坐或默卧,孤独、高傲、清爽、版画般的美。作者说:我最最喜欢的状态是二十四小时之外状态的真实呈现,第二十五小时的状态,把时间延展成一条线,变成永恒,无始无终。

李瑞的油画《空山鸟语催秋收》也是绿得纯粹,生机盎然。作者说:"滇南是我的故乡……在那里,早晨醒来总能听见屋外鸟叫声,还有动听的山歌,有红脸庞的牧羊女披着蓑衣带羊群上山,有为田头放水抢起锄头抢水打架的场景,有开放在高高山巅的黄昏夕阳,有梦幻般的田园牧歌……"

还有何多苓老师的杂花系列。那种色彩和感觉,清爽而纯粹,有一种永恒的美。还是借用作者的原话:

> 平面绘画是一个可能独立进行并完成的行为,仍然可能保持沉默、优雅,不需要策划、宣传等一系列自虐型的过程。从

头到尾只要一个人，谢天谢地，我就是我。这些年来，我所关注的仍然是技艺。技艺意味着把自然、社会、个人、意思与行为在画布上——表面与深处——融为一个伟大整体的能力。这是一个不可企及的目标，执着于这一目标就不可能失误。

后来，有幸去了三圣乡的蓝顶艺术中心。原本是几位艺术家在机场旁闲置厂房的工作室，现在在政府的资助下移到这里，并逐渐形成了艺术聚集的群落。

核心区有何多苓、周春芽等一些知名艺术家的工作室。有到访的客人，干瘪的石榴和没有打扫的灶台。底楼特别高，像那种高高的厂房，墙壁高高白白，悬挂着各种画，都是一些花。一幅正在创作的奔跑着的小女孩子的巨幅画像，底色同样是杂生的花草，生机勃勃，奔跑的小女孩的头发飞起来，只让人觉得一种平心静气的舒服和关于美好未来的想象。底层的中间一分为二，右边就是一个室内篮球场。门口有游泳池和随意晾晒的衣服。何老师微笑着跟到访的客人合影，大隐隐于市的感觉。

不远处有个青艺村，一帮文艺青年聚落其中，听说已经有好几个崭露头角的年轻人了。村子红墙蓝瓦，简单而整饬，听说也是农民的安居房流转出来的。年轻的艺人真诚地和到访的客人寒暄，青涩的表情，谦逊的笑。远远的有狗吠的声音，近处的池塘有钓鱼的人，三三两两的农人在耙泥，光着屁股的小儿们自顾自地兜圈子，红墙上印着"OPEN"和"开村了！"的字样，旁边外来的镜头对准墙角种菜的大爷。

青艺村的感觉很好，像生命与生活的深度延展的感觉，中国特别真实的草根生活与非常个人化的创作艺术居然那样和谐共生，彼此关照，共同汲取生命的养分。

有本小册子这样介绍：蓝顶实践总体规划原则充分尊重自然生态环境，遵循田园城市发展理念，用间隔性林盘式发展，保持了林盘之间的农田，尽量利用原有建筑和建设用地，减少新征新建，最大限度地保留农田，维护农村自然与人文生态，实现区域规划与乡村规划结合、自然与建筑相容、产业发展与农田保护统一、新住民与原住民共生。

它是一个在开放性的社会环境中现实的、具体的、正在进行着的实践，而不是一个封闭的、乌托邦的、特区式的设想。它在具体实践中遇到的一切矛盾和摩擦，都是整个中国在发展建设中的普遍问题。因此这一实践的成果，包括经验与教训、思考与感悟，具有广泛的社会借鉴意义。

我想应该是这样的。也许这些散落在民间的力量才是滋养文化和艺术的地方，其实千百年来就是这样。现在讲文化的大繁荣大发展，要提供一种滋养的土壤，才能诞生一种可能性。

绍　兴

那个晚上，我是绍兴的最后一个游客。

夜游，苏州也有的。这种形式大家并不陌生，灯红酒绿的地方大抵差不多，只是偶尔露出的一两个小的支流伸向远方，上面架一两座千回百折的桥。美极了，黑白老照片的美，在一片姹紫嫣红中惊心动魄。可惜我的相机拍不出来，于是就贪婪地看。大红的灯笼在游船的敞篷上荡来荡去，荡来荡去，碰巧会与岸上的大红灯笼交相辉映，容易臆想非非。

都喝了酒，大家都全面放开。唱的唱吼的吼，唱妹妹你坐船头哥哥在岸上走，唱大河向东流天上的星星参北斗，还唱辣妹子辣辣妹子辣辣妹子……酒精有的时候真是好东西。

掌舵的那个男人却不动声色。12.5千米，夜游花了70分钟。感觉还是太快，时间却不早了，上岸后才发现，我们已经是最后一批客人。大家几乎是小跑着向大门口走去。

临出大门的时候，我又贪心地拍了几张照。一抬头，前面的人却不见了踪影。正着急，夜幕中，一个立在桥头的值班中年男子告诉我不要着急，他们就在前面。我有点慌，眼神又不好，盯着找下桥的台阶，生怕一脚踩空。这时，一束窄窄的电筒光出现在我的脚下，值班男子为我打开了手中的电筒。动作是娴熟的，显然，接待过的客人足够多。

那个晚上，我是绍兴的最后一个游客。在我的身后，护城河公园的门咣当一声，关上。

第二天上午，去了老街。真正时空交错的感觉。好几个鲁迅故居，好几个咸亨酒店，起着长妈妈吴妈妈三味酒楼三味豆腐等各种名字的店面，还有上海故事、谭木匠各式各样的店面。然后就是人，坐在长条凳上吃茴香豆的人们，在小小的桥洞里依葫芦涂瓢穿来穿去的乌篷船，各种旅行社的旗帜，各种年纪层次的人们，各种表情，各种期待。有人直奔干货店，一会儿各种干菜、臭豆腐还有大坛小坛的酒统统拎出来了。

从上海故事的店里钻出来去看老街，颇有几分体味到鲁迅当年回到故乡灰蒙蒙的感觉。但是乌篷船上拍照的小姑娘们却是真真切切的开心，还有那个帽檐拉在脑后，歪歪扭扭翘首站在爷爷面前，等着爷爷买臭豆腐的小儿脸上的笑靥也是真真切切。一个同事戴着刚买的西部牛仔式样的草帽，站在老街尽头的三味酒楼前，竟然露出些许的茫然；酒楼的玻璃上，透着穿着水乡服饰的服务员的脸，同样一脸茫然。

绍兴的宣传口号——跟着课本游绍兴！这句宣传口号很牛，不言而喻的说服力。记得初一的时候学过《从百草园到三味书屋》之后我们就期中考试了，我考了 95 分。大概是人云亦云地说封建思想禁锢了少年天真的童年等等，老师夸我考得好，说语文还能考 95 分，真是不简单，于是跑到我家里来报喜。兴奋的老爹一激动就请老师喝酒，把家里养的鸡杀了。老师喝得七荤八素，当时还不算老的爹也喝得七荤八素，七荤八素的他们倒是歪打正着地培养了我一些对于中国文字的兴趣。若干年后的我，却没有什么真才实学，只有靠写一些有用或无用的文字谋生。

今天的绍兴没有鲁迅。今天的绍兴有太多的游人。

小桥、流水、人家，还有乌篷船、臭豆腐。据我观察，今天的人们好像对臭豆腐更感兴趣，而不是茴香豆了。

那是一个刚刚显出点威力的夏天的早上，太阳明晃晃的。我却像是走在哪个电视剧的布景里，不知今夕是何年。

我还看见，在书写着"民族脊梁"几个大字的石碑下，游人们抢着拍照。

行走寿宁

是那天早上的几位老人让我有了写作的冲动。

县城中的那条河道不宽，上面横跨好几座廊桥，经历了风霜的样子，使得街道也古老起来。边上的楼房窄巴窄巴地朝上长，密密匝匝的，一间房子就是一户人家，向空中发展。几位老人一直端坐在河道边的一张桌子旁，一人一杯茶，像是要拉家常的样子，却又半晌没有声音，半晌没有茶响。时间是那么的慢，老人清一色的布衣，神情相似，凝聚成时间的雕塑。比他们更年轻一些的在廊桥里打牌，也是不着急的，有钱压在肘下面，一张百元的大钞，半晌也没有输赢，打牌的目的仿佛就是"打"，不在乎输和赢。昨天晚上九点多的时候，也是好几桌的人在廊桥里灰灰的灯光下"战斗"，不知道是不是同一群人，总之看上去没有什么区别，下面的流水无声。

听说这座廊桥已经有很多年的历史，在冯梦龙到这里做知县的时候，已经存在了一百多年，这座桥有个名字叫作"昇平桥"，寿宁的廊桥很多，据说数量是全国廊桥的五分之一，专家考证说这样的廊桥就是《清明上河图》中的汴水虹桥的原型。这样的廊桥在当地既充当了交通的作用，桥中间往往又供有佛龛，亦是人们祭祀的场所。

不远处，人声鼎沸，是一个巨大的农贸市场，里面有很多的货品，门口有老人蹲守在那里卖菜干。他们真是非常奇妙，很多东西都可以做成干。吃饭的时候当地的同志开玩笑说，谁猜出来菜名就有奖励，结果发现有一盘谁也没有猜出来的菜居然是茄子干。这实在是一种迫不得已的生存智慧，"区区寿邑，尤钦岩逼窄之区乎！沙浮土浅，梯石而耕，连雨则漂，连晴则涸"。当然，还有很多新鲜的山里植物当成蔬菜在卖，我不识，只是觉得水灵，听说有很多的功效，山里的很多东西本来就很神奇。冯梦龙当年在《寿宁待志》里提到过很多的物产，现在，又新开发出猕猴桃，还有茶叶，听说都是富含硒锌的东西。

寿宁今天的名气来自冯梦龙，这里是那个后来被称作"中国通俗文学之父"的人六十岁做知县的地方。应该说冯梦龙的仕途并不平坦，六十岁才从镇江丹徒县训导的位置上提拔去遥远的福建做县令，当然是怀着满腔的抱负。不管怎样，以前都是纸上的见方，现在，毕竟是一方的热土，尽管是九转十八弯，尽管是山林前呼后不应。但是，到底是一方水土。于是，这位六十岁的七品芝麻官在上任的第二天写下了豪情满怀的《纪云》诗歌，"莲花金朵朵，龙甲锦层层。似浪千金拥，成文五色凝"，非常朝气蓬勃，根本看不出是花甲之年。于是，短短的四年，他开始了一系列的施政理念，建学宫，修隘口，筑东坝，断清案，忙得不亦乐乎。可想而知，在那个贫瘠民刁的地方，加上晚明官场的重重重压，想要做出一点成绩是非常不容易的，从中不难看出这个封建文人的一己担当。当地一块介绍冯梦龙事迹的牌匾里特地用到了"修身治国平天下"这样正统的话语来形容他的抱负，我想是非常恰当的，充分说明了这个写出"三言"的花甲知县"为官"与"为文"的统一。冯梦龙对自己是这样要求的：做一分亦是一分功业，宽一分亦是一分恩惠；要求自己做到"以勤补缺，以慈辅严，以廉带匮"，说得非常好，非常接地气，不夸夸其谈，不人云亦云。

一点一滴的付出，带来的是一点一滴的改变。印象最深的是那篇《告溺女书》。先是动情，后是晓礼，最后动法。谁家没有妻女？没有妻女，你从何处而来，如果溺女，如何惩罚；如果不报，左邻右舍连带官司。真是拍案叫绝。人文而果敢，真是为民而务实啊，难怪很短的时间，溺女的社会风气就焕然一新。

四年的仕途，也是非常短的一瞬，却有如此的美名，是非常不简单的，而且是来自民间的口口相传。现在，当地的冯梦龙文化做得非常好，市民广场的桥上镌刻有冯梦龙的名言警句，城市里树立着各样的冯梦龙雕塑，听说连酒都有梦龙牌的。当地法院门口是冯梦龙断案的一个个小故事介绍，而作为冯梦龙出身地的苏州法院系统，对于冯梦龙的"无讼"文化的宣传也越来越多。近年来，相城区通过拍摄《冯梦龙传奇》电影、编撰《冯梦龙研究》、举办冯梦龙杯"新三言"全国短篇小说大赛、举办"孙武智慧与冯梦龙智囊国际学术研讨会"等活动，将传统和弘扬冯梦龙文化作为一项事实工程来抓，不得不说是一种文化的自觉和担当。

听寿宁的同志介绍，他们的上任县委书记也是非常不简单，移山建城硬是在山顶上造出了一座新城,就是现在的县委县政府所在地。当地的老百姓甚至将他与冯梦龙相提并论。有的时候,物质的相对匮乏真的能够滋生出一些本来没有的豪情,反之,如果躺在功劳铺子上,又将是另外一种局面。所谓的小富即安说的就是这个意思。

行走寿宁,感受到的东西还有很多很多。这篇小文实在粗浅。

银川三日

1. 黄河和大漠

从银川到中卫时间并不长,也就是三个半小时。这样的车程在大西北的旅程中算不了什么。

左边是一条河,右边是一座山。导游说左边的河叫作黄河,右边的山叫作贺兰山。黄河是他们的母亲河,贺兰山是他们的父亲山。

黄河是咆哮的黄河,是黄河之水天上来,奔流到海不复回的黄河,是西部放歌中的黄河。所以,当我看见黄河的时候,我反复问导游,这就是黄河吗?导游说这就是黄河。黄河水离眼底非常近,有的地方很窄,有的地方很宽,看不见边际,迷迷糊糊又朦朦胧胧,有一块没有一块,毫无章法,像一幅毛边的画。导游说你不要看现在水波不兴的样子,走近看,一定是奔腾不息,极其有威力的。黄河水下包着一个个大小不等的滩涂,上面有枯枯黄黄的麦秸秆。导游说今年的黄河水刚刚泛滥过，老百姓减了产。国家规定，滩涂上种的庄稼被淹死了是不赔偿的。这些人家就想办法，粮食照样种，种好了之后买保险，跟天赌。

一路上非常荒凉，除了我们的旅游大巴车，几乎什么都没有，看不见车辆，看不见行人，看不见工厂。偶尔会路过一些小集镇，粗糙的招牌在风中飘扬，然后就是一溜边的平房，没有顶，没有花样，一律土黄的颜色，单调的整齐划一。再走，更荒。听说，是某军区的练兵场。

大概三个小时后，我们到了一个叫作沙坡头景区的地方，据说是黄河最美的一个大S弯道。左边是黄河，右边是大漠。景区左右两边门楼刷着粗犷的土黄色，毛糙，像矗立在荒漠里的两座碉堡。包兰线伸向远方，据说它的寿命已经远远超过了专家的预言。有一辆绿色铁皮的火车哐当哐当掠过，算是草原为数不多的声响。

有一个点被说得神乎其神，说就是王维写"大漠孤烟直，长河落日圆"的地方，谁也没有亲见，只是玩得很嗨。王维也不寂寞了，一座雕塑，长长的胡须仿佛在飘动。黄河呵，黄河，不再寂寞的黄河。

有人在吹羊皮筏。据说是一种传统的交通工具，做工极其复杂，要求是全羊的皮，有一点点破都不行，放在盐水里泡，泡了之后再晒，晒了之后再泡，如此反复多次，直至皮的外表变成酱红色，增加皮的韧性和承受力。说大羊皮筏可以将车子载过黄河，不知道真假；说当时黄河人家迎亲，就是靠这样的羊皮筏载嫁妆，还有姑娘。

走了很远的地方，进入了大漠的腹地。不是进入，是"战车"

进去的，沙漠越野车，是征服的意思。战车征战一个又一个沙丘，冲上去再俯冲下来。骆驼是少不了要骑的。蹲下，再蹲下，偌大的膝盖勉为其难了。人一个一个上去，走一圈十元钱，然后定格，拍照。

后来，我们看到了那么硕大的西瓜，叫作大漠硒香瓜。贺兰山脚下的石头缝铺上沙石，种下种子，再铺上沙石，盖上薄薄的土，居然就能长出西瓜，特别甜。

据说旅游的收入很高，是其他三产收入的总和。所以，中卫作为新兴的城市，这几年发展很好。一切与想象的不一样，一切与想象的一样。

2. 废墟上的王陵

听说这次的银川行中有西夏王陵一站，我颇有点兴奋。

我从小最崇拜的英雄是穆桂英。很小的时候，家里没有什么书，但有一本《杨家将演义》。杨家将的男女英雄都是我父亲崇拜的偶像。父亲不识多少字，但是喜欢看小人书。无所事事的时候，就看他的《杨家将演义》。从小，我就知道了穆桂英征西的故事。所以，听说要去西夏的王陵，我是非常兴奋的，特地告诉了老父亲。年岁渐大的父亲已然没有年轻时候的豪情，只是关照我大西北天寒，路上要小心。

我却不以为然地上了路，决定要好好体味一下大西北的场景。小时候印象最深的是穆桂英擅长的回马枪，面对骁勇善战的西夏骑兵，穆桂英最擅长的就是假装失败，然后乘对手追上来的时候，一记回马枪，击中对手或者战马，立刻转败为胜。可惜后来读了历史，知道宋朝其实十有八九是打不过西夏的。好水川一战是历史上有名的西夏以少胜多的一场战役，宋军伤亡惨重，范仲淹等名臣都因此被贬。

在去西夏王陵的路上，西夏国的开国君主不时被导游提起。伴随这个名字的是一段段错综复杂的故事。李元昊在祖辈和父辈的基础上，建立起西夏王国。一方面，励精图治，版图不断扩大，实现了边疆上难得的融合与统一；另一方面，却是荒淫无度，私欲膨胀，居然看中了自己的儿媳妇，被自己的儿子砍掉了鼻子，流血过多而死。正所谓"文韬武略能称帝，却因酒色早身亡"。跟嫂子的私生子谅祚在各种势力的较量中登上了皇位，这个皇帝登基的时候刚满周岁，实际是自己的母亲没藏氏和舅舅没藏讹庞执掌大权。没藏讹庞为了长久的利益，强行将自己的女儿许配给了九岁的皇帝，哪知，渐渐长大的皇帝看上了没藏讹庞家的儿媳妇梁氏，在没藏讹庞觉得颜面扫地，决定动手之际，梁氏通风报信，结果风云立转，谅祚将没藏讹庞满门抄斩，梁氏自然登上历史舞台。这个梁氏是个汉人，继承了汉文化嫁鸡随鸡、嫁狗随狗的优良传统，在面对西夏国和宋朝领土问题上，毫不手软地打击宋朝，扩大疆土……

西夏在与宋朝有诸多纠葛的同时，还处在与另外一个劲敌蒙古族的争夺之中。蒙古军屡次进攻西夏无功而返，而宋朝花钱买来的这个臣国理所当然成了大西北的屏障。可以想象，如果不是有西夏国，历史上元朝成立的时间大概要提前很多年。成吉思汗在攻打西夏未果的情况下，战场身亡。他临死前关照，要秘不发丧，攻下西夏。随后，蒙古大军分六路进攻西夏国，一举拿下，西夏国惨遭灭顶之灾，曾与宋、辽三足鼎立一百九十年之久的一代王朝从此成为一片废墟。王陵终于到了。大门上写着"昔日皇家王陵，今日旅游胜地"的字样，边上有仿照农家的感觉搭建的草棚顶房子，外面涂着仿泥土颜色的水泥，上面挂着一串串红辣椒。是吃农家菜的地方，外面就是一垄垄菜地，有红彤彤的番茄在枝头挂，有红彤彤的萝卜在地里长，有养得肥肥的猫蹿来蹿去。

我们一路向里走。旷野无垠，贺兰山肃穆，野花轻轻摇曳。我们不说话，到了王陵的脚下。真的只剩了几个大土墩了。听说到陵区的道路两边本来有守灵的各种动物的石像的，现在没有了；听说王陵的外围本来有很高很高的瞭望台的，现在也没有了。我们到了体量最大的一座王陵前面，据说就是西夏开国君主李元昊的陵墓。听说当时是佛塔的造型，而且是琉璃照壁的，非常巍峨壮观，但是，现在明明只剩下一个光秃秃的大土墩，外面的装饰已经被毁坏殆尽，只能依稀看出当年八层的光景。土墩上有很多大大小小的孔，听说是麻雀做的窝。在那无垠的旷野上，麻雀在王陵里筑下了自己的窝。

旁边有王陵随葬品的陈列室，里面有很多出土文物，有小小的榴弹，有硬硬的铁衣，当然少不了长矛、大刀之类的武器。还有一个王陵的摄影展。我仔细地看了每一幅画面的文字阐释，有风云际会、千古密码、亘古、天地合一、传奇等字眼。用审美的方式看待历史和历史本身，终究是两回事。

团队中还是有很多人表示了失望，说赶了这么远的路来看了几个大土墩。

3. 岩画、水洞沟、明长城

岩画在那么一个旷野的地方。十月底的天气，就冷得缩脖子。

进去时候是一个大大的旷野。在山峦的飓风中，岩画出现了。旁边正好一头羚羊快速窜进光秃秃的山顶。

水洞沟遗址据说考古出旧石器时代的印记。有个巨大的牛骨架，大得吓人。有个现代的地震展馆，地动山摇、狂风大作、亘古蛮荒。

明长城。兵家必争之地。要不生，要不死。那么多暗藏的机关，那么多如蚁如鼠的洞穴，不得不惊叹于人们的发明。洞内除了有暗器、大炮，还有粮食、油灯。幽微的角落，藏着一把太师椅。是什么样的将军将他的聪明才智，留在这样的洞里？是什么样的年华在这样的洞里度过？是一种什么样的过往与仇恨，需要有人经年地这样过着鼠一样的生活？

烫手的山芋飘着塞北的清香。三三两两的游客吃着香喷喷的山芋。饱了口福后赶紧站在洞口拍照，正所谓"上车拍照，下车尿尿"。我们乘了马车换驴车，换了驴车换骆驼车。一坨屎甩向路边的青草，动物们跑得更欢了，载着兴高采烈的人们渐渐走进这样的布景，又渐渐远离这样的布景。

仅仅是布景而已。同行者说，这个地方来看过就行了，用不着再来第二遍了。血雨腥风的旷野终究适合想象与怀古，与日常无甚关系。

草原短章

牧羊人

当我们跟在一群羊后面向他们家走去的时候,真的已经走了很久的路了。不见人家,不知道那些整整齐齐的玉米都是怎么长出来的。慢慢出现一些远远的山,山脚下点缀着星星点点的羊群,后来山更远了,变成天边的一条条线,草原便渐渐一望无际起来。羊群不是星星点点的,而是一片又一片的,终于有一群羊挡住我们的去路,我们小心等它们通过。导游说我们已经到了乌拉盖草原的深处了。居然有了失重的感觉,不见了时空。

孩子们远远看见一群羊回家了,欢呼着奔跑过去。小羊受到了惊吓,形成一支狭长的部队往家的方向逃。孩子们冲进了它们的队伍,小羊们不知所措了,将孩子们团团围住,转着圈子向前奔跑,场面很壮观。

牧羊人终于发话了,说不能这么追着羊群跑,再跑的话,羊就回不了家了。我跟他攀谈起来。他说他养了三百多头羊,最大的羊已经长了四年多了,不舍得卖。说太辛苦,不管刮风下雨都得往外跑。人家刮风下雨往家里走,他们是要往外跑。特别是冬天,外面一刮风,羊就不回家,顺着风向就走了,如果下了雪,就更加麻烦了,外面白茫茫一片,想找都不知道去哪里找。现在的牧区都划分了片,一片依一片,片与片之间用栏杆隔开,防止别人家的羊入侵。自己家的羊吃了人家的草,也得赔偿。于是,我明白,我们看上去一望无际的草原其实有看不见的界限。

牧羊人说《狼图腾》的电影拍了后,过来的人特别多,但他们知道很多镜头都是假的,都是电脑弄出来的,现在的草原哪里有那么多狼,你看草原不就是这样吗,日出日落。说话间,都不知道几点了,他说草原上的人看时间主要是看太阳,看太阳就能看出来。牧羊人家的小小院子拾掇得非常干净,种了玉米、番茄、韭菜,还有青菜。砖瓦房,里面干干净净,地砖白白的。客厅、粮仓都用玻璃分割得清清楚楚,他说蒙古人自己都不住蒙古包了。

入夜后,草原上的一切都远去了。落入亘古,落入想象。烤全羊开始了,吹拉弹唱开始了。说是最正宗的烤全羊,说是最正宗的仪式。一切都是想象中的场景,幻灭得近乎不真实。第一块肉被虔诚地切开,遥遥地用作祭祀。祭祀一种生命的方式与活着的可能。

布 景

去《狼图腾》的拍摄基地之前,一直说要看一下这部电影,还是没有看。对于旅游的意义而言,不知道是好事还是坏事。

真的是一个布景。邮电局、知青招待所、铁匠铺、卫生院、电影院、大食堂，一个个编了号的宿舍门，那些涂了泥的土墙，等等，一切都是那个时代的气息，当然还有草原的气息。那些土墙，那些土墙里整整齐齐的军用被子，真是一种时空交错的感觉。一切都是那样地裸露，赤裸裸的生存，没有半点含糊。

我不知道是我们走进了布景，还是布景走进了我们，我甚至不能确定这是布景，或者就是一段刻骨铭心的存在。一切都是那样地真实，唯有那些过眼云烟的人生，无处找寻。如果说生命本来就是一场演出，究竟是谁导演了这场戏，又是谁入戏太深？那种建设的狂热，那种上山下乡的豪情，那种生命与草原的交融，那种历史，谁来描述又是谁在缅怀？宏大的叙事和个人细碎的生活之间很多时候就是一念之差。究竟是草原需要他们还是他们需要草原，很多时候真是不得而知。

寻访的人群中，有白发老者久久瞩目。更多的是年轻人，高性能的越野车，傲慢的目镜，带着对这个遥远的地方的征服、放大的想象来到这里，寻找属于他们的荷尔蒙。

那对牵着马拍照的夫妇生意不错，说就是今年的游客一下子多起来了。生意很好，拉着马跑一下就是五十元，小孩优惠，大人贵十元。夫妇俩说剧组借用他们的场地，拍了三年的戏，给了他们五十万租金。但是，谁高兴去看他们拍戏。语气非常不屑。土生土长的草原人自然不能理解人们不远万里来到这里的意义。你们只是你们，我们还是我们。很多时候，角度不同，就是鸡和鸭讲话。

收益是实实在在的，竟也形成了一些小小的集市。晚上的小街非常舒朗。人与人、与空气都是远远的，灯也远远的，店铺远远的，这种密集度对于草原来说已经是繁华的了。摆摊的妇女说还是摆摆摊舒服。放牧放了几十年，实在是太腻了。在这里，看看来自全国各地的人，聊聊天，晚上收摊回草原。感觉也不错。

临了，那个摆摊的妇女不自信地问，我们这个地方真的好吗？

野狼谷

终于，野狼谷的景色让我们觉得不虚此行。一个低低的山谷勾勒出非常优美的天际线，草原上野花团团，湖水清清，户户牧民散落在远处辽阔的草原上，如满天繁星。在这样绝对的视觉制高点上，偌大一块草原圈出野狼谷，好几只野狼放养在里面。那是真正的草原野狼。长嘴，尖尖的牙齿，动作敏捷，转身迅速，披着老虎一样的皮，像狗一样翘起腿尿尿。

但是，栏杆，因为那一层高高的厚厚的铁栏杆，人与狼的关系倒置了，没有平等、敬畏与和谐，只有观赏与被观赏。木心先生在文学回忆录中这样写道："人没有长牙利爪，没有翅膀，入水会淹死。奥运会要是给动物看，动物哈哈大笑。奔走不如动物，游弋不如鱼，但人主宰世界，把动物关起来欣赏。"如此，人怎么会把狼当回事。

于是，在那个火热的七月，从四面八方赶过来的游客"全副武装"站在野狼谷观赏狼。往里面扔糖果，跟逗小猴玩一样。还有人乘狼低头的时候快速摸一下它的尾巴。记得有的穿得花花绿绿的阿姨嗲声嗲气地高喊——狼啊，过来——

边上，有个孩子问妈妈，现在草原上还有真正的狼吗？妈妈说，应该有吧，但肯定到了很远很远的地方，不被人找到的地方了。

当今人类战无不胜，勇往直前。对于孩子，我们还有没有必要让他们小小的心灵对草原之狼、心中之狼存在那么一点点敬畏？

美加导游记

到达加拿大的蒙特利尔是一个冬天。

非常冷，零下十几摄氏度。但非常有意境，漫天的雪，满山遍野，肆无忌惮，一切都澄净下来。

那个蒙特利尔的导游，我到现在都能想象出他的样子。五十岁开外了，非常恭谦，非常友善。其实是帅的，上了年纪，有服务的意识。给我们讲解《圣经》之前先说清楚是要付费的，讲清楚之后执行就很认真，虽然并不特别高深，却是带了自己的理解。然后一天雪地里带着我们，总是任劳任怨的。蒙特利尔不算是旅游旺地，加上那个季节，不紧不慢的感觉跟这个导游很搭调。

纽约的小王也还是不错。后来想想也不能抱怨人家不去白宫，用他的话说最多的一个月要去四五次，你怎么能要求他热情。是一个有想法的男孩，其实也不是孩子了，三十好几了，印象最深的就是说拉车不要另外给钱，说是公司已经讲好的，不能收的费用一定不能收。带我们去吃饭的地方都不错的，去过唐人街的一个店面，还去过纽约时代广场的叫作苹果蜂蜜的地方，都是他精心挑选的。听得出来英语一般，勉强交流，用他自己的话说，和别人深入交流还是会有困难，譬如恋爱这些私事，很难深入下去。保留了自己的中国护照，总是想着要不要回去。他是青岛人，家里的亲戚都到美国了，主要是沿海的人，从小就想看看海那一边的世界，听说移民美国的主要是那个地方的，还有就是福建泉州一带的。看来是有道理的。谈过恋爱，现在还是单着，三年了，自己单住父母之前买的公寓，给父母房租一个月六百元，另外一间房出租，自己收租金，其实就是这个租金给父母，分得很清楚，必须分清楚。父亲本来是做五金的，国内效益不好就想着出国，做过包括中餐在内的很多生意，现在成了一个絮叨的老人，说自己过去陪聊天就是纯属义务。听他絮叨完了走路。

大家对洛杉矶的那个东北的小伙子印象不太好。其实也是不易，主要是时差，接我们的时候已经是半夜，就在车上将就睡觉；后来我们结束任务要上车时，怎么叫他都叫不醒，电话也不接，只能拼命敲窗户。说是跟着一个中美企业商务签去的，现在将父母都接过来了，做了三年的司机，现在司机和导游一起做。车上人抱怨说导游的水平一般，还要开车还要做导游，哪有那么好做的，可能也是想着要多赚一点吧。说做过很多事情，说得草草，大概就是做过按摩，下过厨房，还有些其他营生也都做过。帅帅的那种样子，玩世不恭的表象，骨子里都是坚强的。说是四十岁了，到了那里也十二年了，孩子十二岁。想想就有诸多不易。

不由得想起那句话，其实地上本没有路，走的人多了，也便成了路。

安静是一种力量

如果说在英国旅行印象最深的是什么，一定是那么蓝的天和那么辽阔的草原，安宁得像油画一样的风景。

我们从国王十字站出发，叮叮当当的小火车从车站里出来，车站里没有凳子，人们三三两两地站着，秩序特别好，没有吵闹的声音，安静得不像一个火车站。高大的由钢铁构造的极具几何感线条感的穹顶；火车线纵横交错，铺陈到很远的地方。伦敦的交通基础设施是有名的早，由这个火车站可见一斑。

一开始天是阴的，一路上房子渐渐疏松起来，不像伦敦那样密不透风的大联排。一个个有着尖顶的小独栋，红砖老洋房，很整饬，窗棂上各种各样的花，汽车不喧嚣地停在房子边上。天地渐渐开阔起来，慢慢地渐渐到了视线达不到的地方，看不见天际线，绿油油的，不知道是草地还是庄稼。远远地看见坡地起伏，上面有星星点点的牛羊，让人不敢想象这是离伦敦才百把千米的郊区，有到内蒙古大草原的错觉。偶尔会见具有乡村气息的拖拉机，安宁而静谧，看不见劳作的人。一路上没有看到大片的湖泊，偶遇一条条小小的沟渠蜿蜒而来，有精致的栅栏和美丽的花草装点。时不时会有一条小小的铁路线宛转而出，叮叮当当的小火车蜿蜒驶过，仿佛在那里穿梭了几百年，仿佛看到了从乡村上升起来的第一缕烟雾。

一会儿天就放晴了，天更加蓝，蓝得像可以滴下来。我睁大了眼睛，近乎贪婪地享受。这样的场景以前只有阅读带来的享受，让人想起哈代的小说《远离尘嚣》。或者某部电影中的镜头，没想到却是真的。难怪，当蒸汽机、火车、汽船等拉开英国工业革命大幕的时候，英国乡村题材的小说、诗歌和散文也在疯长。名诗《地上的天堂》这样开始："忘却六郡天空上弥漫着的黑烟，忘却蒸汽机的喧嚣和活塞的撞击声，忘却那丑陋城市的延伸，我宁愿怀念原野上的牧马，在梦幻中去追忆那小小的伦敦，那白色而清洁的伦敦。"面对工业革命的入侵，诗人发出无限感慨："啊，教堂的大钟是否还停在两点五十分，是否还有蜜糖可以冲茶？"（读费孝通的《重访英伦》。煤是现代工业的基础，而1910年工业革命的动力90%是靠煤，当时的英国正是一个煤炭大国，伦敦是后来人们众所周知的雾都。）

中午我们去了York。你可以不知道York，但一定知道New York，因此可以知道约克的重要性。不得不说，作为英国重镇的约克游人如织，但同样不感到喧嚣。那些精致的糖果店的售货员温柔而谦逊；那个零售店的老板客气地说要等五分钟才开门营业，并且坚持不将自己家的笔卖给非常看重它的我的女儿；那些车辆客气地等待我的孩子过马路，但是小孩终究不敢，司机无可奈何英国式地耸耸肩。有一条河穿梭而过，两边的房舍除了迥异的中世纪哥特式的建筑风格之外，散发出的古老气息像极了我们的某些古镇，只是不像我们的喧嚣。对了，喧嚣，我们不断打造出来的古镇往往充满了商业味道和小家子气，让人心生警惕。我们总是想着"打造"，不断"打造"，变着法子"打造"，挖空心思"打造"，可是却忘了，无论怎样高明的打造都应被打造过了，真的缺少了那些怦然心动的东西。那么长长的环绕整个郡的城墙，那对在古老的城墙下休息的银发夫妇，都是时光里的感觉。

到达杜伦的时候，更是惊叹。那么小小的一个火车站，一个满头银发的汉学家接待我们，满头的汗，几乎不要语言，我们就知道他等待的是我们，那种感觉非常好。他是一个中国迷，从二十世纪六十年代开始学汉语，研究中文。同样一条河，从郡中穿过，古堡在河岸上矗立，两边绿意葱茏。走过河道上的独木桥，我们来到杜伦教堂前，偌大的一座教堂前面偌大的草坪，两边散落着低矮的中世纪的农舍，黄土质地的墙体，勾勒出一种旷古的氛围。只是静，听得见风的声音；可是，明明的，有人在弹奏音乐，有人在喝茶，有人在做礼拜，还有一群人围在一起跳一种广场舞之类的东西。可是，为什么体会到的只是静呢？难怪，费孝通在《重访英伦》中说，"一个成熟的文化给人的绝不是慌张和热情，而是萧疏和体贴"。安静，很多时候真的是一种力量。

我们乘火车离去。不时回望英国乡村那些尖顶的教堂，那些四四方方的城堡，那些时间永远停驻的大钟。早在一个世纪之前，就有人说"英格兰的灵魂不应当到城里去寻找，而应到乡村去寻找""这样一来，英格兰乡村也就变成了一种社会和文化力量……由国家的风光和建筑物所体现的,给人印象深刻的文化资本,也会有助于英国回复到它的过去,并赋予它一种实质上是旧式的自我形象"。

守旧,仿佛有时真不是一件坏事。

游荡是一种病

今年,听说有一个月苏城房价的涨幅全国排名第一,不知真假。真正的事实就是在那一个阶段,很多的朋友忙着换房。各种各样的理由,改善居住环境、挑选学区等等。

一个换了房的同事说,儿子每天睡觉之前都说搬大房子可以的,但是原来的房子不要卖,我还要回来的。朋友是个男人,听得心酸,说这确实是孩子出生的地方,有他所有的气息。

是啊,气息真是一件奇妙的事情。任何一个有孩子的人家,你一走进去就会感受到这种气息,奶声奶气,一种毛茸茸的感觉,很多细节。比如某一个不再玩的玩具,那些墙上贴的各种贴画,常常是贴了后面的又盖上了前面的。那些用来认知的材料就更多了。什么拼音表、汉字表,还有一摁就会发出声音的挂图。天知道是什么时候挂上去的,天知道孩子又是什么时候学会这些知识的,这些就是所谓的气息吧。

房子总是简单,家永远生动。在闹闹的世界里,一定还有那小区河边的柳,河里的两只船,河岸的两颗粉红石子;邻居家的阿姨,总是会送汤圆过来;和自己一起玩的贝贝的妈妈又要生二胎了,那摸上去滚圆的大肚皮。有个小朋友搬家了,闹闹很长时间都不习惯,经过那家人家总是要抬头朝上看。

我们这一代终究是与这座城市没有那么亲密的关系。就像王尧老师说过的,如果一个城市没有自己的祖坟,那是注定不会有故乡的感觉的。我觉得真有道理。其实,童年的方圆真是很小很小,却就是天就是地,就是整个天地。春节期间的每一天清晨,我出门向东走,走到东边的一条小河边折回头;每一天的傍晚,我出门向东走,走到东边的一条小河边折回头。不管清晨下不下雨,不管傍晚有没有夕阳,我每天做这样的功课,真是一件非常舒服的事情。我感觉自己熟悉那里的每一寸土地,包括那一片土地上的每一次呼吸,每一次哀怨和每一个眼神。其实也就寥寥的大概十几户人家,但却觉得已经足够支撑我人生的所有判断。我的童年的世界以那座小桥为界,桥西边的人家不大会涉足,跟那里的一切人事终究觉得就是隔着了。

我们心中总是有这样的家园聊以自慰。但是,作为进城的第二代,就不一样了。对于商品房,孩子没有跟大人一样的认识,于是常常产生矛盾。据我所知,搬了家之后,没有几个孩子不哭鼻子的。我们这一代不知道是幸还是不幸,想想我们小时候,哪有什么搬家的人,最多就是原地上造房子。现在老家的房子是2008年重新建造的,我总觉得没有老房子的亲切感。老房子青砖造,门前的路是土质的,下雨时间久了会长青苔,不小心会摔跤。于是,下雨的时候,就读《陋室铭》。我不知道是不是就是那样的下雨天和那样的《陋室铭》培养了我人生的一点点诗意。后来，房子重新造过，很多东西被当成了垃圾，进行了断舍离。包括我那么多的作业本，还有满满整整一土墙的奖状，母亲写于二十世纪七十年代的作文本，开头是尊敬的毛主席，然后讲了一个不错的故事，男主人公英俊潇洒高大上。要不是亲见，我真是难以想象现在絮叨琐碎的母亲当初是怎样写出那样的文章，或者当初写出那样文章的女学生是怎么变成了我絮叨琐碎的母亲。老屋啊老屋，老屋里有时光。

如果想到文化，那又是更大的概念，叫作市井或者一个人生活的方圆。我们那里老家的方言叫作衣胞地——门前或屋后，会深深地埋着孩子从母亲身上剪下来的脐带——多么古典的诗意啊。偶然读到范小青老师的一篇散文，写到有一次去祖籍地南通采风，看到了很多跟自己同一个姓氏的亲戚，都感到特别亲切，真正是一个藤上结出来的瓜的感觉。什么叫血浓于水，什么叫认祖归宗，人生在一些特定的阶段总会产生这样的情结。

传统的熟人社会、乡土中国早已经渐行渐远。在城里，又以换房的方式荡涤了进城第二代的家园感。如果生活注定要不断地失去根基，我们又如何扎根脚下的这片土地？

去年，八岁的闹闹说得很明白，她说，妈妈，我们不搬家，搬了家就再也找不到家了。

逃离与返乡

春节后上班的第一天,就听北京卫视的"早新闻"说,北京又开始热闹了,日子回到日常,拥堵成为日常。看看像我们这样的普通市民家庭,上班的上班,上学的上学,想象中国的城市大概都是这样的。

女儿开开心心地回城准备新学期上学了。这次春节回乡下拜年,小家伙体现了极度的不合作,从车停在外公家门口的那一刻起,闹闹就喊,不喜欢那里。很多的小朋友迎上来,欢笑着叫闹闹。可是闹闹依然叫嚣不喜欢那里。其实,从过了江阴大桥,闹闹看到房子一点点地矮下去,地一点点地空出来,就开始嘀咕不喜欢那里了。

接下来的几天,闹闹像一只猫,孤独的猫,只肯蜷缩在一个差不多大的小孩家里,再也不肯腾挪她的步子。傍晚或清晨,只要想起来,闹闹就撇着嘴喊我要回苏州。其实,小时候的女儿是喜欢乡下的,喜欢跟狗狗兜圈子玩,喜欢让山羊咬着她的围兜转,喜欢在一户户人家家里钻进钻出，不知才七岁的女儿怎么变得这么快，翻脸不认人。女儿不断地叫嚣着要去看《巴啦啦小魔仙》或其他。据说，都是得分不算高的片子。

老父亲叹口气说，这是自己女儿生的，要不然的话，谁喜欢她啊。还说再大一点就好了，起码她会装。不知道会装的闹闹是不是让人省心，但终究是不让人喜欢的。有个发小告诉我说，你不能怪人家，人家是城里的姑娘，是陪你到乡下的。

是这样吗？

我是喜欢乡村的。近年来，常常在外，到老家的时候，会有一些恍惚，一些不习惯，但是，乡村的好会慢慢地涌上心头，慢慢地漫上来，直至无边无际，忘记还有外面的世界。晨钟暮鼓，日出日落，鸡鸣狗叫，生生不息……那种与世无争、岁月静好的感觉绝不是城里能够拥有的。回到城市，才发现一年的旅程开始了。工作生活在城里的自己，终究还是旅人。

我第一次走进城市那年，十四岁。学校里让交十五元钱，组织去扬州。那真是烟花三月下扬州啊。尽管已经二十多年过去了，我到现在都记得我穿的一双特别合脚的布鞋，还有一件玫红色的夹克。当然，这还得益于我父亲的一些朴素的想法，他总是觉得要让孩子见识见识外面的世界。我不大清楚二十世纪九十年代初十五元钱的概念，只是记得我同学的母亲就是不肯给十五元钱，她一遍一遍跟母亲要十五元钱，从哀求，到哭闹，甚至计划躲到小河下面的水草底下去吓唬妈妈，得到的都是否定的答案。十五元钱挡住了一个少年去扬州、去城里的步伐。于是，我怀着无比自豪的心情去了扬州。扬州没有让十四岁的我失望。我第一次看见河的两岸居然可以用水泥筑上堤坝，亭子居然可以建在水上，瘦西湖里可以划船，一朵朵叫不出名字的花开得那么耀眼……

扬州的经历给我很多逃离的动力，十八岁那年，我成功地离开。不断工作与求学，让我近年来有机会无数次地听关于农村与城市的高谈阔论。很多摄影界或者文艺界的人士离开了熟悉的乡村题材后，对城市体现了难以进入的隔膜，在他们的叙事结构中，城市是消费，是欲望，是不洁，是媚俗，是权力，是浮华……在与城市的比照中，乡村是美好，是永恒，是根基，是大地，是收获，是轮回，是纽带……很多评论认为文人对城市的感觉与他们最初在城市的失败感有关。普遍的认识是，他们离开了熟悉的环境，就像鱼儿离开了水，创作成了缘木求鱼。

我的老师王尧认为，没有在农村蹲过茅坑的人是没有资格谈论农村与城市谁更好谁更坏的。那些成天享受着城市的种种好处，又不断矫情地抒发乡愁的人，应该让他们再回到农村蹲两天茅坑试试。近年来，农村的茅坑大概也少见了，但是，农村的空心化却是不可避免的事实。太多的人，一次一次，一年一年，选择逃离。城市与乡村的二元对立，使得中国出现了近三十亿人次的春运大挪移……

城镇化到底应该是什么样的城镇化？赶人上楼或洗脚上城是不是就是城镇化？这又是另外一个需要商讨的话题。我个人比较欣赏梁漱溟《乡村建设理论》中的观点：乡村教育是乡村重建的当务之急。中国是伦理本位、职业分途的社会，中国传统社会土生土长的乡约往往具有伦理本位、人生向上、精神提振等原则，应该对之进行改造和修补，建设"乡农学校"，重建中国伦理秩序，另外，乡村建设的主力应该是乡村，太多外力的介入反而会破坏原有的秩序。乡村社会就像一块豆腐，看似散漫却自成体系，总不会破裂，外力一夹往往适得其反。还有，应该建设一个个小城镇中心，而不是只靠大城市的重心……

其实，近年来，摊大饼式的城市建设模式已经越来越遭到诟病。很多人利用城市长大，终究还是没有与之生命交融的感觉。在《城郭九谭》这本书中，何向阳老师这样说："我在城市里长大，求学、受教育、读学位，成为一位知识分子。然而对于城市的感觉，好像只停留在生存层面。它的便利条件，它的物质基础，只是这些具象的东西，并无一种文化概念。就是说在文化层面上我好像并没有已与城市产生契合或认同的感觉。所以谈起城市，竟是一片混沌，图像是碎裂的，拼贴的，并无一种完整的图式。语塞与失语，我注意到有这种感觉的并非独自我一人……"

城市总是无根。与城市的疏离使得返乡也是一种常见的景致。我们也常常跟在人流后面乡村游，到别的乡村。就像先生说的，对于乡村，只有生他养他的那个村庄才有意义。我也有这种体会，当到别的乡村，看到炊烟起，总觉得还不如趁这个假期回老家的好。那个家才是家。不仅仅是家，还是家园，是构成家的一切感觉、气味、生物、周围的一切。

女儿总是喜欢跟别人说她的老家是苏州，不是爸爸的老家，也不是妈妈的老家。但愿，女儿指称的那个老家里不只有电影、电玩、游乐园、比萨饼，还应该有春风，有秋雨，有小桥，有流水，有朋友，有爱……

乡关何处

闹闹享受着旅行的快乐和痛苦。上午,她快乐地爬山、旅行;黄昏的时候,她撕裂般地叫喊,要找她的家。

在丽江摩肩接踵的人群中,在拉市海边的茶马古道上,在那个寂寥的火山口,在停在白云的飞机上,在"魅力腾冲"声光电的视觉盛宴中,在热水河的两岸,她一遍遍地问你,你的家呢?她说我们叫出租车回家,她叫陌生的叔叔阿姨带她回家,她让我们将所有的路灯关了,她要回家。没有什么东西可以使她安静,没有什么东西能阻止她回家的呼喊,她相信一切能让她回家的人和物。

我们近乎崩溃,觉得带她赶这么远的路是不是做了一个错误的决定。她说家是家里的小被子、沙发,还有巴啦啦小魔仙。我们低估了一个孩子对家的依恋。

爸爸说,闹闹,爸爸妈妈在哪里,你的家就在哪里,知道吗?闹闹说,知道了,接下来就嘴巴一扁,含着泪问你,你的家呢?你的家呢？可怜的闹闹，语言表达能力有限，特别是着急的时候，你我还不分，想说我的家呢，结果变成了你的家呢。

如果有爸爸妈妈在的地方也不一定就是家，那什么才是家呢？我很想去思考这个问题。

碰巧，看到若干年前《花花公子》对白先勇的访谈录。写过《台北人》的白先勇说台北不是他的家。第一次到台北的白先勇才十四岁。一住十一年，然而他说台北不是他的家。他又说，在美国七年，一身如寄，回了自己房间，也不觉得到家了，飘飘浮浮的。白先勇是广西桂林人。可是，他也不觉得他的家在广西。"可是，我不认为台北是我的家，桂林也不是——都不是。也许你不明白，在美国我想家想得厉害。那不是一个具体的'家'、一个房子、一个地方，或任何地方——而是这些地方，所有关于中国的记忆的总和，很难解释的。可是我真想得厉害。"

自然，由于特殊的身世，白先勇的家国之痛以及文化认同的艰难不是一般人可以比拟，由于天翻地覆飘零得厉害，东奔西走，家便没有了。自然，与一个孩子不同的是，白先勇不会大声地喊叫，只是将心中的忧郁化作那淡淡哀愁的文字。正如他自己所说，人穷其一生的写作，也就是想说清楚那么两三句话。

孩子有嘶喊的权利。我们没有。从有到没有，我们经历了怎样的疼痛、断裂和隐忍？恰逢《舌尖上的中国》正火。舌尖上的乡愁，源自一种家乡的味道："《舌尖上的中国》没有着力于展示精美菜肴的烹制技巧，而是将镜头对准那些朴实无华的食材以及中国美食背后的浓郁情感，在对日常饮食的审美中，唤起那些有关'妈妈的味道'的温暖记忆……《舌尖上的中国》调和出浓得化不开的滋味。这种滋味，让我们回眸几千年来中国人在与自然的和谐相处中凝结出的智慧，让我们重拾中国人在与土地的依存中积淀下的传统家庭观与价值观，更让我们追寻到中国传统文化的脉络和属于我们自己的文化身份……"

以上两段是对《舌尖上的中国》的评论。行文至此，我冒昧地借闹闹的口问一句：你的家呢？

第二辑 云淡风轻

我最迷恋的是乡下的早晨。在乡下清晨,我早早起床,沿着村庄走一圈,看扁豆,看茄子,看丝瓜,看到了很多的东西,还看到一个大的蜘蛛网凌空架起,非常有气势。闹闹跟狗玩,跟猫玩,跟山羊玩,跟活的东西玩。我不喜欢跟活的东西玩,我喜欢看静的东西,静静的,不知道什么时候开的花,不知道什么时候结的果,不知道时间有没有流走。

闪烁在时间深处的小桥

时　间

若干年前，那个不算晚的黄昏，放了学之后的我徘徊在小桥的南边，不敢回家。老师将父亲喊去了，从老师那里出来的父亲什么话也没有说，只是跟我说了一句话，不好好上学你就不要回家。

七岁那年的我，孑然一人，立在桥头。一桥当关，万户莫开。家里的炊烟渐渐升起了，天色渐渐暗了。七岁的我想着父亲的脸色，就是不敢回家。直到我邻居家的姑奶奶出现。那个时候的姑奶奶六十出头，六十出头的姑奶奶跨过小桥，将书包耷拉在屁股上的我带回了家，并狠狠地批评了我的父亲。

也许，有的事情真的没有对错，从那以后的我，上学再也不敢马马虎虎。十二岁，我小学毕业，以这个小镇语数总分第一名的成绩。

十五岁那年夏天，我正赶着一群鹅从桥头经过的时候，镇上的高考状元骑着自行车,响着清脆的铃声从桥头经过,听说他已经被南京的一所名牌大学录取了,那年镇上的中学一共考取了三个人,他的父亲是我们的老师,他的成功育儿经验在我们那里成为美谈。十五岁的乡下天高云淡,十五岁的少年心高气远。我将一群鹅赶到很远的地方,对着茂盛的水草暗暗地下决心,我一定要走得比他还要远。

十八岁那年的夏天,一张高考录取通知书将我带出了那个小村庄,并注定不可能再回去。这是乡下一件大喜事,母亲逢人便说,她的女儿不要再种地了。父亲走路头都抬得比以前高了,逢人便说,谁说女孩子就是要学几年缝纫嫁人生孩子?那年的夏天,小桥因为我也神采奕奕起来。父亲选择了一个日子,大摆了一场酒席,乡亲们全都带着鞭炮过来庆贺,那晚的爆竹一定很多,因为第二天早上起来的时候,小桥上都是燃烧过的纸屑,空气里弥散着一种宣告背离的味道,理直气壮、义无反顾。小桥的每个桥桩上都被爆竹炸得红通通的。那年夏天,由村里出资,在小桥前面的三岔路口,连续放了三天的电影。

从此之后,我与我的小桥分道扬镳,并且一去多年。这其中,我无数次地回来,短暂停留后又注定要离开。

2012年的夏天,我带上了五岁的女儿闹闹来到小桥边的外婆家,哪里知道她一来就不肯走了。我们走的时候,她就带着她的绒毛玩具猫往邻居家里躲。邻居家的姑奶奶已经八十多岁高龄了。八十多岁的姑奶奶说,孩子也放暑假了,就让她在这里玩玩吧。

我无话可说。

之后,闹闹在乡下的日子,她的外公我的父亲跟我反映闹闹的情况，他说，闹闹总是喊着要看庄稼，然后站在小桥头，不肯回家，甚至有的时候是很大的太阳，闹闹就那样一个人执拗地站在桥头向北看。真的没有办法。

小桥向北，是广阔的庄稼地，土路边有一条蜿蜒的小溪，流水潺潺，还有一排笔直的大树，一直伸向远方。

五岁的闹闹一定觉得那里很美。

空　间

当桥下的水碧清的时候，小桥是很吃香的。

特别回想起那些有着微微的薄雾的早晨，洗衣服的人们在桥下洗衣，担水的人在远处担水，叫卖大饼油条的声音从不大看得清的地方传来，农人们将满车的大粪肥料运到离村落不远的农田里去，孩子们从桥上南来北往地上学。

日子按部就班。春华秋实，转眼就是收获的季节，满仓的粮食出来了。

为了抢晒东西的地方，有些有心眼的人家夜里就放好了一把粮食，是抢地盘的意思。如果有早起的鸟将粮食吃个精光，或者第二天碰巧下一天的雨，将那几把粮食冲得无影无踪，这些人家会暗暗地懊恼一段时间，其他顺其自然的人家往往笑话他们偷鸡不成反蚀一把米。

夏天的时候，是这座桥比较生动的时候，那个在外面煤矿上班的这个村上一个人家的女婿总是在每个夏天回到这个村子，一帮孩子就跟在他后面到小河里捞鱼摸虾。大的小的一帮男人穿着裤衩，半裸着身子，将筛子推在齐腰深的水里，动作敏捷地往横在水上的树根下一戳,满满一筛子的小虾就上来了,那才叫活蹦乱跳。如此风生水起地战斗一番,下酒的菜就有了。

夏天的夜晚,为了抢一块纳凉的地方,孩子们早早地吃好晚饭,洗好澡,由大人扛着竹匾就到桥上安顿下来。大家一边数着天上的星星一边吹牛,有一搭没一搭。

这些年,村上的人出去的出去了,小桥的地位不再那么显赫。人们将晒粮食的地方转移到了自家的楼房顶上,将纳凉的地方转移到了自家的空调房间里。

留下来的人们总是在桥上闲聊。东拉西扯,不成体系,没有主题,没有主角。那个将近的黄昏,人们这样谈论的时候,有个打扮入时的小媳妇从桥南走到桥北,人们的眼睛盯着她看。小媳妇的衣服领口太低,里面几乎一览无余。听说,这两年小媳妇回家也特别地阔绰,上次儿子十岁,招待客人都是中华香烟。人们在听说小媳妇是上海一家大宾馆经理的时候,同时推断她大概没有干什么好事。

他们看到那个小媳妇的时候,我看到的是一个老妪,佝偻着身子从桥的北边向桥的南边而去。她的女儿家在桥的北边,当时,并不是完全的嫁和娶,带有私奔的性质。现在的老妪当时姑娘的娘抢着斧头就冲到了桥的北边,一边走,一边叫,说要将那个小子剁了。这些年过去了,小子没有剁成,小子又养了小子。不知道从什么时候开始,她跨过小桥,去帮姑娘家里忙活了。

那个黄昏,我站在桥的北面,看着她佝偻的身子渐渐地远去,直到小河边的芦苇遮住她的身影,我差点落了泪。

人　间

今年，这座小桥要成为历史了。

这是人们盼望已久的好消息，镇镇要通公交，村村要通水泥路。这座小桥终于因为不合时宜要被淘汰了，换上与水泥路相配套的公路桥。

桥头上，一个老人平静地站在桥头说，这座桥，已经有了四十多年了。

四十年，对于一座桥的历史来说不算长，对于我而言，却超过了我的经验。人在桥上走，水在桥下流。风动还是幡动，彼岸抑或此岸，又有几人能够看透。

就像现在说话的这位老人，其实还没有老，主要是他没有将自己当作老人。这位过了七十岁的老人，精神矍铄，面色红润，腰板敦实，四处帮工，周围的哪个人家盖房子砌猪圈了，只要喊他去，总是一喊就到。老人当然不白去，一天有几十元的工钱，主人家会管一顿中饭，酒是免不了的，老人总是要酌上几口，带着微微的酒意，然后开始干活。放工的时候，还会有一包香烟带回家。老人自己并不抽，几包香烟集中起来，就到小店里换取油盐酱醋。如此这样，村上人都说老人应该是有一笔不小的存款。

老人和他的麻脸老婆异常节省，几乎就不怎么用钱，晚饭要是有一两块凉拌的豆腐就算不错了。老人唯一的孙子上大学了，村上的人家都估计着老人怎么也得出个五百元钱，但是，老人愣是一个大子儿也没出。村上的人说老人不近人情，这样的话传到老人的耳朵里了，老人却不以为然，他说从此之后不再重蹈覆辙。

什么覆辙呢？就是这些年来，老人的两个儿媳妇常常为麻脸婆婆帮谁家干的事情多少的问题大动干戈。特别是老二家的婆娘总是觉得老大家生的儿子，麻脸婆婆帮他们家干得多，有一次甚至冲进老人家的厨房，砸掉了一口烧猪食的大铁锅，顺带还有几只碗。老两口伤心透了，跟老二家不相往来。本来，老人靠着老二过，大家共用一个院子，从此之后，院墙从中间一分为二，做成了两个门楼，站在桥上看，像两座不易攻克的碉堡。

直到老二要去新加坡打工，听说一去好几年，麻脸婆婆躲在角落悄悄落泪，并站在田埂上将儿子目送了很远，之后才似乎宽恕了媳妇一点点。但是，那两个一高一低的院门却注定要成为桥头一段时间的历史。

人们站在桥头，开始谈这座桥的历史。人们靠着白果树，交叉着手臂，一边回忆自己的人生历程，一边回忆这座桥的历史。人们对年份没有特别的记忆，只是从自己生命的历程出发，以此类推这座桥的生命。

老人终将老去，小桥也从此将不复存在，连同人工河的历史。

云淡风轻

（一）现　场

这是个需要打扫的现场。这是每个人的现场。这是每个人终将面对的人生。我的九十一岁的姑奶奶走了。

听到这个消息的时候，母亲在生活的城市里跺脚大哭，全然不顾周围陌生人的眼光。我的六十五岁的母亲在我生活的城市大哭，因为老家一墙之隔相守相望几十年的姑奶奶去世了，而我像个冷血的人，静静地看着我孩子般的母亲。我的泪腺还没有打开，或者我还真的没有穿越的能力。我以为那是一种穿越，也是一种能力。我们总是浑浑噩噩，按部就班，听到这个再平常不过的事情的时候缺少那样一种能力。我们总是麻木。万幸，我的母亲没有麻木，我的母亲身上带有那本质的一种浓浓的泥土气息，总是会瞬间与那个生我养我的小乡村惺惺相惜。

所有人都在说，姑奶奶高寿而且好福气，该有的都有，儿子女儿孙子孙女外孙外孙女,还有下面的一帮小小孩儿,总是幸福的。姑奶奶去火葬场那么长长的一段路,从人家的门前走过,女婿捧着照片,儿子端着骨灰盒,儿媳夹着席子,多么具有幸福感啊。

媳妇逢人就说姑奶奶最后的人间历程,那么地云淡风轻。姑奶奶就是当天下午头有些晕,呕吐,但怎么也不肯上医院,说难不成还死在医院里。晚上是自己洗的澡,自己吃的晚饭,说等他们发现的时候还是有一口气的,看到他们来穿衣服了,一口气才下去。这家人家的媳妇比儿子能干,去烧姑奶奶随身带的草席的时候,儿媳差点过去烧,边上的人说还是让男的去烧吧。其实,姑奶奶家很多男人的活都是女人干的,比如要推粪车去田里,是女的在后面推,男的在前面拖绳子。所以,儿子常常被人们看不起,这是我的一个发现,就是公公婆婆有用的人家,常常是媳妇更能干或者更做主,其实这没有什么奇怪,儿子常常被惯出来,媳妇常常被逼出来。现在,媳妇俨然是这一大家子的主心骨。就是这样,从来没有听说过姑奶奶和儿媳有什么矛盾,或者有什么隔阂。应该说,姑奶奶是相当地聪明,不像有些人家的婆婆,媳妇下地了,姑奶奶就在家烧晚饭,媳妇做饭了,姑奶奶就烧火,媳妇的娘家人来了,姑奶奶就像自己家的人一样地看待。这些说起来容易,做起来却不一定的。

姑奶奶的女儿是招女婿的,没有到人家去。在那个年代,也不是一般人家做得到的,姑奶奶家找的上门女婿,这么多年,女儿女婿就近在眼前。姑奶奶的人生其实是掌控得非常好的,当然,到了第三代那是后话,也不在姑奶奶的掌控范围之内了。

如此,九十一岁的姑奶奶驾鹤西去,是多么自然而合乎规律的事情,没有人难受。守夜的那个晚上,他们家请来了草台班子给姑奶奶唱戏，真的是我没有想到的事情，很多红脸、很多白脸，很多男的、很多女的，走马灯似的晃。乡村的夜特别地黑，黑得只能看见天上的星星，黑得只能看见河对岸人家星星点点的灯光，但是，姑奶奶家的门口在唱戏，而且，仔细听，还是荤戏，比如说亲家公看见亲家母眼睛都直了之类的话。唱戏的女人穿着很现代的衣服，腰肢扭来扭去，肥嘟嘟的，下面人笑。隔岸的几个老人过了河来看戏。没有人哀思，没有人恐惧。没有来生，只有现世。

在一片混沌的人群中，我的九岁的闹闹思考一些关于死亡的问题。多么具有慧根的一个孩子啊，问得我差点汗都下来了，那些具有哲思的问题，我哪里答得上。我既不纯正又不升华，我混沌而愚昧。闹闹问，人就死一次吗？人死了之后还会死吗？人死了会到另一个世界去吗？终于，闹闹问，我将来会死吗？作为妈妈，我有将真相告诉她的义务，我郑重地告诉她，人是会死的。闹闹接下来问我，那我要到一百岁才死吗？我说，不一定，姑太太才活到九十一岁。闹闹又问，那是什么时候呢？我真不知道怎么回答了，就死亡的问题，我和九岁的闹闹就这样将天聊死了。

在火葬场，亦没有人真正为姑奶奶难受。人家总是想听各种猎奇的故事，谁家死者更年轻，谁家死亡的原因更蹊跷，谁家的家属哭得更伤心，这些都是人们谈论的话题，乡村生活真是太平淡了。

胆大的跟着走到火化的内室，应该需要一些勇气。三头出来了直拍胸口，说难受。我没想到，三头会直拍胸口说难受。三头终于使足了全身的力气将自己的婆娘气走了，那个婆娘自打十九岁就跟着他，生了儿子，有一段时间挺和谐，两口子在家养鱼，儿子上学，我到过他们家的鱼塘买过很大的鱼。不知是婆娘先跟文兵的事情在前,还是三头跟妍头的事情在前,反正三头觉得男人这种事情是无所谓的,女人就大不一样了,况且文兵的老婆还差点自杀,三头说什么也不肯原谅了,再不碰婆娘,甚至再不说一句话,婆娘在家他就出去,婆娘出去他就回来,终于,人家走了。三头公然和妍头同吃同住,仿佛活得挺潇洒。现在,三头出来说,自己非常地难受,想吐。三头涨红的脸像猪肝。三头说早知道就不进去了。

从火葬场回来,那么长长的一段路,姑奶奶只剩下照片,女婿捧着照片,儿子端着骨灰盒,儿媳夹着席子。女婿走得晃荡起来,儿子说是要用口水涂一涂,这样看上去难受一点。真的是喜丧。

快到家的时候,我的九岁的闹闹拿着她的巴啦啦小魔仙棒,披头散发地向我奔来,懵懵懂懂地问我,妈妈,你去哪里了?

(二) 关 系

姑奶奶其实与每个人都有关系。她以长达近一个世纪的年纪迎接了村里多少人的到来和变迁。但是,姑奶奶不说,或者她自己就从来没有觉得自己在那个村庄的史诗般的意义。自打我记事以来,姑奶奶就是长的那个样子,临老了,还是那个样子,蓬松的小发髻,花白,背微微地驼,并不厉害,罗圈儿腿,两腿向外张。耳不聋眼不花,关键是思维还很清楚,是一个适合聊天的好对象,不反驳不争论,静静地听你说,多么好啊!

我好几篇文章中写到过姑奶奶,比如,小学有一次考得不好,躲在门前小桥的对岸不敢回家,是姑奶奶将我接回家的,并狠狠地批评了我的父亲,说小孩要是有个三长两短怎么办?还有一些印象很深的镜头就是,姑奶奶常常出来劝架,我在长大的那些年,也不知道为什么，父亲母亲常常吵架，吵起来就打，父亲追着母亲打，母亲就围绕着门口的那些树转圈，姑奶奶就出来了，赶紧呵斥，说，鸭小，你怎么这样，有话好好说，有本事不要打女人。于是，母亲得救。还有一次，应该是父亲出门不在家的那段时间里的某一天，也不知道为什么，反正听说家里没有米了，我记得姑奶奶给我盛来一大碗米饭，是那种农村里很大的碗，是满满的一碗饭，晶莹剔透，我吃得好香啊，我现在写起来还是觉得唇齿留香。我吃过姑奶奶为我盛的一大碗米饭。滴水之恩，我却无法涌泉相报。所以，在姑奶奶的灵堂前，我那么不识时务地掉了好几滴眼泪。我还哭，不大哭，悄悄地流泪。

无人不说姑奶奶好，好在哪里呢，又无人说得出来。其实，因为时间久远，很多事情已经被人们遗忘了，我是听父亲说过，姑奶奶帮助了不少人家。有一次，一个妇女去大队偷粮食，扎在裤腿里准备逃，被姑爷爷逮到了，准备大动干戈，是姑奶奶劝下来的，说荒年成，谁家没有个为难的时候。事实上，在整个村庄，姑奶奶的人缘都好过姑爷爷，而那些得到过姑奶奶帮助的人家更是感恩戴德。人，有时要有超越时代的勇气和能力，凭的往往不是学识，而是天性和本能的一些东西，这是多么多么地难得啊。所以，我觉得此时的写作特别有意义。

近些年回去时，常常看见姑奶奶坐在门口，目光静静的，看见人基本就是两句话，经典得像她一生的语录：某某，你来玩玩；某某，你吃过没有啊，到我家来吃啊。就是这么两句。当然，人家也不真玩，也没有人真正来吃。但是，姑奶奶还是这么问，从来不会因为对方的敷衍改变她的对话和交流的方式。其实，这种方式也不是她一个人，那片土地方圆几十里范围内人们都是这样招呼的。有个比她小几岁的老太太事后回忆说，就是几天前，姑奶奶一直跟她说，以后没有人跟你一起玩啦。玩的意思也就是有一句没一句地聊天。可以想象的是，姑奶奶就是在这有一句没一句毫无压力的聊天中度过了自己的余生。

其实，这样真好，门口小河潺潺流动，迎春花花开花落，那些从来不争宠的茄子、扁豆、黄瓜一年一年地开花结果。可惜，姑奶奶再也看不到了，不过我相信，姑奶奶还会在另一个世界守护这片土地。

还有那些被姑奶奶看着长大的孩子还在继续守护着这片土地。亚庆小的时候常常被姑奶奶放在倒下来的椅子格档里，一边干活一边看着，如今也已经做了爸爸；那个十八岁就私奔到我们这个村的大姑娘如今也已经做了婆婆，想当年，这个姑娘的娘家人来找的时候，姑娘躲到了善良的姑奶奶家掩人耳目。姑奶奶这几年唯一不放心的就是说有晚娘就有晚老子，想当初，姑奶奶对于重孙女雨欣是怎样的呵护，雨欣走到哪里，罗圈儿腿的姑奶奶就跟到哪里。这些年，孙子不听话，在外面轧姘头，姑奶奶气在心里却没有多少发言权。只是不住地说有晚娘就有晚老子，哪个人去看她，就跟人家说要劝劝刘军，姑奶奶知道年轻人用年轻人的道理去说会比她有用得多，这是姑奶奶一直以来聪明的地方。但是，结果如何，姑奶奶只能是爱莫能助了。

就这样，姑奶奶带着舍和不舍去了。很多时候，你并不是生命的主人。用姑奶奶的话说，阎王老爷叫到谁谁就要去报到了。

在姑奶奶的丧宴上，整个村庄的人因为姑奶奶聚到一起。这个村的东头是孙姓人家,是姑奶奶的娘家;西边的是刘姓人家,是姑奶奶的婆家。姑奶奶是这个村庄的真正的主人,拥有这一个村庄的精华、雨露、太阳和河流!

有些人的世界很小,其实很大。有些人的世界很大,其实很小。

(三) 死 亡

死亡是笼罩在这个村庄上的一道魔咒。

当年在村里赫赫威名的那些人都走掉了好几个。真是一件非常残忍的事情。

大队支书,那样子的一个人,走路一阵风,当过兵,大腹便便,颇具一些风范。当时村里最美的那个个子高高的姑娘跟了他,高个子婆娘细长的眉毛,细长的腰,高高的鼻梁,薄薄的嘴巴,一头的短发,永远两个金耳环,一闪一闪的。在当年支书走路一阵风的年代里,支书的婆娘脸上是颇有几分光彩的。支书不知道什么时候走的,还记得他走路的样子,肚子向前,将军肚,肥肥的屁股在后面,这样的造型走起路来应该像鸭子摇摇摆摆才是,但是,不知道为什么在我的印象里他是走路带风的,真奇怪。支书号召大家干过很多事情,弄沼气池,种水杉树,修硬质渠道,还有半夜里大雨来的时候带领大家去抗洪等等的事情吧。我也说不上,有机会请教父亲,父亲对干部比较有发言权,父亲说蚊子从他面前飞过,他都知道是公的母的。父亲还为做过群众代表而感到开心,父亲是分配到户的时候负责丈量土地的,对于这些真的非常懂。但是,现在,是田分到了也没有人种了。

支书死了，他和父亲同年。人家开玩笑，说鸭子，下一个就轮到你了。父亲哈哈大笑，我到现在都记得父亲哈哈大笑的声音和样子，父亲的分贝高得让人胆战心惊，当时的父亲笑得非常自信和无所畏惧，只是因为很多东西没有到来。现在，父亲不这样了，悲秋，悲一切细枝末节，动不动掉泪，而且，看见的人都说父亲有时木讷得像个呆子，他们充分怀疑父亲老年痴呆，只有我知道，父亲的头脑明白得像若干年前一样。

跟父亲同年的国三也死了。国三个子小小的，一点不彪悍，但年轻的时候却做了非常彪悍的事情。国三，顾名思义，在家里排行老三，家里好几个光棍，但国三却有本事将人家的婆娘弄到手。国三后来想办法抱养了一个女儿，一直抚养到成家立业。现在，才六十岁的国三走了，婆娘又跟村上一个人好上了。都是年过六十的人了，听说那个男人躺在国三家的床上不肯回家，那个人家的婆娘打上门来。国三的婆娘说是你家的男人躺在我家的床上，有本事你叫你家的男人回家，你找我干什么。听起来，道理也是对的。只是不管对错，国三再也问不了了。

还有，六十岁的兴来也走了。兴来走了，村上人是伤心的。原因是兴来的儿子不在家，兴来的老子还活得好好的。儿子已经离家出走了很多年，原因是兴来不肯他离婚，他说没有幸福。兴来说除非我死。于是儿子走了，儿子真的等他死了才回来，带回来另外一个女的，而之前的儿媳也熬不过去重新嫁人了，带着新的老公来参加兴来的葬礼。就这样，一对夫妻变成了两对，拜倒在兴来的灵堂前。兴来不知道是应该高兴还是不高兴。兴来的老爹还在，八十多岁了。老人个子高，本来就高，这样一来，明显瘦削下去，显得越来越高了，仿佛一阵风能吹倒。不过，到现在还活得好好的，阎王老爷没有找他的意思。那就好好地活着吧。

巴子也死了。听说巴子是新四军，从战场上逃回来的。子弹穿过了他的眼睑，从上眼皮上穿过，上眼皮上多了一个窟窿，日积月累，并耷拉下来。巴子吓得魂飞魄散，在队伍转移的时候，悄悄地躲到河岸上，滚到河里逃回家了。跟巴子一起的那些活下来的人，现在一个月拿好几千了，巴子才几十元钱一个月，还是照顾，还是开恩，说起来，巴子是一个逃兵，是有罪的。巴子最大的荣耀就是儿子弄来一个漂亮媳妇，个高臀大，能生儿子，而且果然生的是儿子。后来发现孙子智力有问题，儿媳妇走掉了。走之前，儿媳妇将家里的饭菜做得好好的，将田里的活计干得好好的，然后，说走就走了，谁也没料到的事情。还有一件给儿子织了一半的毛衣，怎能说走就走了呢？但是，千真万确的，儿媳妇就好像人间蒸发了一样，再也没有任何的踪影。曾经，那个人家的父母找上门来，将大粪泼在巴子的床上，巴子都忍了，巴子是见过世面的人，说这点粪便算什么，只要儿孙好，忍一时算什么，但是，儿媳妇还是走了，无影无踪。巴子像霜打的茄子，从此沉默不语，默默地拉扯着没有娘的孙子。直到老死。

那个村里最漂亮的小院子的女主人走了。墙边的鸡冠花开得正艳，还有一串红，爬上了树，高高地趴在树上。但是女主人没有了。让人一点准备也没有。听到这个消息的时候，我一点都不敢相信这是真的，听说下午一头栽在院子里，然后掐人中，送医院，人就没有了。到现在，连她的男人也不能准确地说出她的毛病，生命就这样糊涂着，有略懂一二的人士表示一定是脑溢血，这样的症状一定是脑溢血。正月年里的一个下午，我在那个院子里看见了很多鸡，男人说年成很好，一年有好几万元的收入，也不用出去打工。他们家两个双胞胎女儿，越长越漂亮，水灵灵的，我都认不出来了，只记得她们小时候坐在自行车前面的样子。

人与时间赛跑。人注定跑不过时间。甚至，有时没来得及赛跑，就戛然而止。脆弱的岂止梦想，还有生命。

（四）我的家园杂草丛生

仿佛，时间宁静而停止。《阿甘正传》里说，死亡是生命的一部分。我不得而知。只知道祥林嫂问关于灵魂的有无。我不想问，我宁可相信有。很多人不问，宁可相信有。没有人能够回答的问题，又何必自寻烦恼呢。

我的家园杂草丛生，家里蜘蛛网弥漫，我的脚都伸不进去。昔日热气腾腾的灶头上布满尘埃，父亲在一棵树下独自垂泪。那树本来是那么小的一棵，非常矮小，长在屋后的某个角落不起眼，老是阴阴的，说是将它移到前面来吧，这样可以长得快一点。现在移到前面来了，真的是见风长。十年前我出嫁时还是很小的一棵，现在比大碗还要粗了。人活一世草木一秋啊。人是活不过树的，这是定律了。现在，我仿佛看见了以后的很多年。

北边，那里刚刚烧化姑奶奶断七的轿子，还有烧掉的一大包衣服。姑奶奶的儿媳妇决定将所有的衣服都烧给姑奶奶。儿媳妇尽到了自己的责任，非常不容易，这么多年就这样留在原地，从来没有想过改变，仿佛也从来没有改变，本来应该是个大美女，现在，两边白发，走路时腰还是挺得笔直。有双鬓的银发和皱纹，但是一点也不影响本来的美丽。

我愿意在这样的假日将自己放逐到乡下，将自己变成一个孩子，外面的那些人与事总是那么地断裂，与自己没有丝毫的关系。

那些孩子怎么就长得那么大了？我真的不习惯，长大的孩子表现出了力量，比如雨馨，勇敢地站出来与父亲的第三者决斗，拿起电话打给那个大人口中不要脸的女人，说这个不要脸的女人，你这个狐狸精，因为你，让我缺少父爱，我讨厌你，几时你跟我爸爸在一起了，我也不会跟你们，我跟我爷爷奶奶过。听起来好像台词，不像这个村上的女孩子的语言。我们小时候不会这样说话，要不不说话，要不说更狠毒的话，诅咒你去死。不会说得这么忧伤，近乎通情达理。

村上还来了一些之前没有见过的孩子，是重新组合的家庭带来的，属于新鲜事物。这样的孩子有爹就没妈，有妈就没爹。这样的新鲜事物不知怎么就传到了乡下。我的发小变成了后妈，一遍遍地跟我述说如何给这个孩子买吃的穿的，这个孩子又是如何提防自己。总之，是隔着的，电视剧中的桥段。

我在阳台上留下一个苍白的背影，后面是模模糊糊的庄稼。我最迷恋的是乡下的早晨。在乡下的清晨，我早早起床，沿着村庄走一圈，看扁豆，看茄子，看丝瓜，看到了很多的东西，还看到一个大的蜘蛛网凌空架起，非常有气势。闹闹跟狗玩，跟猫玩，跟山羊玩，跟活的东西玩。我不喜欢跟活的东西玩，我喜欢看静的东西，静静的，不知道什么时候开的花，不知道什么时候结的果，不知道时间有没有流走。

我喜欢这样的清晨，仿佛千百年就是如此。

因为这样的清晨，不管村庄怎样地荒芜，我总会在某一个时刻到达。

吃　相

佛说，吃相是人生的第一品相。

（一）

父亲说当年看到队长家的糕片，口水在喉咙里打结，口水直往肚子里咽。父亲说那个时候家里常常喝粥，捞不起两片菜叶，家里的米缸总是见底。父亲曾经从见底的米缸里偷过一把米去上学，到了半路，将一把米扔进嘴里，但还是止不住头昏眼花，摇摇晃晃，回家还挨一顿揍。七岁的父亲非常后悔，偷鸡不成反蚀一把米。其实不能怪那个时候小小的父亲，因为这些米变成米饭的希望实在渺茫，只会扔到丈把的大锅里变成星星一样的点缀，所以，三十六计"偷"为上计。后来，父亲还做过一件自己颇为得意的事情，就是趁大人不在家的时候，偷面粉烙饼吃，跟另外一个孩子一起，躲在家里烙饼。烙饼不难，难的是善后工作。看得见的现场是好整理的，看不见的现场就难了，比如香味。父亲和他的小伙伴想出一个绝妙的办法，用一个大大的蛇皮口袋将香味装起来往外倒，父亲他们认为香味是可以装起来往外倒的，于是两个人拎着口袋的两头，呼啦一下一装，又呼啦一下往外一倒，如此反复。天知道香味有没有送出去，我只知道现在年过花甲的父亲想起这样的场景，仍然颇为得意，仿佛那香喷喷的味道就在嘴边。那该是一种什么样的香味？

就是这样，自打我有记忆以来，父亲的吃相还是优雅的，父亲从来没有在吃面前丢过相。父亲仿佛早早明白了赚钱和晒太阳谁先谁后的道理。很多年里，父亲将自己放得很松，也很滋润，一天两顿小酒，一把花生米就可以在家里哑巴半天，一人斟酒一人喝，不紧不慢从从容容。农忙起来的时候，可以将一碗面条吃得稀里哗啦，军事化地解决问题。父亲是个急性子，看不得母亲慢吞吞。

这一点，我像我的父亲。我总是想做一个从容而优雅的人，起码不让生活看出我的慌乱。我会彬彬有礼地参加一些饭局，努力做出有教养的样子。我讨厌一些过分的做作，一次和一个电视台的美女同桌，她化着精致的妆容吃龙虾，总是怕弄到这里弄到那里，小小的龙虾要离脸很远又要离嘴很近，真是一件高难度的事情。我暗暗发笑，并不以为然，总以为吃龙虾和喝精致的下午茶完完全全是两回事。

相比之下，母亲总是琐碎而忙碌，母亲的吃相也是这样。母亲总是舍不得吃，总是要将东西结余下来再吃，或者就做到多得吃不掉为止。有一次，我终于恼怒了，母亲也恼怒了，说我忘了本。母亲说锄禾日当午，汗滴禾下土。我说窃钩者诛，窃国者诸侯。母亲未必懂，虽然母亲是高中生，但我知道，就是那个时候推免的高中生。那个时代，能够推免上学的人家，不是一般的人家，的确，母亲的娘家是当地的望族，外公的好几个兄弟都是衙门里的官员，有一个还是县委的常委。母亲的小时候是富足的，虽然跟父亲是一个时代的人，但不像父亲那样缺吃少穿，母亲家里的毛芋头总是吃不完，与父亲仿佛是两个时代的人。

不知为什么母亲总是慌乱，也不知道是什么让母亲变成现在这个样子。有时我心疼母亲，我觉得亲爱的妈妈，现在，我们是不是并不需要那样？很多时候，我只是气急败坏地心疼。

到现在，我都清楚地记得一个自助餐厅的阿姨的神情，那个阿姨拖着拖把斜斜地就走过来了，将对舅舅他们的某种不屑写在脸上。舅舅不容易，在城里买了房子之后很多的事情更加不容易。就是这样，舅舅家过年都会有一大桌子菜，汤就有好几种，什么肉都要端上来，很多都是自己家养的种的。丰富、厚实，讲究搭配，似乎将一年所有的美食都端上了桌，似乎一年就是吃这么一顿，似乎一年有这么一顿就够了。

那个阿姨，你有什么资格到舅舅他们面前来指手画脚？

真的，很多时候，对待很多事情我们都没有资格。认识到这一点，我仿佛变得清醒，我在心里跟母亲讲和。我只是想努力让自己做得更好，让母亲过得更好。

子欲孝，莫等亲不在。

外婆临终前说要喝一碗甲鱼汤。外婆终于提要求了。我闭着眼睛都能想起外婆的样子，太清楚了，外婆晚年青光眼，看不见东西，也不是完全看不见，就是什么东西都要凑到眼睛前面看。给她吃任何东西，都说给孩子吃，虾子给孩子吃，牛奶给孩子吃，什么东西都是给孩子吃。我终于不耐烦了，几乎是恶狠狠地说，你爱吃吃，不吃拉倒。没想到这样的语气很有效，外婆终于才肯吃一点点。吃是一件大事啊。外婆临死前理直气壮地说，自己要喝一碗甲鱼汤了。母亲去买了甲鱼回来，烧好，递到外婆嘴边的时候，外婆去了。

昨天看到一首诗，最后一句这样写道：活着已经让人泪流满面。

（二）

吃饭是为了活着，但活着不是为了吃饭。

老师在电话里说，不要准备太复杂的晚饭，她吃素。我有些不以为然。主要是最近遇到好几个吃素的人，不太费劲就能勾画出他们的样子。

那个斯文的画家极瘦，龅牙，扎着头巾，并不好看，我给她夹菜，一调羹虾，画家说不好意思，我吃素。

身边有个诗人吃素。本来在体制内，后来觉得自己不适合，去做了一家保险公司的董事长秘书，很讲涵养和修炼。现在做到一个片区的老总。请人喝酒吃饭，但自己不喝酒不吃肉。

一个下着雨的下午，人不多，燃一炷香，讨论关于灵魂的有无。居士说植物只有生命，没有思想，也就没有灵魂。如若万事万物都有灵魂，那世界上是不是都挤满了灵魂？说灵魂只有二百年的时间，有修行的才有五百年。那么头头是道，听得人大气都不敢出，空气仿佛也变得神秘起来，只有香味的萦绕。

还遇到过一个高人，过午不食。听说很神奇，讲《易经》，还能看出你的前世是什么变成的，就是你的祖上是什么，是龙还是虫。而事实上我以为大师是看人说话的，不是你的祖上决定了你，而是你决定了你的祖上。你是龙你的祖上就是龙，你是虫你的祖上就是虫。按照这样的逻辑推断其实并不难，但是很多人相信。说小的时候就是跟在爷爷后面，爷爷杀羊嘴里念念有词就治好了一个小孩的癫痫，至此迷上了。如此，高深的《易经》就带有了乡村的神秘气息，变得形而下起来。但是，有市场。

她是我的大学老师，其实是我们大学快毕业的时候，她来到我们学校的。那个时候，我们已经在大学厮混了几年，仿佛我们是主人，客大欺店，不是太听她的话。轮到她的课，人总是寥寥。再说讲的什么老庄，什么自由翱翔。二十几岁的小毛头又有几个人愿意听？二十几岁本来就自由翱翔，用不着任何的教化。我们这些自以为勤奋的学生就会和她走得近些，会听到她的一些心里话。不像其他老师，总是八股。后来才知道，这些东西，才是真正的精神养分，而不是课堂上学到的那些。

她的先生跟她一起到我们学校教书，激情四射，大包头，从不避讳自己的农民家庭出身，说自己的父亲曾经在他上大学的那个城市街头修理自行车补贴他的学费。他非常相信知识改变命运，上课容不得学生不听。

后来我们前后脚到了苏城，他们读博士，我们读硕士，关系更加近了，是很近的那种。亦师亦友地舒服。后来，他们就毕业了。我们在这所美丽的学校里擦肩而过。擦肩而过的前一个晚上，我们在小屋吃了一顿火锅。那个小屋弥漫了一屋子的烟雾，呛得很，混着青春的气息，热情洋溢。那个时候，她不吃素，我们一起吃羊肉，吃得很欢。他们的孩子已经会耍金箍棒了，十岁的孩子耍金箍棒也还是很好玩的。我们一起哈哈大笑，这一切仿佛发生在昨天。

五年前我去过她毕业后去的城市，现在更加鼎鼎大名的杭州，他们扳着指头跟我们说他们的房产，好几套房子，那个时候市值就要千万了，现在更加不得了了。

现在，我们坐在苏城一个素食餐厅里。很雅致的感觉，小小的院子，流动的水，还有游来游去的鱼儿，有藤条做的秋千，粗粮做装饰的背景墙。屋外是这个城市的一片湖，有一个不太洋气的名字，但是被打造成非常洋气的样子，边上的房子已经很贵了，现在看起来更加贵，贵得好像没有边际，但没有停下来的意思。随着这么贵的房子，这个湖的周边慢慢满了，结果是这个本来还是有点面积的湖成了盆景。

我的孩子不知从哪里吸来一口水，想要将桌子上的一盏灯吹灭。她的孩子已经很大，是个大姑娘了，不屑于跟我们在一起，一个人跑到院子里荡秋千。

她静静地跟我说吃素的历程，已经坚持了数年了，并有一定的功力，而且辟过谷，就是连续七天不吃东西，只喝水。最难受的是第三天的时候，人仿佛虚脱了，进入了一个什么空间，难以言说的状态，坚持下来之后就好了。她说仿佛第一次知道了那种身心自由的状态，怪不得庄子说身心自由，古人不欺她也。

她说现在每天练功两个小时，打坐两个小时。职称还是副教授。已经放弃了国内的一套。而且孩子也在英国上学了。非常平等的感觉，非常好。那里家长和老师都很好，都是非常志同道合的一帮人。学校的一块东西已经放弃了,一年只在国内上半年的课,还有半年在国外陪孩子。

她说有时也会做荤菜,但绝不让一个生灵因为自己而失去生命,要买就买已经加工好的肉食品,做之前会做一些祷告,做了祷告,佛祖会原谅,减轻罪过。

她像一阵风去了。像一个彼岸。我还在我的现世。已经很多天了,我们没有联系。

只是,偶尔我会想起她,像是想起另外一个自己。

(三)

国兰满头银发,我不知道国兰什么时候开始满头银发。国兰走路一阵风,养活了三个女儿,非常不容易。三个女儿排着队长大,一个比一个壮实,男人小小的,他们家的组合颇有些像高女人和她的矮丈夫。

国兰的女儿跟我一般大,那个时候国兰看不起继续上学的我,跟我的母亲说,我的女儿现在就学缝纫,你的女儿上了三年高中,以后还是要学缝纫,而我家的到那个时候可以做你们家的师傅了。为此,我的母亲心里不舒服了很久,但母亲嘴巴向来迟钝,找不出什么话来反驳。不说是缝纫这种技艺本身有什么不好,荒年饿不死手艺人,而是在我们那里,人们内心深处其实是对职业分了三六九等的,我们那里人说不出耕读传家,但是,尊重读书人。母亲期盼我成为读书人,这种骨子里的期盼也很大程度上决定了我的人生走向。

实际上,我跟国兰二女儿的关系很好,而且我很尊重她。那是一个勤劳的女孩。我们那个时候要带桑葚上学，交给老师卖钱添置学校的学习用品。这没有什么奇怪，我小学一年级的时候还带过柴火去学校。我叫上我的母亲帮忙也弄不过国兰的二女儿，她的手脚真是非常快。跑步也快，我们放学的时候，没有一个跑得过国兰的二女儿。其实，如果好好引导，她肯定超过我。这一点，我应该感谢我的母亲，我有一个不像国兰一样现实的母亲。读过高中的母亲生活中仿佛还有梦想，或者说自己没有实现的梦想，有着无形的远方，又无形之中将这种对远方的期盼寄托给了我。

国兰的三女儿就不一样了，比我们小，古怪刁钻，被宠坏了。人家找上国兰家门来，说国兰的三女儿拿了他们家的蛋。国兰咆哮，说这是不可能的事情，说怎么可能，我的女儿怎么会拿你们家的蛋。这样，国兰的三女儿仿佛找到了靠山，却领会错了意思，涨红了脸，嗖的一下从房间里蹿出来，将一只蛋扔到了门口的场上，很有气势地说，这就是你们的蛋，来，拿去。国兰面红耳赤，开始大骂这个不听话又很蠢笨的女儿。

现在，我自己有了孩子之后，才明白将三个孩子拉扯大真是一件不容易的事情。就那么几亩地，男人又不是多能干，一年到头在外面打工。后来他们家还闹出了笑话，国兰成天跟自己的小叔子一起劳动一起下地，一起睡觉一起吃饭。也不顾人家的眼神，也不顾人家怎么说。后来小叔子重新找了老婆，花费了几千元钱，比国兰年轻，比国兰能干，毕竟是自己的嫂子，说到底总是不好的，于是就淡下来。但是，国兰却不干了，据说到小叔子家里又哭又闹，寻死觅活。但是，没有但是。小叔子撤出，国兰的男人回家，仿佛一切都没有发生。

后来，再看见国兰，明显地老了，一头的白发，听说之前其实头发也是白的，就是一直染，看不出来。现在，国兰不染了，于是一头的银发。其实，乡下一头银发的人也很多，但是，国兰的银发却白得凌乱不堪，窘迫而没有生机。国兰还抽烟，人没到满嘴的烟味就到了，不好闻，没有乡下大妈的淳朴。

现在，我和国兰在姑奶奶的丧宴上相遇了。我目瞪口呆。

国兰嘴里啃着一块骨头，碗里放着一块骨头，筷子上还夹着一块骨头。我第一次看见了现实版的吃着碗里的，看着锅里的。

国兰将长长的筷子伸到我的面前来要吃一样什么东西，我赶紧端给她。我刚刚看过李叔同讲丧事的礼仪，原以为是应该吃素的，没想到乡下是这样的大鱼大肉。现在，看见国兰，我有些明白了乡下的礼俗。何时何地，入乡随俗是有道理的。你想，如果在这个丧宴上，都是一桌子的素食，姑奶奶的后人会在村里落下什么样的名声？

国兰捧起装牛肉汤的大碗咕噜噜开始喝起来。

国兰吆喝着一个孩子吃西瓜，自己赶紧拿起一块，头向前一伸，开始吃，咂巴得津津有味，西瓜鲜红的汁水流下来。

国兰终于什么也吃不下了。不得不说，姑奶奶家的丧宴还是丰盛的，鱼肉虾样样有。

我看到国兰银发飘飘。

我看到国兰瘦骨嶙峋。

父亲小声说只管自己吃斋饭，哪管人家死不死人。

文　兵

文兵是个私生子。

文兵高高的个子，其实是很帅气的，不帅怎么会有那么多的绯闻，最厉害的是跟一户人家的老婆好上了，他的婆娘差点自杀，没有成功，却造成了另外一户人家家庭的破裂。

文兵的故事讲起来很长。文兵之所以能够成为私生子，应该跟我叫作爷爷的人是有关系的。爷爷走的时候，我十五岁，上初中，懂得仁义礼智信，但不太明白死亡的意义，以为就是告别。我听说爷爷要死了，还是轻飘飘的，我从扬州回来，买回来好几样东西，一样是送给爷爷的，我送给爷爷的时候，爷爷瘦骨嶙峋，说是食道癌，不能吃，硬生生饿死的，家里没有钱给爷爷做手术，检查一出来基本就是等死。人活着就是要死的，死就死吧，没有什么要求的，奶奶已经死了很多年了，也是癌症，乳腺癌，听说没有生育的女的会得这种病，不知道真假。对于奶奶应该是没有印象了，只是说对我也很好，我自以为是那种懂事乖巧的孩子，对我好也是正常的。爷爷走了，很快，在我将从扬州带回来的东西给他之后走的。我只记得一张苍白的脸，很白，轮廓很清楚。

人家说文兵像极了他的爸爸，要看他的爸爸，就看文兵。文兵的轮廓非常地清楚。我现在才知道爷爷是很帅的那种男人。只不过，十五岁的年纪不大会意识到这种帅，只是觉得老，佝偻着背，拼命干活，爷爷靠在墙角剁猪食的场景历历在目，爷爷剁猪食动作娴熟，声声入耳，仿佛昨天。爷爷硬撑着帮文兵将媳妇娶进了门。文兵的媳妇比文兵大五岁，这也是婶婶被娶回家的重要理由之一，说大的才能带着过，文兵才能有日子过，那个时候文兵才二十岁。文兵娶了媳妇，媳妇并不漂亮，也不丑，媳妇生了儿子之后，爷爷走了。

还没交代文兵的由来。文兵是爷爷当生产队长的时候跟村上的一个寡妇生的。寡妇个子很高挑，人长得精神。爷爷是一个闷瓜。奶奶说什么就是什么，原来是闷在肚子里的，其实一点也不闷，不然怎么能将寡妇弄大肚子。现在有个词称这种男人叫闷骚型。寡妇肚子大出来之后没有脸见人，佯装作死，被村里的一个妇人保下来，说是孩子照样生，生下来让爷爷抱回家，这样事情为什么不做？于是大家讲妥，生产之后，小小的文兵血身子被抱回家，连澡都没有洗。家里弄红糖稠米粥给左邻右舍报喜讯。过去的人已经作古，我真不知道我应该称之为奶奶的人是怎样的心情。不过，据说是喜欢的，对文兵视若己出，每逢家里来人都要盛一碗放在灶台上留给文兵吃，所以，文兵虽然没有喝一口亲娘的奶，还是养得很好。这一点父亲看得倒明白，总是说那个寡妇有什么功劳，就是借她的肚皮生了一下。至于后来爷爷跟寡妇有没有纠葛，或者奶奶自始至终处于一种什么样的心境之下，我真是不得而知。

文兵在这个家庭享受着宠爱，上面是我的父亲，他称为哥哥的人。我的父亲的小名叫鸭小，就是这么来的。父亲是他们家抱养的，说是抱养，其实还不是找了一个免费的劳动力。生了文兵之后，父亲自然就是不受欢迎的人了，那是另外的话。不过应该在文兵小的时候，父亲还是带过不少的。不知道文兵是从什么时候知道自己的母亲是谁的，反正那个村上，像我们这么大的孩子，都知道文兵的身世。

现在，爷爷奶奶已经作古，文兵认了自己的娘。

文兵的事情告诉我，人活到最后要比谁活得长。活得太短，对很多东西丧失了天然的话语权。第二是生儿子很重要，儿子是为自己生的，不是其他人。现在，文兵认下了自己的亲娘，亲娘坐在文兵家里感到很幸福。这就够了。当然村上的人看笑话，说被人家搞大肚子的寡妇怎么好意思上门的，要是换成自己的话，一辈子也不上门，等等。所谓"子非鱼，安知鱼之乐"的故事其实随时上映，因为没有换作其他人，所以其他人有足够的发言权，所谓站着说话不腰疼，也是这个意思。这个世界，每天都在喊换位思考，其实真正这样做的没有几个人。

文兵做爷爷的那一天，我记忆犹新，家前屋后很多的地方，去放鞭炮。只看见背影，竟有些佝偻，像极了当年的爷爷。一代人的债要一代人去还。没有办法的事情。文兵的儿子长大的很多年里，一直跟在我后面混。文兵和婶婶都去做工了，孩子基本是吃百家饭长大的。文兵小小的儿子跟已经长大的我一起在家里等待他的父亲回家，只要听见父亲的摩托的声音，就会一个箭步冲出去，说是爸爸回来了。等我女儿有一次说，我听声音是爸爸的，我才真正的知道了孩子对家里一切声音的敏感性。我相信真的会有这样的敏感。

小子长大的过程也是非常不易，不是其他，而是对一个稳定的家的守护——常常被母亲用来做侦探，父亲一出门就跟在后面看父亲去了哪里。这样的担心不是没有道理。文兵差一点就跟城里的一个女的走了，听说已经商量好了，打算留给家里两万块钱，说是对不起孩子，给孩子的抚养费。后来，不知怎么没有走成。反正有一次听说是这个女人还找上门来了，说是文兵的媳妇，一直找到了文兵的家门口。就站在自己家门口的婶婶自惭形秽，说不是他们家的人，他们家的人都出去了，自己是他们家里请来看门的。看看，卑微到哪里去了。这个事情，在村里成为笑话。很长时间，大家总是笑了还笑，最终捧腹大笑。

还有一次，就不好玩了。文兵嫖了一个本家兄弟的婆娘。婶婶知道了，气不过。这也真是要命，对于一个外面的女人可以卑微地不敢承认自己，对于一个本家的婆娘婶婶咽不下这口气了。婶婶喝药水了，说本来是吓唬文兵的，不知怎么看见文兵像个木桩一样地杵在门口，就气不打一处来，拧开药水瓶就要喝，天知道有没有喝到，好在文兵仿佛突然一下子惊醒了，慌忙冲上来夺过药水瓶，赶紧喊救命，吆喝几个本家兄弟一起将婶婶送进了医院。听说婶婶在医院里被医生摁住洗肠的时候，大叫，医生，我没有喝，没有喝。这下可由不得你了，死罪已免，活罪难逃，医生哪里会听你的，扒开嘴巴就往里灌肥皂水。婶婶直叫唤，说下次喝的话一定喝死。这样的话，比死还难受。真的，有时仿佛死亡真是一件最轻松的事情。在医院的两天两夜里，婶婶的娘家人把文兵往死里骂，只差没把文兵给骂死。文兵的策略还是有效的,当然不是策略,还是本能,抑或是不知所措,文兵就是偷情罢了,文兵又不是第一次偷情,在文兵的世界里,偷情是那么简单的事情,仿佛肚子饿了要吃饭一样。谁会想过老婆会自杀,这样的后果是文兵没有能力应对的,所以,准确地说,文兵蒙掉了。好在抢救及时,文兵的老婆被救活了,日子重新过。不过,那家人家的日子就有点悲催了,在偷情这件事情上,女人要付出的代价永远要比男人大,在城里在乡下,在古在今,都是一样。那个被文兵偷过的女人,男人从此不再碰她,这个女人据说已经无望到离家出走好几年了。

文兵的老婆不漂亮,但也不丑,起码身材是好的,只是大大的龅牙破坏了整张脸的平衡,外人看起来觉得丑。我当时跟在文兵后面陪他去约老婆。我十二岁,文兵二十岁,老婆二十五岁。十二岁的我成天跟在他们后面屁颠屁颠的。文兵接老婆下班回家,老婆在镇上做衣服,人家都说,啊,文兵真帅啊。老婆很有面子。将文兵带回家见父母,丈母娘挺开心,从园子里掐了一根黄瓜就下面条。如此,一来二去,文兵成了,而且没有结婚之前文兵就把老婆肚子搞大了。文兵真是颇有爷爷当年的风采啊。

事实证明,爷爷是有超人的眼光的,文兵的婆娘果然是个管家婆,出奇地会过日子。婶婶后来出去打工米油都是自己带,不管多远的路,都是自己带,从来不在外面吃一顿饭,除了厂里发的衣服,自己从来不买一件衣服,这样的生活有几人能够做到?这对被宠大的文兵来说不但是个挑战,简直就是一个紧箍咒。文兵时不时会有些小小的反抗,比如有时将一天在外面做工的钱换成一块牛肉藏在衣兜里,随着轰隆隆的摩托车带回家,小子从我家冲出来,爷儿俩回家就将牛肉吃了。所以,文兵很多年里没能攒下一分钱。对于那个家,婶婶是相当有发言权,说楼房都是她砌的,云云。楼房都是你砌的不要紧,但你不要摆谱,摆谱就不大好了,摆谱就容易出矛盾。我见过他们打架,真的打,文兵的媳妇用一根尺直直扎向文兵,幸好文兵躲得快,不然肯定要开花了,结果是头后面的中堂开了花。文兵当然也不是好惹的,文兵一米八几的个子不是白长的,文兵的个子像他的亲娘,玉树临风。于是高个子的文兵动手了,文兵平时不动手,大家说文兵是个闷子。但动了手的文兵就不一般了,文兵撸过婆娘的头颅就往凳子上掼。一把掼下去,婆娘的牙齿磕掉了,鲜血直流,哇哇大哭。村上人的逻辑很是奇怪,几乎没有人同情文兵的婆娘,原因有二:一是文兵的婆娘太抠门,村上没有人缘;二是文兵的婆娘大嘴巴,什么事情到了她的耳朵里,一定会传得满村都是,这样就不太好了。因为这样两点,村上人都不喜欢文兵的老婆。所以,大家都觉得文兵打得对,仿佛是替他们打的。所以,文兵的老婆走在村里,人家就笑话她,怎么牙齿少了一颗啊?谁也没想到,她这样回答,说是我们家男人打的,关你屁事!的确,关你屁事。这下子,村里人反而不敢笑婶婶了,反而觉得婶婶聪明了。

是啊,这么多年的风风雨雨过来了,打打骂骂又能怎样,还不是打断胳膊连着筋。这么多年,文兵的老婆跟着文兵过得也不容易。过着过着,儿子就结婚生儿子了。有了孙子之后,婆媳之间常常有些矛盾,因为婶婶的那两个特点,大家都觉得有时仿佛也不能怪儿媳。对于这一点,作为一家之长的文兵当然也看得清楚,总是想方设法维持一个家庭的和睦,每当有矛盾时,文兵总是骂婶婶,有时不但是骂，还会打，打得婶婶哇哇直哭。这下子村上有人站出来了，说，文兵，你不能这样的，有话好好说，他们过他们的日子，你们过你们的日子，老伴老伴，是你用来做伴的，不能再这样打了。文兵便消停了。对于婶婶，千年媳妇熬成婆，是有道理的。但是，小的们不干了，提出分家，城里买房，三十六计走为上计。

这下，文兵的担子更重了，东拼西凑出了首付，一个月还要还两千多房贷。对于刚结婚的小家庭颇有些压力，儿媳还不工作，儿子在亲戚家帮工，一个月就四千五百元。要管一个小家庭的吃用开支，生活可想而知。

文兵在外面做油漆工，很卖力，但就是这样还是欠了很多的债，还悄悄跟我借过钱。后来，母亲偷偷告诉我，说父亲打电话给文兵要钱，说文兵的婆娘在外面到处说，将父亲说得一塌糊涂。难怪，去年的清明，我正午休，有人敲门，是文兵，一身的油漆，来还我的钱。我说怎么现在还钱，你们要用的话就自己用，没有关系的。没想到，文兵是借的别人的钱来还我的，真是没有必要的事情。显然，在这件事情的处理上，父亲是不恰当的。父亲说文兵不能深交，重要的事情不能给他做，说是撑不起来的，不够沉稳，会出娄子的，特别是喝醉酒的样子，不靠谱。听父亲说文兵做了包工头。收入比之前多多了，但有风险，风险就在于不能欠工友的钱，都是乡里乡亲的，文兵不可能欠人家的钱，但是人家可能欠文兵的钱。文兵处在上下游的两个话语中，文兵有这个风险。这一点，父亲比谁都看得清楚，所以，父亲决定要回这笔钱，听起来似乎也没有错。

最近一次，文兵来找我，是想让我帮他找些活干，临行前说要去理个发，而且要找个人一起去，说自己不会说话，怕说错话。又赶紧帮我父亲修东西，一笑泯恩仇。文兵用行动告诉我他是一个知恩图报的人，不过对我来说真无所谓，只要有一点能力，我都会想方设法帮文兵。文兵让我想起我这么多年在城里打拼时的场景，这样的小心翼翼真是非常多。我请文兵吃饭，文兵居然不知道从哪里一下子找了那么多的老板，他很恭谦，不多说话。就是喝酒，然后大着舌头，拍着胸脯开始述说自己的"英雄事迹"，多少万还是多少万对他而言只是一个数字。

　　文兵仿佛是，又仿佛不是那个文兵。真希望文兵还是以前那个简简单单的文兵。

买房记

之 一

大年初三的黑暗中,两个老人一个蹲一个坐在门前的电线杆上。灯光映出两张孤独的脸。

电线杆听说是要竖起来做路灯的,道路已经硬质化,河道已经清理。听说不许种菜,都要种上花草。在这个过程中,我家的种在河岸上的一棵树被偷了。父亲很生气。行动不便之后的父亲很少生气,但是,这次真的很生气,生气得要找大队支书,让大队支书赔偿他的树。大队支书说会向上反映,让乡长赔他的树。就我的经验判断,应该是一种绝佳的托词和婉拒。大队支书决计不会为这件事情去找乡长,乡长也决计不会来赔偿他的那棵树。我让父亲息怒,而真实的情况是除了息怒也没有其他更好的办法。

光溜溜的河岸上,两边的人家越发地裸露出来。我并不觉得这样很美,这是真的,倒是与这条河流交叉的那条南北向的河流,两岸还是原生态的风景，各种叫不出名字的树木，还有芦苇，河里有交织的渔网，有人在岸边钓鱼。

老人隔壁的儿子家也是瞎灯瞎火的。儿子在镇上买了房子，吃住在镇上，有事情的时候会回到这里。大年初四的下午，老人的儿子和儿媳妇回来了。同样地一个蹲一个坐在门前的电线杆上，嗑着瓜子，和邻居有一句没一句地说话。麻脸奶奶出来了，依墙立着，脸上讪讪地笑。一会儿，老爷子又出来了，似有似无地那么立着，儿媳妇并不搭讪，往河岸下走。门前小河里一汪水，很清澈。

儿子镇上的房子很不错，顶楼复式，没有电梯，公摊面积很小。看上去很大，视野非常开阔，有飘窗，看得见外面的一家药厂。儿子做木工，自己装修，朴实但也不乡气，一定是这些年在外面装修见多识广的缘故。客厅的走道尽头，贴了大红的年年有余，比较现代的背景墙。

儿子说顶楼是浪费，没什么用，就是堆堆杂货，又不是像城里人一样没有看过星星。女人说挺好，可以做成阳光房，男人说还是在乡下舒服，看看河水，聊聊天，到了镇上的房子，一天到晚就待在上面，懒得下来，感觉没劲。要是同样的三十几万，在乡下可以盖很大的房子。但是一天到晚吵架，感觉就没有必要了，干脆远一点。吵了很多架，都是因为老的。

记不得什么起因了，就知道他们家婆媳一天到晚吵架，谁也搞不懂她们为什么吵架。其实很早的时候她们就吵架，都快20年了，好像谁也没有赢过谁。还是我上大学那一年，媳妇生的孩子还抱在手上，一点点大，不会走路，不知道为什么，媳妇就气得将孩子一扔，跑回娘家了。麻脸奶奶一家要面子，谁也不肯去劝说媳妇回家，于是动员我这个快要上大学的人去。我是生活在他们中间的一员，又仿佛不属于他们，中立，大家都觉得合适。于是，18岁的我就抱着那个小小的孩子出发了，一路哄着孩子哼着小曲，觉得做了一件挺有意义的事情。哪知道到了娘家那里，人家根本不待见，孩子都不从我手上接，我哭笑不得，再往回抱既没有面子又很吃力。天知道这件事后来是怎样解决的，只记得我的父亲天不怕地不怕，冲到那家人家将他们骂了一通，说再怎么也不要难为我家孩子。

这件事情之后，好像管他们家里的事情的人越来越少了，人们不再关心她们婆媳到底谁对谁错，既然谁对谁错那么说不清楚，不让谈论的人产生任何的成就感，大家就都很厌倦了。直到后来有一天，听说媳妇去砸了老人的锅，然后儿子将媳妇打得钻到了自行车轮下，媳妇要寻死，被邻居拦下，从此就转入了冷战，各过各的了。

先是分家，老人要了厨房和猪圈，还做厨房和猪圈，就是在猪圈的边上架起来一张床。反正就是睡觉，除了有味道，仿佛还增加了很多热乎乎的气息。我在《时间里的小桥里》中写过这样的两个门楼，老人的门楼比儿子家的矮，现在更矮了。到了晚上就没有什么灯光，有几只母鸡有一声没一声地叫唤。

老人是个有个性的人，做过村上的会计，比较执拗。据说儿子家新弄好的房子从来没有去过，说是太高了，爬不上去。麻脸奶奶总是说媳妇要害她，晚上睡觉的时候，衣服上的静电也说是媳妇作的关目——关目在苏北方言中的意思是通过迷信的手段嫁祸于人。

儿子说你一天到晚这样，这日子还过不过？就是这样，老头子生病的时候儿媳妇还是去照顾的，又要人家怎么样呢？

不知道是谁造成了谁的孤独，又不知道是什么让孤独更孤独。

事实就是，现在在乡下，买房子成了时髦的事情。触目可见各种广告，说回来了还想走吗？

之 二

各式各样的人，有的为了小孩上学，将房子买到了县城。条件一般一些的，买到镇上。有些人家刚刚在乡下盖好房子，儿子结了婚，生了孩子后又要在城里买房，老人又要跟在后面背上债务。

就像亚庆，记得没错的话，生于1990年。那年，亚洲运动会在北京举行，像我本家叔叔这样的小老百姓对政治充满热情，一定要用儿子的名字表示一下庆贺之意，于是有了亚庆这个名字。

亚庆是文兵的儿子，我的弟弟。亚庆继承了文兵的大个子、耿直以及用不完的劳力。生活在那样的家庭，还是幸福感爆棚。谁说不是呢？不管有钱没钱，不管亚庆的爸爸从什么地方回来，总是会给亚庆带回来一包熟牛肉，藏在大衣的口袋里，亚庆一人就能将一块牛肉吃下去。亚庆的妈妈每每看见村上几个生女儿的人家就说，谁谁谁，将来你们老了，叫我们亚庆服侍你。每每亚庆妈妈这样说的时候，都将那个人气得要炸肚子。

自从亚庆结了婚，已经好几年没怎么见到他的面了。结婚的时候，乡下高大的楼房刚刚盖起来，为了这座看上去很气派的两层小楼，亚庆的妈妈没少省吃俭用。在城里打工的时候，所有吃的都是从家里带的，从来不舍得在那座城市下一次馆子。

结婚没几年，听说又在城里买了房，两家人家凑在一起付的首付款，每月的月供亚庆还。就这样，跟在亲戚后面打工的亚庆成了一个小小的房奴。说是工资4500元，本来月供2700元，由于降息，现在变成2500元了。似乎，多下来的这200元对于亚庆来说是一笔不小的财富。

听说亚庆很懂事，从不瞎花钱，很本分。算起来，其实亚庆才27岁，应该有很多年轻人的想法。不过，在5岁的儿子面前，亚庆早已经不是我印象中的样子。还是想念那个时候的亚庆，成天吊儿郎当地跟在我后面晃膀子，就像我的影子，我到哪里他就到哪里，跟在我后面摸鱼摸虾，还跟在我后面一起到小沟渠里游泳，结果我们的身上都被划上了一道道小小的细细的血口子，晚上洗澡才知道疼。我们是那样地平等和天真。但亚庆上学不努力，曾逃学回来被扣在窗棂上，踢着双脚直叫唤，说不上学也一样可以做老板。只是后来我离开了家，亚庆在老师那里听到了关于我的传说。像我这样认真读书的好孩子，在那个乡村，成为一个传说，亚庆才对我肃然起敬。其实，我知道我还是那个我，只不过我出去找一条生路罢了。

现在，亚庆的儿子长得和亚庆一模一样，连黑都黑得一样，亚庆媳妇的腰板挺得很直。听说的也是婆媳之间一些不愉快的事情。媳妇与婆婆闹矛盾，公公打婆婆，儿子骂老婆，老婆往河里走，站在河中间的一堆杂草中说要自杀，不想过了。其实，就现在那样的一条河，想死也死不了，都是水草，如果是之前河水清清的时候，恐怕真的小命没了。

于是逃离成了方向。听说这次在城里买房子，亚庆的丈人出了不少力，也有支持的意思。亚庆的妈妈当着别人的面说，这次我家买房子，我们亲家翁出大力了。亲家翁斜着眼往天上看，这句话的重点不是买房子我家亲家翁出大力了，而是我家买房子，这就是生儿子的人家在乡下永远的底气。眼睛往天上斜也没办法。

其实，亚庆的妈妈内心是有点失落的，在我面前嘀嘀咕咕了好几次，说家里房子这么宽敞，要在城里买什么房子？

之　三

对于周围人不断在城里买房的事实，舅舅打了一个比方，说乡下的房子是公鸡，城里的房子才是母鸡。

舅舅帮助表弟在上海买了房子，130多万，40多平方米，首付三成，听说一个月要还5000多。表弟总是混沌，对于房子的位置没什么概念，说在内环之外，遭到了舅舅的呵斥，说不懂不要瞎说。父亲说反正说起来都是上海。

不知为什么，表弟在他们那个家没有话语权，照理来说，不应该是这样的，表弟是舅舅家唯一的儿子。可是，可能由于是第三胎超生的原因，表弟从小就没有在家里长大，是在自己的姨娘家长大的，管自己的姨娘叫妈，管自己的妈妈叫姨娘，后来花费了很多钱，给上了户口，将表弟接回了家。表弟却不认这个账了，只要舅舅开始教训他，表弟就往自己的姨娘家里走，说是要回家。结果果真有一次，悄悄地推着自行车出了门，舅舅追出去好远才追到，气得半死，抡起皮带就打，直打得鼻青眼肿，表弟才终于服气认输，不过从此沉默寡言。

表弟人生最大的亮点大概就是当兵那一段了，想起那个时候的叶飞，年轻而充满朝气，探亲回来时动不动就会吼一句什么军歌，还说在部队歌咏比赛中获过奖，唱好后突然摆出个阵势，打了一通拳脚，大吼一声，说，连长，训练完备，请指示！吓了我一跳。表弟还说他带学生军训的时候，一定要教学生唱一曲《紫荆花》。他说学校军训结束的时候，那些学校的女学生都默默地流眼泪，我相信是真的。

这样的荣光时刻很快结束了，后来的表弟就落入了谈恋爱结婚找工作的俗套。凭良心说，退伍后的表弟还是能吃苦的，自己在大上海找了一个在工地上开吊车的活，在网上找了一个女朋友，是很远的广西那里的，听说那家人家很穷，生了七八个女儿。现在，儿子也生了，一家三口租住在上海700元一个月的房子里，舅舅舅母安排新买的房子可以用来出租，大大减轻了还贷的压力。不过意见听起来似乎还不统一，媳妇想住新买的房子，这样可以一家人住在一起。舅母说怎么可能？一个月5000多元谁去还？不过，不难想象的是，700元在上海到底可以租住一个什么样的房子，即使在上海郊区，也不难想象，用舅舅的话说就是巴掌大，尿盆靠着锅。

说老实话，舅舅就是等升值，谁还真想住到上海去，变成上海人。其实已经买晚了，表姐去年上半年叫他买的时候没有听，不然，几十万早到手了。表姐夫说也不见得，若干年前，日本和香港的房价近乎腰斩，舅舅不再说话。

为了弄这个房子，舅舅一家可以用含辛茹苦来形容。舅母一人在家种所有人的田，常常忙得天昏地暗，没有白天没有黑夜，没有中饭没有晚饭。有一天回老家，半夜接到舅母的电话，不知道是什么事情，母亲很奇怪，说你怎么这个时候打电话，舅母说还这个时候，她已经准备下地干活了，母亲一看钟，是凌晨三点，不禁唏嘘。舅舅本来在外面很远的工地上做电焊工，现在年岁渐长，工地上不要了，不知现在在上海做什么零工，补贴表弟。

就是这样，还发生了一件事，现在写起来，我很心痛。今年有一段时间，表弟上班时，不小心砸到了脚，不能上班，只能拿基本工资，碰巧孩子又生病，钱一下子就紧张了。小两口闹矛盾，说过不下去了，表弟半夜拿出水果刀要自杀，媳妇打电话给舅舅，舅舅火急火燎地赶到，了解了情况后，说不要紧，缺口他来补。舅舅说自己还有2000多元的退休工资可以贴补。

舅舅说乡下的房子就是公鸡，看着高大威武就是不下蛋。城里的房子小是小了点，但是是母鸡，是聚宝盆。宁要城里一张床，不要乡下一栋房是有道理的。春节里，到了乡下，闹闹到人家家里玩，发现一个奇怪的现象，几乎家家户户只有母鸡，没有公鸡。

后　记

在我们那里，二层小楼是普遍的天际线了。一些住平房的人家总是颇感压力。隔壁的小瑞也是大学毕业，不过最终没有能留在城里，选择了回家，找了一个外地的媳妇。人小小的，挺会说的，口无遮拦，对自己公公轧姘头的事情嗤之以鼻，并动员小瑞去找回离家出走的母亲。总是说自己的公公照顾别人家，不顾自己家。现在，公公要拿钱出来给他们盖房子了。看来，应了那句老话，媳妇是人家的好，儿子是自己家的好。

村里的那座粉红色的小楼非常显眼。那是做烧饼的铁锅家，常年在日本，钱没有少挣，家回得很少，现在，铁锅以这座全新的房子——气势恢宏的房子巩固了自己的家园感。漂泊总有根，有根总能回，在外所有的漂泊都有了意义。

一户儿子到别人家做上门女婿的人家，至今还是矮矮的五架梁，门口一派衰败景象。这样的人家被父亲诟病，说养儿子就应该有养儿子的样子，这样红火了人家的门口，算什么？我在《十五岁的那群鹅》中写过这样的一户人家，这样的人家在乡下常常被人看不起。

那些跟我一样大的女儿出嫁了的人家，更是衰落的景象了。只有逢年过节的时候，姑娘女婿会上门走走。门口常常是裸露的，没有院墙，连篱笆都没有，菜园里的青菜显示出一点生机，偶尔有鸡的叫声。

呆　三

上次回老家又看见呆三了，佝偻着背，胡子拉碴，衣服还有补丁，裤子是那种肥大的裤腿，系绳的裤腰带。呆三应该也五十多了。

呆三就是看上去是呆子，其实一点也不呆，木讷、忠厚罢了。呆三的娘倒是个呆子，但不是一开始就呆的，两儿两女，除了呆三，其他的三个都挺好的。呆三的娘是武疯子，打人，砸东西。后来被呆三的父亲用系狗的那种链子系在房间里，大门不出，二门不迈，吃住就在那个屋子里，吃是呆三从房间打开的小窗户递进去，住本来是有张床的，后来床被拆了，呆三的娘用床梁在里面挥舞，还唱一种怪怪的歌，有时半夜传来，让人毛骨悚然。呆三的娘印象中就是一头乱糟糟的白发，眼睛从头发后面看人，脸圆鼓鼓的，说一些不着边际的话，大人小孩没有人理会，哥哥姐姐妹妹不理会，只有呆三负责送饭。

呆三的哥哥应该是个人物。当年的中专生，国家户口，在一个乡镇的财政所上班，人模狗样的，娶的是村上最殷实人家的最漂亮的女儿。又下了海，弄什么浴室改造的生意，风生水起，就跟一个浴室里的服务员好上了，一开始偷偷地，不敢光明正大地，后来听说在外面生了儿子，这下搞大了，回家不得不摊牌。据说前妻非常有骨气，不等男人回家就将男人的被子收了，不给男人进被窝。听说公公还做了不少工作，就是家里红旗不倒外面彩旗飘飘的意思，媳妇觉得做不到。呆三的哥哥被村上的人家骂死了，谁都知道呆三的嫂子这么多年是怎么过来的，跟着这么个家庭精打细算，还在村口开了个小卖部维持生计，还要供这家人家的妹妹上大学。

每每说起这样的变故，呆三总是嘟嘟囔囔，说谁不知道他们怎么回事。呆三自己都是个多余人。不过听说呆三之前的嫂子挺有骨气，到上海的一家人家帮工，工资还挺高的，养得血色还不错，尽管当爹的给女儿弄好了所有的工作等等，但是，女儿再也不肯认爹了。不过他们跟呆三的关系还是很好，没有将他当外人。

呆三的妹妹是个大学生，上高中时躺在被窝里看巴金的《家》，当时我觉得很神秘，将她作为自己学习的榜样。妹妹对呆三是好的，从来都是喊三儿的，从来没有喊过呆三。还给他缝补衣服裤子等等。很久没有联系了，呆三只知道妹妹在城里，在南京，不知道妹妹的联系电话，说自己记不得，都是妹妹打给他的。以前过年的时候回家会看见呆三的妹妹，现在因为他们家中哥哥弟弟这样的缘故，家也不像个家，已经很久看不见她了。

如此，每次回家，见得最多的就是呆三。

从我有记忆以来，呆三就是长现在的这个样子，眼睛外突，间距特宽，嘴角上翘，两片嘴唇永远合不拢的样子，看上去一脸的呆相，呆三的呆是写在脸上的，呆三到底呆不呆别人就管不着了。其实，很多事实说明，呆三其实是不呆的，比如有人问他有没有想和嫂子睡觉啊，他就说你才跟你嫂子睡觉呢。有时呆三站在门口打招呼，拖着尾腔说话，说你早啊，对方便说，呆三，你这么早啊，哪儿去啊？也不真的关心他上哪儿去，呆三能上哪儿去，还不就是在田里溜达。呆三种地的任务挺重，所有人的田都是他种，父亲年纪大了，其他人又都各自奔波，所有这些人口粮田的任务都在呆三身上，呆三其实够忙的。所以，看见呆三的时候不是拿着锄头，就是推个小推车。

呆三有的是力气，而且呆三不偷懒，左邻右舍谁家有个事情让呆三帮个忙，呆三照例都是肯的，从不说半个不字，特别是在田埂上要推个坡上个高啥的，只要有村人扯起喉咙喊一声：呆三——，呆三马上就到了。上次回家，父亲的腿脚不灵便，呆三老远就上来扶父亲。父亲拄着拐，呆三搀着父亲，后背一耸一耸的，我还挺感动的。若干年里，呆三总是父亲拿来开玩笑的对象，天知道现在父亲怎么想。

这次又看见呆三了，后背依然驼着，头发竟有些花白了，时间老人没有放过呆三，我没有想过，呆三也会老。呆三走路依然是一耸一耸的，一只肩高，一只肩低。走路时头在前，身子在后，给人不安稳不可靠的感觉，好像随时要失去身体的平衡，又好像从来没有失去过。呆三的头永远在前面，身体在后面，让人很担心。

呆三跟我寒暄，问我什么时候回来的，我说回来两天了。我问他去哪里，他说去田里看看。呆三说话时口齿不清，嘴巴一斜，眼睛一翻，白珠大于黑珠，不注意听并不能听清他说的是什么。我注意问，当然注意听了。呆三说已经下了好几天的雨了，去看看田里的水有没有积起来，要是积起来的话，要去田里放一下水。

呆三是这个村庄里为数不多的真正关心庄稼的人。我想，这个村庄一定有一片田地因为呆三的坚守而格外幸福。

男丁人家

孟德斯鸠说，人在苦难中更像一个人。可是，人若认识不到自己的苦难，该怎么办呢？有人这样骂人：将肉麻当有趣。

二奶奶端着一碗豆子出现在我的院子里的时候，我差点掉了泪。

那是一个什么样的家庭？就是一家都是男丁，女人就剩下二奶奶了。二奶奶已经九十岁了，下面两代人的老婆都走了。九十岁的二奶奶还在干着各种家务。我夸她身体好，能干。二奶奶的眼睛小小的，泛着白光，说，不干怎么弄？

我之前写到过二奶奶的儿子三头和那个婆娘的故事，已经失去了表达他们的兴趣。《村庄里的三个男人》中写到过健硕的三头和他的老婆以及妍头的故事，没想到现在轮到小瑞。

小瑞的老婆个子小小的，黑黑的，三围倒是不错，上身尤为丰满，穿衣不大注意，上身常常袒露。因是小字辈，也没多少人去计较。还有常常穿短裙,很短的裙,丝袜上大大的洞。

小瑞的老婆跟我聊过天,说将他们一家都看透了,说没有见过这样的一户人家,这个二奶奶将他们家的粮食都卖了,卖的钱自己买衣服、买吃的。还说,要想办法找到自己的婆婆。姘头到底是姘头,哪能跟自己的奶奶比。我知道小瑞老婆说的那个姘头,其实也挺能干的,将小瑞的儿子和自己的外孙女放学一起接回家。但是,小媳妇说,那些都是表象,表面上看上去都一样,其实那个女人精得很,将自己公公的钱都骗去了,公公的钱给人家外孙女,不给自己家的孙子。小媳妇说的是不是事实,我不知道,我只是看见过三头将姘头的小外孙女放在自己肚子上嬉戏的场景。真是不知道该说什么。换句话说,我倒是佩服那个女人的本事了。小媳妇说一家人的菜都是她买,饭都是她做,孩子没有人打帮手。听上去很辛苦。

当时,我就是那么一听,没想到是小瑞的小媳妇走的前兆。我亲眼见过小瑞的媳妇紧紧偎依在小瑞背后的样子。呼啸而过的电瓶车,那么鲜活而朴实的乡村场景。

小瑞的老婆有段时间在镇上炸东西卖,镇上有个联防队员常常过来买,一来二去就好上了。不留情面,不留余地。小瑞是个笨蛋,二话没说离了婚,说这样的老婆不要也罢。小瑞的老婆很快到人家又生了孩子。二奶奶固执地认为,就是因为那个联防队员家里是楼房,她家里没有楼房造成的。我知道一定不是那样的。大家都知道不是那样的,二奶奶装着不知道。

小瑞在苏城上的大专,上大学的时候,是妈妈送的。那天的苏城汽车南站,小瑞的妈妈在我面前流过泪,叫儿子打电话给爸爸,爸爸接了也没说几句就挂了。小瑞那几年上大学的钱，都是妈妈在外面做缝纫挣的。小瑞的爸爸好几年躲在外面不回家，或者悄悄地回来一下就又走了，音信不通的。这个日子怎么过？好几年没有夫妻之实。最后没有办法，小瑞的妈妈终于离家出走了。听说小瑞妈妈走的时候，最感到伤心的是，觉得这个儿子白养了，居然跟姘头一家那么好，还合起来欺骗自己的老娘。

那个小手撸起袖子将小伙伴打得哇哇叫的小瑞不知道哪里去了，那个上大学时荷尔蒙旺盛的小瑞不知道哪里去了。

看到而立之年的小瑞仿佛还是当年那个被他爸爸一脚踢飞的孩子。那是很小的时候，小瑞父母打架，小瑞的娘被打倒在地，很多去劝架的人也被打，小瑞就在这个时候去帮妈妈，被爸爸一脚踢飞了很远。这么多年过去了，小瑞还是那个小瑞，父权下的小瑞。

后来的某天，小瑞将孩子带到我家来玩，一个小小的孩子，但是能说会道，非常鬼精。是的，应该用鬼精这个词。小瑞喝多了，没想到小瑞会喝多，不知道怎么就喝多了，也没有人劝。走路开始东倒西歪，说话前言不搭后语，就是激动，瞎激动，说，姐，你对我们这么好，我们不知道说什么。其实，我也没怎么好，不知道好在哪里。小瑞大着舌头，眼神迷离，胖胖的身子有点东倒西歪，旁边的小子非常开心，旁若无人。

去年的国庆，我又看见了鬼精鬼精的小瑞的儿子。我问他想不想妈妈，他说想，妈妈会来带他去新家，那里还有个弟弟。妈妈喜欢他们两个。妈妈也会回家来看他，但是，一回家爸爸就骂她。他不知道大人之间是怎么了，妈妈也没说什么，爸爸一见妈妈就骂，而且骂得很难听，妈妈就待不住了。虽然他很喜欢爸爸，但是不喜欢爸爸骂妈妈，说他只有一个妈妈，他不会认其他的妈妈。

我不禁有点心疼起来。

乡下的日子

村上的油菜花开得果然好。如果说这样的好没有说服力的话，可以换一种说法，就是今年家乡的油菜花居然吸引了外地的蜜蜂过来。不是一只只来的，是成箱成箱地装来的，是被养蜂人从浙江一个叫舟山的地方运来的。家乡的油菜花那么多年没有被成群成群的蜜蜂喜爱过，越发地开得汪洋恣肆起来。村支书正在勾画他的村庄整治的宏图，接下来的日子要将所有的河岸都护上坡，将河道都要疏通。有几只鸭子在门前河道里淤积的荒草间腾挪，我为它们的未来感到庆幸。

可是，有些人不在春天里，譬如现在的刘军。

下午，这个小小的院子开了批斗会，是排山倒海的气势。有过乡村经历的人都知道，这样的批斗会是多么的有力量。刘军的舅爷来了，紧房的本家叔叔伯伯们都来了，大家都不说话，只听得两个女人高一声低一声地数落。

刘军的媳妇朝南坐，黑着脸说，你吓唬谁呀，叫你好好过日子，你又是要寻死，又是要剁腿的，不要吓唬人。

刘军的妈妈说，你现在哪里也不要去，不要说那个地方还有你的衣服，就是还有金子，也不许去拿。我养了你这么多年，我大不了继续养你。

刘军的媳妇说，姑娘是到人家过日子的，要是家里知道这样子，她的父母也不会答应的。

刘军的妈妈说，从现在开始，你负责接你女儿上学放学。孩子养在这里，是你自己的事，不是我们的事。

刘军蹲在门口的台阶上，一句话不说，随便你讲什么，一句话不说。

可怜的刘军，听说已经很长一段时间不好好地吃饭了，就这样躺在家里，不吃不喝。听说就是晚上的时候吃一点点，还总是要倒给院子里的那条黑狗。

刘军初中毕业的时候，家里人想来想去，说就去学做厨师吧。满了师的刘军一直在县城工作，这个职业带给刘军很多的桃花运。其实，结婚之前，刘军就带了一个端盘子的小姑娘到家里来同居。年轻到不懂事的程度，听说，成天不做什么事情，就知道躺在床上睡觉、吃东西，等着刘军兑现他的承诺，在县城买房子。刘军的奶奶说这是作的哪门子孽啊。

我父亲说，都是从小娇生惯养的。还是刘军的妈妈有本事，非暴力不合作，明白一条告诉人家，他们家肯定是没有钱去买什么商品房的。后来不长的时间，那个女孩子就借着外出的名义走了。年轻的人，哪里有多少爱情，哪里能够坚守，留下刘军抱着枕头哭泣。等到娶这个媳妇的时候，就是两码事。相亲的第一天，姑娘就坐上了刘军的摩托车上了街。结婚的第一年,新娘子就挺起了大肚子。生了孩子后,刘军的老婆城里乡下做缝纫。他们的女儿雨馨渐渐大了,刘军老婆说,孩子大了,也不能一天到晚地在外面做缝纫,孩子没有人管是不行的。大家都觉得这个媳妇会过日子,会持家,省钱,一年做到头,一年做几万。家里的瓦房翻建了,楼房盖起来了。媳妇出了力,家里人明白得很,连雨馨都说她奶奶偏心,说奶奶给妈妈吃的肉都是藏在碗底的。无限的温情就在其中了,其实,还有些互相打气的意思。其实最近几年刘军很少回家的事实大家都心知肚明,但是,大家都不说,一家人闷着头过日子,一切按部就班。

不知道,怎么今年一过年,形势就紧张起来了,可能是"小三"想要转正了。听说上次雨馨过生日的时候,小三还混在人群中上了门;听说,上次刘军的老婆夜里去捉奸,跟小三狠狠地干了一架,从县城回来后,刘军的老婆就上街买包,说要离开这个家,因为干架的时候那个女人也挺凶猛,她吃了亏,而刘军却无动于衷。

批斗会不知道什么时候结束的。本家的堂弟硬拉活拽地将刘军拖出去散心了;隔壁的大婶来劝慰刘军的妈妈。油菜花里,窗子底下,大婶问,那个女的漂亮吗?刘军妈妈说,不谈漂亮不漂亮,仙女也是不行的。你说我媳妇也真是的,一开始,叫她跟到县城去,不去,嫌工资低;那段时间,两个人挺好的,刘军天天晚上回来,有的时候太晚了,就打车,回来媳妇又怪,弄两个钱,都打车打掉了。他就骑摩托车,有一次,下大雪,连车子带人掉进沟里差点出大事。后来就慢慢地不回来了。你说我媳妇是不是也有点责任。说话间,刘军的妈妈站起来,开始数落,又像是说给自己听,你说刘军一年到头在县城上班,跟那个女服务员的宿舍挨着住,说现在的年轻人,谁能保证没有男男女女的事情,真难呢……又说,她叫媳妇只管放心,恶人她来做,怎么也要将这个家保住。

第二天,小河边上,刘军的父亲与几个人聊天,说是亲家翁找来了,丢下几句狠话,也只能拼命地赔笑脸,跟人家打招呼。有人说,现在的年轻人,真是心狠呢。这样的例子太多了,今天能跟你好,明天能跟你离,隔壁不远的一户人家就是的,弄了两个媳妇,现在都跑了,现在一个男人带两个孩子。一定不能做这样的事情。刘军的父亲眉头打成疙瘩,说,谁不知道呢,但是,这样的事情,着急不得的,总要有个一年半载的时间,一两年的时间没有联系,也就拉倒了。油菜花如约而至。乡下的日子光怪陆离。

四年后的某一天。

偶尔听老家的人说起关于刘军的事,大概是碌碌无为的,听文兵说家里鱼塘里的鱼被刘军不知道钓了多少条,听说我家的河口被刘军硬走出了一条路,听说刘军就这样成天地坐在门口钓鱼,其他干什么呢?什么也不干。主要是今年开了两刀,听说是结石,到南京开刀,还找的人,就是没有找对人,说是开之前是怎样的,回来之后还是怎样,接着又去开了一刀,不长的时间开了两刀,人是伤了。所以刘军今年什么事情也没有做,就在家休养。休养的刘军就是钓鱼,满河的鱼,清清的风,母亲说看见刘军钓起来一条大大的鱼,很大,说是像抱起来的一个孩子。

这样的刘军总是安全和没有伤害的。

只是听说县城还是要去的,有人去就带他去一程,然后晚上再回家。白天的时间,雨馨的妈妈上班,这样两不相干。听说刘军和那个女人还是没有断。我从来没有见过的一个女人，不过在大家的描述中呼之欲出，说是高高大大的，并没有刘军现在的老婆漂亮，但是善解人意，刘军能够找到成就感。听说那个人家的父母都见过刘军，很认可，让刘军做出决策，但是，没有决策。没有办法的事情。刘军的妹妹亲口跟我说过，那个女人在他的面前痛哭流涕，说是十年的时间了，十年的时间都给了刘军，现在怎么办呢？他也不知道怎么办。但是，在老家人的讲述中，这是一个很坏的女人，说是榨干了刘军所有的钱财，房子车子，名字都是那个女人的，没有刘军一点点的事情，也就搞得刘军在家里没有地位。

刘军是夹缝中的老鼠，所以，刘军在他四十岁的时候，选择一件事也不做，只在家乡的河里钓鱼。

钓鱼，也许是刘军最好的选择。

第二年的春天，听说刘军在镇上开了一个饭店，承包了一个门面，就在镇上一个繁华的超市边上，听说整个村庄的人都去为刘军祝贺，整整十桌。我相信大家是真心的，也为刘军的回归感到高兴。

有机会一定到刘军的店铺去吃顿饭。

归　巢

鸟窝，还是鸟窝。

本来是很少见的，车子一路开过来，很稀奇，后来发现很多。一个在一起，两个在一起，三个在一起，结结实实的在光秃秃的枝头上，很厚实的感觉，真的是家了。空旷，辽远，一排排的树，清澈的河水，沿河的人家，水里的倒影，刚刚张贴的对联。多好。这是2015年阴历年的除夕，祝福声正在响起。

对于老屋，先生有些特殊的感情，说是度过了他十八岁之前的所有的春节，一般每年大年三十的时候就到了爷爷奶奶家，跟着奶奶去磨粉或者准备其他过年的物件。离我第一次走进那座老屋也已经过去好多年了。

老屋还在，陈设依旧，换了主人，客气地拿着香烟招待我们。不知从什么时候开始，我们成了客人。那是一座有青苔的老屋，四周挂着梅兰竹的装饰玻璃，一切都还在，只是不再有人的气息，应该离废弃只有一步之遥了。应该感谢这个勤奋的新主人，这座老屋是蚕室，或者养过其他什么生灵，后院里养了鸡，另外一种生机。新主人很殷勤，说一切都没有变，都是当初的模样。太爷说这个地方真是太好了，冬天在墙角晒太阳时最舒服了，不像现在，搬到沿街的小楼，根本不要想晒太阳。

那个老太窝在墙角晒太阳，是太爷的弟媳妇，应该称之为二太奶奶。满脸沟壑，窝在墙角，听说已经失去部分的记忆，将先生认作是她的爸爸。她的儿媳说她常常走丢，需要家里人去找，她的孙子说她又不会读书又不会看报，电视都不会调，当然要痴呆，当然老得快；她的儿子说她自己烧饭吃，有时会喊她过来吃一点。他们的语气都很平静，仿佛在说一个与他们毫不相关的人。

太爷最舍不得他的弟弟，说当时就是为了给他读书，弟弟没有读成书，很小就干农活了。二太爷走之前的那些天，太爷天天去送饭，天天去安慰，直至归西。太爷对太奶奶的好是这一片闻名的。太爷很看不惯他弟弟三个儿子的做派，平时来往很少。

太爷总是说自己的命不好，要是老太太在命就好了。听说他们的爱情很传奇，太爷在那个街上行医，太奶奶就跟着回来了。我不知道太爷的命算是好还是不好。照理说是好的，两个儿子两个女儿，是典型意义上的儿孙满堂。但是，如果与太爷聊天，就能体会到那种深入骨髓的孤独。太爷为太奶奶端了二十年的饭，将太奶奶的遗照放在床头，一本正经地为太奶奶做八十大寿。一切都是活着的模样。太爷早给自己想好了之后的一切道路，包括自己的终老地，甚至包括自己将来要用的纸钱。一种让人绝望的悲哀。但世俗仿佛不那么容易度过。太爷的小儿子是肝癌，前两年开了刀，恢复得倒是不错。一个女儿得了乳腺癌，又动了刀，切掉了一个乳房；

另一个女儿去年又遭遇了车祸，九死一生，现在行动不便部分失忆，需要恢复。我们一起去看望，太爷的脸耷拉得像霜打的茄子，那种眼神动人心魄，能打动一切人。难怪，先生说只要太爷在一天，都要回家陪太爷过年。其实我知道，与其说是探望老人，不如说是他自己贪恋那种做小孩的感觉。2015年的除夕，我们到家，太爷忙着帮先生拍打身上的灰尘，时光起码回到了三十年之前。

田埂是清朗的，除了青菜是青的，并不特别有生机。水稻早已收割了，留下水稻的秸秆在田野里，一排一行见规见矩。一种冬日的美。安宁祥和。并不觉得残败，反而看到孕育的希望。鸟很多，专心觅食。我不确定这些鸟都是住在附近的，因为我没有看见那么多的鸟窝，如果它们不是住在附近的，它们又是因为什么聚到了这里？因为年吗？是，大概也不全是。人为财死鸟为食亡，鸟的世界里大概是没有年的，因为一口吃的倒是一定的。苏北的这片土地很辽阔，辽阔得当年做过农场，接纳过很多的知青，现在，知青不见了，那些土地还在，还有高高的枫杨树。枫杨树守护着这片土地，不让它水土流失，又让土地割裂成一块块的风景，像一块块的褓褓。这些褓褓上掉下来的谷子或者麦子就够这些鸟吃的了。闹闹在语文书上学过，到了冬天的时候，大雁就南飞了。这些鸟自然不是大雁，用不着南飞，应该只是一些麻雀或者极容易满足的生命力又极强的一种鸟。真是多啊，小孩从田埂上叽叽喳喳地经过，有鸟飞过，很多，扑棱棱的，飞上屋顶，飞进夕阳里。

我的手机没有电了，我特别想拍下那最后一天的夕阳。我拼命赶。狗当路横，并不躲我，直到我从它身边走过，它才象征性地站起来，算是对我的回应。这是一条腿很不利索的狗，果然一会儿转出来了。有个邻居家端出肉圆，让先生品尝。女儿问一些关于老家的话题，说到底什么叫作老家，怎么有了老家还有老家，到底哪个是老家。我的小侄子不知道跑到哪里了，堂弟的声音都变了，全部失声了，大喊一声侄儿的乳名。可是，那些年，他走马灯似的换女朋友的场景就在眼前。

橙橙的夕阳挂在寥落的树梢，可惜，我没有赶上时间，夕阳已经下去。人终究是跑不过时间的，我只拍下鸟窝。

年里，我也仿佛倦鸟归巢，那么安宁的风景。

只此平常心

禅说，最好的境界是生活中的禅意：只此平常心。是什么样的造化才能有这颗心啊。

我不知道为什么我没有 hold 住春节在老家那晚的谈话。也许在真诚面前，所有的防卫本来就是多余的。七年前老公车祸去世又重找了一个男人过日子的发小，翻来覆去说的一句话就是过日子罢了。就是过日子了。过日子，多么厚重的一个词！

发小从黑暗中走来，窄窄的脸宽了很多，泛出光彩，仿佛一棵被移动过的大树，在生活中适应了新的水土，与周边的土壤、阳光达成新的默契，所以，与发小的谈话变得轻松起来，我知道以前有些不可以说的话可以说了，以前有些不可以谈的人和事，现在可以谈了。我冷不丁地问发小，你觉得哪个男的好？发小说现在觉得第一个有第一个的好，第二个有第二个的好。但是，她觉得第一个男人太亏欠她了。第一个男人走的时候，她有很长时间都想不通，那个男人欠她太多，好不容易请人将他的手艺教出来，好不容易将儿子拉扯到七岁了，怎么喝醉了酒说走就走了呢？发小说前后有三年的时间，每每想起这些都是一个人躲在被窝里无声地哭泣。一句话胜过一切矫情的语言。发小很能干，初中毕业后就去学了缝纫，没多长时间就是厂里的业务骨干，干了半年，就帮家里买了黑白电视机，村上人就说发小将来嫁到谁家发到谁家。发小第一个男人的缝纫手艺就是发小教会的，她是领他进门的师傅。

现在这个男人还是发小的公公做主找的，水电工，妻子因病去世了，有个女儿与外公外婆一起生活。男人一年到头在外打工，到年底好几万元都交给她打理。当然，钱不是重要的，重要的是，男人难得在家的几天，不是帮她烧饭，就是帮她洗衣服，这才觉得像过日子。儿子与第二个男人也一起生活了七八年，非常有感情，在家里一会儿喊爸爸，一会儿喊妈妈。是啊，日子本来像一条被横刀切断的河流，现在又顺着流淌了。

为了孩子的教育，他们在城里买了房子，一家三口在一起住。公公婆婆老大不乐意，觉得是另立门户，要疏远他们了。老人不说，但仿佛一肚子数，米啊油的都给得没那么积极了。发小说她有她做人的原则，该自己为老人做的一点也不会少，儿子也坚决不会改姓的。现在这个男人还有个女儿，她对那个女儿很好，吃的穿的用的一样样买上门去，但是，女儿并不买她的账，有时还会有敌对的情绪，觉得是她抢走了她的爸爸。发小说孩子小，不懂事，不能跟孩子一般见识，等孩子大了就会明白的。发小的母亲也跟她说权当是生了两个孩子。只管自己做对，不要求别人回报。

终于，发小似乎想起来，问我是干什么的。是啊，我是干什么的呢？我该如何跟她解释我的工作，或者一年到头干了什么？真的不像做衣服那样，做了一件就是一件。日出而耕，日落而息，多劳多得，不劳不得，是一种多么古老的逻辑，让人的心无限地安宁，这也许给了发小平常心的最厚重根基吧。

夜深了，发小的父亲打着手电来找他的女儿。同样一个寡淡的人，这么多年，一直在外面打工，渐次老了，终于回到村庄，不再出去。我们两个女人的谈话不着边际，看似有一搭没一搭，却就是停不下来。发小的父亲很有耐心，好不容易瞅了一个空当，喊发小回家。看着向夜色深处走去的父女，我的心无限宁静。

老去的树叶终将飘零

这是个八十六岁的老人,瘦骨嶙峋地坐在他高高的轮椅上。上次看见他的时候,他还在跟拦着他去路的孩子们抗争,说让开,让开。现在,他终于放弃了抗争。

现在他瘦骨嶙峋地坐在自制的高高的轮椅上,面门前只剩下两个长长的板牙,支撑起整张脸,支撑起整个人。整个人看上去就是那两颗长长的牙齿是真实的,他真的活不了多长时间了。我说,真的瘦啊。老父亲说,人老死的时候,都会是这个样子的,除非死于非命。

但是,没有人怕他,一个行将就木的人。老的少的,三五人站在他的面前,谈论他的生和死。仿佛谈的不是他,仿佛在谈一个患有感冒的人。没有恐惧,也没有挽留,就像秋天到了,知道冬天一定会来的,老去的树叶一定会飘零的。每个人都有这样的思想准备,包括他九岁的曾孙女。

九岁的曾孙女告诉每一个闻讯赶来的人,说我太爷还有四天,现在已经过了一天了,还有三天,过了三天,就会"嘎——"。说这个嘎的时候,曾孙女很具有表现力,手臂在脖子上一抹,下巴一抬,再翻个白眼。曾孙女这样表演多了,这个"嘎——"说得越发形象了。很生动形象,马尾辫都会跟在后面翘起来。听得人来不及说她不懂事,都忍不住会先笑出来。

外孙女从省城回来,带来几个芒果,站在他的面前,问他芒果你吃不吃。他说芒果是什么东西啊,是不是香瓜啊。香瓜田里就有,他以为长成这个样子的芒果是香瓜的另外一个品种。外孙女又笑,说芒果就是芒果,不是香瓜。这个行将落幕的老人说,我什么都想吃,但是什么都不能吃啊。

那些比他小一个辈分两个辈分的人站在他面前,谈论他的病情。一开始是皮肤上一个小的斑点,当成了蚊虫叮咬的,用治疗蚊虫叮咬的药水去涂,结果几个刚生下的小狗误喝了那个药水,都死了,可见那个药水还是相当厉害的。其中一个说,其实早就应该去看了,不然不会拖成这样。

据我所知,这个村子里喜欢他的人可能并不多。在那个以粮为纲的年代里,他,这个村的总支书记,断了很多人的出路。父亲说那个当兵的名额本来是他的,但是他暗箱操作,将名额给了自己的儿子。儿子当了兵,又回来做了大队的会计。但是会计却不知道拍新支书的马屁,被整了下来。同情的人不多,说本来就是顶替的。村里另外一个好技术的年轻人被镇上的电机厂相中了,本来是要招工走的,他愣是拉着人家不放,说走了村里就少了劳力,这笔账人家现在还记着。却将自己的独女许给了一个煤矿工人,结果煤矿工人很多年里回家的天数很有限,独女这么多年像是守了活寡。

在我有记忆的时候，他应该已经六十多岁了，还是有余威的。虽说是分田到户了，到了大忙的时候，还是有很多人主动到他家帮忙。再后来，就发现他自己拿着篮子去田里拾掇拾掇了，偶尔还要帮助运运肥料。人们见了，还会喊一声，刘总支啊。他也总是会应一声。草帽压得低低的，只看见两颗牙。倒是他的老伴，不管世事变幻，总是一个老好人，在村里人缘不错。我小的时候，有一次考试考得很糟，躲在家门前小桥的另一头不敢回家，就是她拉着我的手将我送回了家。

老人的背景是几棵银杏树。银杏树已经被一个常常游荡在农村和城市之间的人看中了，一开始出了1000元一棵树，现在涨到了3000元。这几天，这个人一直在这几棵树边上游荡，一有机会就开始游说。天知道这几棵银杏树还能撑多久。

银杏树，在这个地方又名子孙树。前人栽树，后人乘凉的意思。

第三辑

公寓房

夜深人静的时候，会听见青蛙的叫声。这是一般人不可想象的。千真万确，在这个城里最核心的地方，晚上，躺在床上的时候，会听见青蛙的叫声。

其实，从住进来的第一天晚上，我们就听见了青蛙的叫声，心中升起一股暖意，找到了很多熟悉的感觉，似乎有点家园的错觉。

公寓房

夜深人静的时候，会听见青蛙的叫声。这是一般人不可想象的。千真万确，在这个城里最核心的地方，晚上，躺在床上的时候，会听见青蛙的叫声。

其实，从住进来的第一天晚上，我们就听见了青蛙的叫声，心中升起一股暖意，找到了很多熟悉的感觉，似乎有点家园的错觉。当时的邻里中心还是一块泥土地，晚上放露天电影的时候，会有蚊子嗡嗡嗡地袭来。后面的大楼还没有起，看见大片的空白，看得见蓝天。现在，慢慢地越来越满了，没有空当了，除了车水马龙还是车水马龙。从市井的角度，其实也很难说这样的城市构造就是好的，复旦的陈思和老师说所谓井，一定是要像"井"字那样的感觉的街道。人能够随意游荡到街道的两侧，从中产生一些闲庭信步的意味。从这个角度讲，园区那样的大马路是很难产生这样的意味的。《美国大城市的生与死》中也早已对大城市的构造模式产生怀疑，觉得街道应该让人产生关联，引发乡愁。显然，很多时候是很难做到的。人居和高度集中的城市化有时天生是一对矛盾。

就是这样的所在，在夜晚的时候听见了蛙声，多么神奇啊，起码我们离自然还没有走得太远。或者，那些青蛙还没有来得及迁移到更加合适的地方，还是在那样的水里待着的吧。白天也许是叫唤的，只不过叫唤的声音太微弱罢了。或者我们的内心太喧嚣，总是听不见青蛙的叫声。只有在夜深人静的时候，青蛙的叫声才会传来。于是，我们会明白，那些青蛙是与我们同在的。

白天我们总是太匆忙，当我发现柳树发芽的时候，其实走近看，柳树何止是发芽，其实已经有柳絮了。孩子对春天有天然的感悟。我站在公寓房的7楼看闹闹在楼下抓燕子。小小的闹闹更加小小的，跟在燕子后面追，边追边喊，啊，燕子啊，燕子。抓不到燕子，回家拿了个桶，抓蝌蚪去了。大概是抓到蝌蚪了，边上一个两三岁的小女孩一直围在那里看。临了，闹闹的桶也没有拿回家，我问怎么回事，闹闹说妹妹喜欢，就给妹妹了。又冷不丁跟我说一句，妈妈，我一个人太孤单了。

是啊，在公寓房里，虽然孩子跟孩子之间有一些交往，但还是那么地浅尝辄止，没有更多层面的关系。大人也一样。

18楼的涛涛家，两边的老人轮流过来看孩子，要不外婆来，要不爷爷奶奶在。爷爷奶奶犯愁的是，外婆说要来就来的，而他们若是中途回去，就不知道该不该种一个季节的庄稼。若是两家老人共处一室，又是一件很难的事情。我写过一篇《候鸟老人》的文章，讲过这样的处境。

11楼带孩子的是一个寡居的奶奶，老是担心家里的油菜又回不去。孩子大了，多半也是闲着，常常敲门来家里传达物业信息的十有八九就是她。

7楼的贝贝家，女婿是单亲家庭，只有一个老妈，瘸腿，在老家，不常来，只有过年的几天会来。像个亲戚，甚至比亲戚还拘谨。外婆很得意，总是说孩子给奶奶打电话的时候就说奶奶好啊，我想你啊。放下电话，就说还是外婆好。

4楼的那户人家，老两口用拆迁安置款买的房，女婿出轨，女儿一气之下带着襁褓中的儿子回娘家住了。老母亲叫她回去，她说谁要回去谁回去，她是不会回去的。我写过一篇《爸爸去哪儿》的小文，写这样的一家。到现在都能想象出那个外婆蒙眬而不知所措的眼神。

……

家家都有本难念的经。我们看到的总是浮光掠影的表象，更加真实的生活深深地藏在那些公寓房后面的柴米油盐酱醋茶里。这里的信息不像乡下那样流通，每个人看到的只是别人生活的凤毛麟角，甚至，连凤毛麟角也不是。况且，也没有人会真正关心别人的生活。公寓房的人们相逢的时候是片段式的。

在时光流年里，这座房子老了。

只有闹闹将它视为自己的老家。每年过年的时候，她都认认真真地贴对联，一边贴一边很认真地说，这就是我的老家。

每个人都是要回老家的吧。华盛顿任期满了之后，一定要回到他的庄园，比起国家大事，他更关心的是家里的庄园，家里的庄稼。

我们称为公寓的这座房子，是闹闹的老家。可是，天知道呢。

地瓜秧

看了太多的朋友圈,一不小心看到老刘的。

老刘的朋友圈是动人的,纯粹而不花哨,就像老刘的人。那些山里的花,那些山里的草,那些山里的人家,那些山里的流年,还有啃鸡腿的满脸沟壑的老娘,还有偶尔的一声戏谑。我感到欣慰,老刘还是老刘,没有变的老刘,没有世俗的老刘,没有装逼的老刘,真的太好了。世界上还有老刘,那个因为同室的兄弟夜里睡不着觉不敢翻书的小心翼翼的老刘还在世界上,多好啊。

老刘朋友圈的那杯茶,那盘猪头肉,让我想起那个拎着大蒜头徒步走大上海苏州河的老刘,那个笑话我读英语书准备各种考级的老刘。老刘不再考级,不考任何试,老刘说自己考研究生是最后一次考试,以后再也不考了。老刘怀着人生理想而来,其实他已经是一个电视台的知名摄影记者,拍得非常好,在当地是很牛的角儿。但是,老刘说厌倦了那样的生活,还是要寻找一些能让生命安放的东西,于是在人到中年的时候,放弃了自己的很多东西,放下了家里的妻儿,来读研究生了。现在想起来,老刘就是现在我这个年纪,上有老下有小的年纪。设身处地地想,老刘是不简单的,如果用现在流行的词语来说,老刘是有梦想的。有梦想的人是击不败的。于是,很快,我们完成老刘就是我们当仁不让的大师兄的心理秩序,很多事情就有了章法,少了很多慌乱。

但是,与我们一起上研究生的老刘还是多少有些尴尬,因为年纪。老刘比我们大十二岁,是跟老师差不多大的研究生,老刘的年纪比师母大。老刘比我们懂事,又颇具山东儒家风范,每次看见师母总是毕恭毕敬地称呼一声师母,师母总是不好意思。还有,我们总是应付各种考试,但是,老刘是从来不参加这样那样的考试的。但是,老刘读书,老刘将我们所有的空闲时间拿来读书,老刘学问很大,不像我们刚刚从应试教育体系中考上研究生。其实,知识到处是空白点,譬如,那个时候,甚至知道了钱锺书,却不知道杨绛;知道了胡风,却不知道梅志。甚至,有一次我们开胡风的学术研讨会,老刘毕恭毕敬地喊梅志先生,那是我第一次知道可以称女性为先生。在老刘面前,我真是太浅薄,并知道了要一点点地沉淀,真是一大幸事。

人到中年出来上学的老刘其实背负了很重的东西,他总是觉得自己不仁不义,不应该将一家老小扔下不管自己出来读书。老刘夜里睡不着,整夜整夜地睡不着。圣诞节,我们围着火炉涮极其简单的火锅,蜗居的小屋里烟雾熏天,老刘会哭,抹眼泪,哭出声,让我们的读书生涯平添几分壮志凌云舍我其谁的感觉,真是达则兼济天下,穷则独善其身啊,我们大气不敢出。老刘后来到了不能入睡的地步,大半夜起来围着苏大的理工大楼跑步。跟老刘一起读书,总是让我们对岁月心存感恩，总是让我们对生命兢兢业业。

就是这样，老刘还是鼓励我们那些支离破碎的理想。在上海读书的时候，有一次，要跨过整个上海，从浦西到浦东去应聘，早上又要特别早到达，没有人陪我去，只有老刘自告奋勇。于是，老刘陪我一起穿过那个带着星星的黄浦江。一江的鲜臭味。老刘批评那个将脚翘起来的售票员，老刘说女人应该有女人的样子，再苦再累也不能这样；老刘客气地跟渡轮上做各种小生意的小商小贩们打招呼，小心地让着他们，说大家的生计真不容易。那个铺满星星的晚上如此清晰地停留在我的脑海中，现在想起来都是满天的星光。

毕业后，老刘终于还是回去了，回到了那个他用镜头书写的山东，回到了老母和妻儿身边。老刘的朋友圈里有一则讲夫妻相处之道的文章，说夫妻没有合适不合适只有安心不安心。那个时候，听说老刘的老婆写文章，会有很高的稿费，比他的工资还要高，会编很多的情感类的小说，是《知音》等好几个著名情感杂志的专栏作家。不久前，听朋友说老刘的老婆去了另一个世界，我不敢问。

老刘的朋友圈里晒了一张秃顶的照片。从后面看特别像老刘，可是不知道是不是。那个顶秃得不简单，寸草不生，充满沧桑。难怪，老刘会给我留言，哥哥这些年过得不容易，让我想起电影《老炮儿》。

现在，我们在朋友圈里相遇。我发一些感慨，老刘说是不是太深奥了。我总是一下子能想起老刘那种憨厚的微笑，似兄长似父亲般的微笑。就像那些年，我们困顿的时候，老刘总是说打起精神来，说以后的每一天都比现在老，让我们不断地捡拾生活的信心。

现在，我到了当年毕业时跟老刘分别时候的年纪了，一晃大概十年不见老刘了。我想老刘了。

忘了说，老刘在朋友圈里自称地瓜秧。

那样的一个绅士

到现在,我都觉得昨晚遇到的那个神州司机不真实,就像灌园叟遇到仙女之后的那种失重的感觉。

那么绅士的一个人,我试探着问他是哪里人,他说是中国人。他用英语说自己是中国人,有点意思。我问他之前是干什么职业的,或者说怎么看上去他和他的职业有点不相配。他问我他看上去是什么感觉,我说很绅士。他开心了,开始慢慢放开他紧绷的壳。再次证明,任何时候,学会赞扬是你跟陌生人交谈的第一步。

他说他之前就是司机啊,只不过是私人老板的司机。老板不是中国人,是一个德国人,德国跨国公司中国地区的老总。跟德国老板的相遇颇具戏剧性。那个时候,他是苏城的一个出租车司机,也是这样的行头打扮,他说他有一个非常好的习惯,只要是坐上车,不管公司有没有规定,一定是白衬衫黑西装,他说这是一个人工作的态度。到了目的地,德国人要付美元,他说美元不要的,只要人民币;那个德国人眼前一亮,用蹩脚的中文说之前还没有碰到过不要美元的人，就问他愿不愿意给自己开车。

德国老板开出的条件是，待遇和那家跨国公司高管一样，吃住在公司的总部北海，自己提供一辆商务车，月薪一万五，再加年终的奖金。他觉得条件挺不错，跟家里人商量后就南下了。事实证明，在北海非常舒服，德国老板一个月有半个月是在国外，一个月工作的时间只有半个月，半个月里也不是天天开车，工作强度大大降低，只要学会待命就行了。而且，周围的人都彬彬有礼，工作按部就班，有条不紊，跟以前的出租车司机群体完全不一样。跟着老板出去，听老板在车上跟不同的人聊天，讲生意上的事情，学到了很多，才知道外面的世界那么大。

我说既然那么好，为什么还要回来？他颇为遗憾，说主要是为了儿子结婚，就是辞职也得回来了。谈起儿子，他非常得意。儿子在苏城读的大学，大学读完了出去读的研究生，然后拼命想办法留在了澳洲。儿子现在要结婚，婚还是得在国内结，否则这些亲友都要去一趟澳大利亚，谁吃得消？请客，酒席，各种忙。所以，他狠狠心，将当初买的商务车卖了，跟老板辞去了工作，回到了苏州。

这个父亲对于儿子在国外的生活充满想象。说儿子的性格有点像他，方就是方，圆就是圆，不会圆滑，不讲假话，而且像他们这样的小老百姓在国内能找到什么好工作？现在国外最起码没有环境问题，食品问题，最起码不会吃地沟油，更不会吸雾霾。

虽然儿子已经跟他讲清楚了，将来小孩是不要他们带的，但是他还是做好了移民的各种准备，自己在苏城有两套拆迁房，一卖，说澳大利亚肯定欢迎，知道他们去了所有的财产都带去了，而且是苏城这里的人，说人家对苏城人都是非常友善的，非常欢迎。还想好了以后出国的各种好处，拿着国外的退休金，在中国过日子，所以，现在要抓紧时间学英语。

他说自己已经信基督很多年了，对于国外的文化天然地认同，看不惯国内的种种。最起码不会说脏话，不会骂人，不会像国内的很多人中国式过马路以及很多中国式的做法。

他说自己就是被耽误的一代，学没上几天，参加高考也没考上，家里也不让你考。那个年头，谁有钱供你读书。于是就找工作，先做工厂的学徒，没几年就开车了。那个时候，开出租车很时髦，赚得也多，再后来就是你知道的这些。现在，很多自己没有实现的东西小孩又实现了。真好。

倒叙的结构，我了解了一个人的一生，也找到了他努力表现出来的绅士风度的来源。他在努力成为他想要成为的那个人。他活在对自己的塑造和想象中，一天也没有放弃，也真是一件不容易的事情。

能　人

　　他从一坐下就告诉我认识谁谁谁。家乡的那个领导是他的什么堂兄，某人家的长辈对他就像对儿子一样好，某个领导到了自己的家乡要给他的儿子包红包，等等。他将手机里很多领导的电话号码一一翻出来给我看，对自己的身份进行某种定义和说明。

　　家里是门面房，买房子的时候换了三次房子，靠近小区大门的那一种，又好住家，又可以做门面房。参加了一家酒厂的股份，说是前几年送酒都是直接往单位里面送，人家领导从来不问多少。现在不行了，现在的大形势不好，要自觉，人不能自讨没趣。还有看见领导的办公室有人，正在谈事情，他是从来不进去的。结果都是人家领导叫他，说某某，怎么还不进来？

　　他现在做医药生意，说是一些单位逢年过节的福利都是他去给，这样人家就会想起他。整个的利润是百分之六七十，这是他亲口说的数字。因为讲好总价值的百分之二十首先就要给科室里面发年终奖金，其他的还要跑啊送的，这些都是少不了的。但是利润确实是可以的，这项生意做好了，简直可以传代，因为一个医院用习惯了，是不大轻易换其他的药的，就是过年都可以坐在家里收钱，医院替你赚钱。

他说十二年前就买高配置的桑塔纳了，到现在还是没有换，他说有些领导说了，桑塔纳我敢坐的，你要是奔驰我还不敢坐呢。再说，你开个车到人家那里，钱都是人家帮你赚的，到人家那里嘚瑟算什么呢。

他说他不大喜欢东西换来换去的。他说就看不起两类人，一类是换老婆的，一类是换手机的。还有做人要规规矩矩的，不能怎样怎样的，就是儿子这么大了，现在一声令下，叫他跪下去，肯定马上跪下去。

他说他会花上一个星期的时间去蹲守这个三甲医院。他说等一下他就会住到这个三甲医院的边上，然后去等这个三甲医院主要科室的医生，他们在值晚班的时候，哪怕就是上去买点夜宵给人家，人家感觉也是非常好的。他说不能着急给人家打电话，先上去摸摸情况，到医院里面问找谁比较好，或者最好，问得差不多了，再去打电话，随便打别人的电话是不礼貌的，也是打扰别人的工作，而且轻易地打别人的电话很有可能一口就被回绝了，那下次就不好意思再开口了。

他说老早就在城里买了房子，又将老婆孩子都带到了城里，小孩子初中换了三个学校，等等。他不住地帮我倒水，要拎我的包，帮我夹菜。我是真的不好意思了。

这就是农村里的能人了。不显山露水，却是拿出了种地的力气在种城市。利用城市里很多暧昧不明的空间，种出自己的一席之地。这样的能人再回到乡村，又会拥有很多的发言权。

我将之称为农村与城市之间的双重边缘人。

没想到，后来在他的朋友圈里看到，他写诗，还挺工整，有那么一点意思。悲秋，颂友情。写寒霜，写秋竹。我颇有些意外，留了个言，说原来你是作家。

没想到，这下麻烦来了，诗人一会儿让我点评，一会儿让我点赞，还参加了一个大赛，要我帮助投票。我又只能诺诺了。

文学，到底跟做生意不一样，是不能太用力的。一个对文字太用力的人，我不想引为我的知音。当然，对于他，文字如果能让他忙碌的灵魂得到片刻的安宁，一定不是什么坏事。

代　驾

代驾从黑处走来，我看不清他的脸，看不清他的年龄，矮矮的个子挺敦实的，憨憨地笑。

代驾一上我的车，就说我的车可能有点毛病，但同时他说，放心，没问题的。

谈话从酒驾开始，他说一定要不得的。有一次，他帮一个人代驾，另外一个人坚持要省代驾的钱，自己开，结果就看见前面有警察。他看见那个车子慢下来，终于靠在路边，那个人跑了。他灵机一动，正好前面是个商业广场，他赶紧将车子靠边，一路小跑过来，站在这辆车的边上。警察过来了，说你怎么跑这么快，干什么去了？他说他跑出去方便了，警察也没什么好说的，也没查出来什么，就放他走了。那个人有惊无险，重重地谢了他。

他说做代驾已经近6年了，最近生意才好起来，有的时候晚上要有3个左右的生意，他什么车都开过。有一次开一个宾利去上海，那个老板非常大方。给了他800元，还开宾馆让他住了一个晚上，买好火车票让他回来。我注意到说宾馆两个字的时候，他咬字非常清楚。他说还有一次是开一个越野车，青海来的，车子坏了，没法修，托运到苏州修，开的那个人是个草脚，不敢开回去，就找到他了。一共来去3天，给了2000元钱，还买好火车票送他回去。钱是赚到了，但也是辛苦得很，去的时候一共开了17个小时。我说困了怎么办，他说干这行久了就不觉得苦。他从18岁就开车了，什么车都开过，一开始开挂车，两个人一起跑长途，最远的跑到广东广西那些地方，一辆车两个人换了开，一开一个星期，现在他觉得有家有孩子了，还是稳定一点好。

他说现在一般晚上工作到11点钟，也就回去睡觉了，第二天早上8点半还要上班，在一家印染公司开货车，开5吨的货车。老板都是将别人开了要坏的车、觉得不行的车给他开，到了他手上，都开得好好的，碰到小毛小病也能修好。他的老板特别喜欢他，工资从一开始的2000元涨到现在的3700元。我说他辛苦了。他说像他们外地人在这里，不勤劳，不吃苦怎么行，老婆一个人的工资将两个人的医保交了所剩无几，家里还要家用，房租要1000元一个月，小孩11岁，正是长身体的时候，要吃要用，要上学。

他说最大的愿望是在这个区的镇上买个房子，也不要大的，八九十平方总要的，大人一个房间，小孩一个房间，也算有个安定的地方住，心里踏实一点，现在不辛苦，什么时候辛苦？他说一起做的老乡有四五个，大家互相帮衬着，就可以满足客人的需求，还有就是要靠口碑，他说手机号码已经6年不换了，朋友介绍朋友嘛，不能换号码。

临走，他叫我记下他的手机号码，说有用得着的地方尽管盼咐，哪怕是白天也可以的。我说白天你不是要上班吗？他说没事的，他们老板也特别信任他，支持他，有事情可以临时调配。厂里的问题他处理得很好，没得说的，反正，他跟老板说了，他就这点能力了，绝对会全部地发挥出来，一点不会偷奸耍滑。

所以，那个晚上，代驾的半个小时，我有一种特别踏实的感觉，一点也没有微醺后的浮躁。

民工子弟学校

上午走访一所民工子弟学校。很感慨，我的内心一定是起了波澜。

那个校长，得了很多的奖牌，有一张很年轻时候的照片，还是很长的头发，抱着一个什么玩具，转眼，自己的孙女都有了。媳妇倒是长得不错，挺水灵的。那个老板也是酱红色的脸庞，健康，微胖，穿一件大花的连衣裙，其实是极不合适的，因为肚子全都露着，水桶腰。但是健硕，能干。校长当然是自己封的，自负盈亏，没有任何补助。

是一座租住的厂房，听说还是年年要涨租金的。老板说没有这个义务为你们学校，我们上交了很多的税收给政府，给孩子读书是政府的事情，说是现在的租金都是24元一个平方，给你们14元一个平方已经是很大的优惠，还要我怎样的优惠？是一所废弃不用的厂房，随意，高大，甚至巍峨，但是用作校舍，显然是不合适的。两边的窗户对开，这个教室听得见对面教室老师的吼叫。一样年轻的生命，和再年轻一点的生命，一起在这样的厂房里度过。书声琅琅，还有飞扬的粉笔灰。

这个校长哭笑不得，说自己也是教师出身，教学的经验还是可以算得上的，苏北的一个中学还特地来学习过。老师的管理奖金都是与班级的管理挂钩的，同衣着、礼节、成绩等联系在一起。一般的老师一年也就是3万到5万元左右。所以，我看到一个跟在后面拍照的小伙子，穿的衣服质地极其一般，脸色黝黑，一脸青春痘，虽然年轻，但颇有风霜的样子，显出早年劳作的痕迹。

那些幼儿园的老师，穿着半透的衣服，大声地跟孩子说，排队，排队。很多孩子排着队上厕所，因为厕所只有教室两边有。只有一个厕所，男孩女孩也是没有办法分开。很多的孩子，非常自觉地拉着衣服，像小火车，这边的小火车进去，那边的小火车出来，感觉一下子整个走廊狭小无比。好几个班级，都是两排的凳子整整齐齐地放在泛着光的劣质瓷砖地面上，教室没有一点点的陈设或者玩具，就是一个老师在前面认真地上课，有一个孩子拖着鼻涕爬到了地上，遭到了老师的大声呵斥，很多孩子侧目，对他的行为表示不齿。同行的人说，这么多孩子，没有什么味道，已属不易。

操场上有个小小的舞台，有一个老师带着孩子在扭屁股，拿着金色的扁丝做的太阳花，可能是为数不多的教具，青春张扬的感觉。不觉得有什么不对的地方。不知道是不是为了表演还是正常的上课。老师的声音很高，金色的花舞来舞去，那些丝线一次次地散开、聚拢。

一行人中有人无意说，这里面可能有很多是我的老乡的孩子。我想是有可能的，即使不是我的，也是我们的。一定是了。

想象我们小时候，虽然不是太富裕，但是大家手拉手一起上学，不紧张，不困顿，很安详。

那些来过家里的工人

一个年纪不大的小伙子过来给我们送家具。跟家具店的老板讲好的价钱，但到现场因要麻烦他将床搬到楼上去，一定跟我多要50元钱，才肯做。他说没办法，孩子没人带，老婆负责带孩子，家里就他一个人赚钱。

一个电视机的客服过来装电视机。调试完了后，悄悄从包里拿出一个机顶盒子，问我要不要装，这是他在工作之余自己弄的小外快。我说挺好的，反正也是要装，但是我没有150元的零钱。他说给他充话费好了，并告诉我电话号码。我说你不怕我不给你充，他说没关系的，他大学毕业好几年了，碰到过很多这样的情况，基本没有人失信的。

约好装电灯的老潘过来装电灯，可是约好的时间已经过去将近一个小时了，老潘还是不见人影。打电话，很吵的声音，老潘说正骑着电瓶车在路上，马上到。这样又过去了将近一个小时，老潘才到，是和他的老婆一起来的。老潘很谨慎，自己带着鞋套。老婆的手脚很麻利，老潘过于谨慎，生怕将灯弄坏，说自己的工钱才多少。我问老潘吃了没有，老潘一口咬定说吃了。我也没有多想。后来走的时候，才知道他根本没有吃。介绍老潘给我的同事说老潘在他面前抱怨过，有一次吃了人家的盒饭，结果结账的时候硬是扣了10元钱。至此，老潘从来不在人家那里吃饭了。

翠　华

在饺子店里,我去看了两次都没有看出来。戴了一顶帅气的鸭舌帽,一口普通话,煞有介事,怎么也看不出是刚刚回家处理了两只鸡,卖了今年刚打的稻子的村妇。

翠华不是村妇,翠华二十八岁之前都在深圳打工,是被家里人催着回家结婚的。嫁给我们村里我的一个论辈分要喊叔叔的人。

翠华不简单,在外面做过头头,就是不要干活可以指挥人家干活的那种。有好几年的时间,翠华在外面打工,男人在家里,听说什么活也不干,就是学英语。男人一心想出国,除了翠华,村里没有一个人理解。你想,一个大老爷儿们,那么高的个子,大把的光阴,在家里居然什么活也不干,就是学英语,现在想起来这样的场景,老父亲还是一脸不理解的坏笑,就像一个一天到晚幻想天上掉馅儿饼的人。老父亲也没有什么错,我们那个村庄属于三县交界,出了那个区域,说的家乡话都没有几个人能懂,先学普通话吧,还学什么英语,村上人都说四头是吃软饭的,唯有翠华不。

翠华在外面打工。

翠华回到家的时候，女儿已经十岁了，翠华说完蛋了，女儿不讲话，看见她也不喊妈，打了也不还手也不还嘴，就是不说话。翠华吓坏了，担心是不是得了什么自闭症。翠华在外面闯荡，懂的东西多。翠华就打，说，丫头，我打了你给我还嘴，回了嘴就不打你了。于是，丫头回嘴，说，妈妈，你在外这么多年，也不管我。翠华的心一下子塌了，说，妈妈再也不出去了。翠华是一把缝纫的好手，能手，样样都会的，都是手工活，但是，翠华决定放弃了，在家里带孩子。

男人居然英语学上了，出国了。翠华说四头一开始跟山东的那家公司出海，在船上是干洗碗的活，拿的工资很低，一年也就三四万，就够自己在外面用。现在这么多年，英语学出来了，跟老外沟通自如，跳槽到美国嘉年华游船公司了，一年有八个月的时间都是在公海上，是船上酒水服务部的。干得多拿得多，收入大大增加，拿回家的都是美元，平时用不着，这次在苏州买房子一下子将前几年的积蓄拿出来付了首付。四头在外面见多识广，游轮一两个星期靠一次岸，到哪个国家四头也上岸去溜达溜达，这样四头去过很多国家呢。翠华还将四头给她买的雅诗兰黛送给了我，我说什么也不肯要，翠华说像我们这些农家妇女，怎么还会用这个玩意儿，笑死人。我说不会的，就是你们才应该用。但是，翠华怎么也不要，一定要送给我，没办法，我先收下，总想着要还给翠华。

翠华说男人在外面不容易，有一天，突然给我看一张照片，说是四头的女朋友。我一愣，说真的假的，什么女朋友。翠华说你这个傻帽，还什么女朋友，就是吃住在一起的，一起生活的。我说你怎么看，翠华说没什么啊，这很正常啊，四头叔在外面，一年有八个月在外面，身边没个女人怎么行啊，人之常情啊，人不能对人要求太高。再说那个女的对四头挺好的，洗衣做饭，用钱AA制，这样你四头叔可以安心地工作拿钱，回到宿舍还有人照顾。我不说话，不知道怎样说，一下子失去了所有的讲话的支撑点。翠华说，当初也想过离婚，第一反应是离婚，但是，现在，到了这个年纪，很多事情都不这么想了，都觉得不那么重要了。每个人都不容易，你不能对别人要求太高，别人告诉你是对你的尊重，不告诉你你又能怎样，你能将他留在家里？留在家里能赚那么多钱？你四头叔很省的，平时的钱都要给我，不然怎么会有钱在苏州买房？今年，因为有贷款，四头叔说想要在外面干九个月再回来。

翠华说，你四头叔挺省的，上次出去时在上海办签证，女儿要吃个烤山芋，四头叔都不肯的，说你知道烤山芋的成本是多少吗？就是再有钱也不能这样用。谈起这一点，翠华非常满意。说今年，四头还将那个女的带回家了，其实就是她想看看我，我也想看看她。翠华说那是一个非常好的女人，非常清高。我见过照片，白皙、傲慢、红唇，见过世面，不愧是美国最大的游轮公司的豪华游轮上负责发牌的女的。但是，现在，翠华说她是一个很好的女人，对人很有礼貌，很知道疼人，对翠华一口一个姐姐。看见翠华从田里回来了，又是端茶又是倒水，还不停地说，犯不着这么辛苦的，翠华很满意。农村人嘴碎，看见了就问翠华，这是你家谁啊，怎么从来没有见过？翠华就说这是自己的朋友啊，什么地方什么地方的朋友。翠华说只要自己不吱声，其他没有任何人可以讲什么。我为翠华捏把汗。翠华说，不要担心，你四头叔就是在外面孤单，骨子里是顾家的，只要我说离婚，四头叔就说你闭嘴，怎么可能的事情。想想也是，这种女人就是在外面处处，怎么能带到家里过日子，家里上上下下的这么多人，这么多事，她哪里对付得了。翠华又说那个女的是福建泉州人，人家那里条件好的，不会到我们这里的。后来我看过一篇报道，说在美国最多的中国人就是福建人，福建人中又有很多是泉州人。翠华又说，在苏州买房了吗，要是喜欢就三个人一起到苏州过。

翠华所说的一切都不在我的逻辑范围内，我无从判断，我所知道的事实是那个女的在我们老家过了一个星期走了，走的时候很坚决，说一定要回去了，走之前将四头家前前后后里里外外都拍了照片，而且发到了自己的朋友圈，只说一个朋友的老家，至于什么朋友，语焉不详。我当然没有那个女人的微信，是翠华给我看的，翠华说你四头叔忙，没有时间看微信的，那个女的相对清闲，她们几乎天天微信有互动。翠华跟那个女的抱怨工作难找，在家里还觉得自己年轻，哪知道出来一看都这么老了，一般的地方都不要了，就是几个家政公司觉得她还不错，动员她上岗，但总是觉得家政档次低，不想干。翠华还是想干相对体面的工作。现在这个饺子店还是挺适合她的。

翠华很能干，将饺子铺当成自己家，手脚快，勤快，不打马虎眼。翠华一开始上班时，要干十个小时，是真正的手工饺子的流水线，一点也马虎不了。手工水饺吃起来有嚼头，做起来可没那么轻松，要擀面皮，一遍遍地擀，翠华说一天下来手都火辣辣地疼。但是翠华又说，像他们这样的，什么活没干过，有什么了不起，人家能干她就能干。

过了一个星期，翠华开始告诉我，说老板觉得她在后堂擀面皮太可惜了，让她做大堂经理了，脱了白大褂穿上了黑夹袄，到前面大堂来了。我听了也很开心，高兴地去看翠华。难怪翠华说她自己都觉得穿黑色的衣服好看，真的好看，翠华没有胖，身材有板有眼，穿了黑夹袄扎了红围裙，腰更加细腿更加直。翠华天生的是城里流水线上的料。

翠华的世界自己平衡着，自得自足。闲下来聊天时，翠华还讲起上次在老家，将一个老家的堂侄在外面泡的姐叫过来骂了一通，说你有本事不要动不动叫人家离婚骗人家钱财，有本事吃自己的穿自己的才是真爱。翠华说那个女的真是过分，这几天将堂侄的钱财都耗光了，自己买房买车，堂侄像个瘪三。又将堂侄叫过来骂了一通，说你有本事，像你的四头叔一样，一年交给家里多少万，老婆自然就没有意见了。也许，翠华说得也有道理。

翠华对四头宽容，对女儿却是两样的，要求很高。女儿也在这座城市上大学，母女同城，幸福感很高。翠华要求女儿要考研究生，将来要有好的职业，我想是对的。翠华还叫女儿学日语，说日语自己还会一点。翠华在日本待过，说日本很文明，还说自己要不是在日本那些年看得多见得多，对四头这件事的认识会是两样的。

翠华还是见多识广的人呢。

新年了，翠华发了一条微信，说2017年属于努力的人。

其实，我想说，哪一年都属于努力的人。

表姐的幸福人生

没想到隔了这么多年又会去写表姐。刚刚过去的几个月里的某一天,表姐给我打了一个很长时间的电话,我真的很心疼。怪不得有句话这样说的,有些人你很长时间不联系,但是,只要有一个瞬间,你就能想起所有,头脑过滤下来的,竟都是些美好的东西。

上一个还是《五月,枇杷熟了》一文中写到过表姐。那篇文章写得如此地明亮,仿佛五月的朝阳给人希望,仿佛十一月的薄雾给人淡淡的忧伤。本来想要引用在此,却发现是如此地不合时宜。作罢。重新写。如此,我又发现了作者写作出来的人物的偶然性,那个人物为什么成为那个人物,那种叙述出来的感觉,不但与那个人物有关,更与作者的心境有关。

表姐发育得比我们早,我们一点都没有"动身"的时候,表姐已经"动身"了,"动身"的意思是身体开始显山露水,露出轮廓。表姐比我们大两岁,照理比我们先动身也是应该的。原因可能还要归功于她的胃口,表姐的胃口很好,能吃。因她是家里的长房长孙女，虽然是女孩，地位还是无形高的。外公总是给一些零花钱，表姐便常常买一些零嘴。这应该不是我的想象，是有案可稽的事实。表姐与我们一起到城里某个亲戚家做客，我亲眼见过当主人转身离开的时候，表姐将一根油条赶紧塞进嘴巴，这是我亲眼看见的事情，真的，请原谅我这样写，但是，这是事实。这个事实不是表示我比表姐高尚，而是我父亲常常教育我做个表里如一的人，所以，我肯定不会背着人家赶紧去吃油条。这样写的意思是表姐其实小小的年纪已经懂得了掩饰，应该是因为她在家里常常被教育老大凡事要让着的缘故。所以，她小小的年纪就懂得了因为谦让而掩饰。

但是，表姐是一个心直口快的人，非常快，她的心直口快应该没有帮她什么忙。

后来就是高考，人生的第一道坎。表姐情窦初开的那个男孩子考上了天津大学，表姐名落孙山。表姐拼命复读了三年，但最后还是只上了个电大。他们上大学的时候是一直联系的，大学要毕业的时候，那个男孩子还将表姐带回了一趟家。但是那个人家并不热情，因为他们家儿子毕业后要留在天津，而表姐只是一个电大的大专生，没有跟过去的能力和资格，即使跟过去了，也是什么事情都靠着人家。于是，聪明的表姐主动不理那个男孩子了。

这样的故事现在读来，多么轻快、明朗啊。愁是愁的，但是愁得那么地美好，无伤大雅，只想自己，对于别人则无所谓伤害。那个时候的人，真是简单而美好，蜻蜓点水仿佛就是终身，又是那么一点点的挫折，就让一生失之交臂，还是因为年轻啊，还是因为爱。忍不下一点点的委屈，却用了那么大的代价。事实证明，所谓的爱情仿佛只是一瞬。

据我所知，后来那个男孩子不知是因为家里期望值大还是压力太大，居然患了一种奇怪的病，现在想来，应该叫抑郁症，就是成天将自己关在家里，不见人，不说话。家里人非常犯愁，却又奈何不了，有同学想起了表姐，让表姐去劝劝他。表姐去了，当然，劝的细节我不得而知。

还有高三的时候出了一个笑话，一个男生喜欢和表姐一起玩，但不知为什么，有一天放学的时候，表姐就讲了一句脏话骂人。男孩的眼睛上有一点点的疤痕，可能只是小的时候调皮所致，但是，男孩应该很忌讳的，表姐就大声喊了巴子，那个男孩子的车骑在前面，听到后从车上扭头就跳下来，一下子冲到表姐前面要揍她。手指着表姐的鼻子，有些惊险，现在看来，真是有惊无险。我是着急了，马上冲上去，大声指着男孩说，你怎么可以这样，仿佛是我化解了一场纠纷，其实，是一场本来就没有的纠纷。后来，那个男孩就说喜欢我，说我有气场，一天一封信。表姐知道了，气急败坏，一天到晚说那个男孩子的坏话，很多很多，不遗余力，甚至说我将来前途无量，不能拿自己的前途开玩笑。后来又听说，其实表姐是喜欢那个男孩的，我也不得而知了。现在回想起来，应该是极有可能的。

总之，这些混沌的一切随着高考仿佛都画上了句号。

我上大学，表姐复读。我难以想象这种中国式的复读是如何给人希望，又是如何消磨了人的斗志。我只知道表姐的眼镜度数越来越深，戴的眼镜片越来越厚，表姐在所有人的期盼中艰难地复读着。我的外婆她的奶奶每次都说，你赶紧写啊，你赶紧写啊。父亲坏笑，说这哪是赶紧写的事，你以为赶紧到田里将活干了啊。凭良心说，就上学这一点，我还是很厉害的，我就是班上学霸型的，仿佛天生就是考试的料。但是，事实证明，不是每个人都适合考试，表姐如果去做其他事情，应该会做得很好，但是，很多人的一生就在那个时候走岔了路。

我拿到录取通知书的那一天，舅母说仿佛我们家捡了十万元钱。这个十万元的比照，是二十年前的GDP。表姐复读了三年，也没考上，最后去了当地的一个电大。

她大学时候来看我，很大的眼睛，很宽松的衣服，一副刚刚从枷锁中释放出来的感觉，但显然，释放的还是身体，而不是精神。精神在那种高压之下，要慢慢恢复尚需时日。

后来，毕业了。听舅母说表姐在交通局上班，还有后来听说在交通厅打扫卫生。看见表姐，舅母每每说，表姐在交通局。

后来，结婚了。用表姐的话说，表姐夫就是人好。其实，不光是表姐夫人好，亲家都不错，真是挺好的，传统而温馨。

表姐夫是一个不错的会过日子的男人，在另外一个城市工作，一个月回来两三天。表姐说隔那么长时间，有的时候都挺生分的，晚上要睡觉之前，他会很不好意思地先在另外一个房间抽很长时间的烟。她不耐烦了，就去喊他。表姐讲话肆无忌惮，什么话都跟我说。

现在他们有了一个儿子。我听说表姐现在忙得很，忙着给儿子打毛衣洗尿布。

再后来，听说表姐做起了房产中介，表姐的能说会道派上了用场。听说在自己的住宅之外还又买了房子。再后来，表姐提起儿子就非常激动，说儿子怎样怎样地好。

很长时间不联系了。

后来再见时发现表姐不戴眼镜了，变漂亮了，胖了点，比我们丰满。

其间听说和公婆有了些小小的矛盾，诸如房子谁买的，房子是谁的等等这些小事情。总体还是不错的，老家的房子也砌了，车子也买了。

再后来听说就是因为汽车，家里闹了一个大矛盾。正月初五的时候，有个亲戚上门借车，表姐夫允了，表姐不乐意，说是车钥匙为什么要借给别人，因为是自己苦出来的，为什么要借给别人？表姐说家里的房子有她很大的功劳，然后就被打了，被看上去有点闷闷的表姐夫打了。听说公婆非但没有劝架，还在边上说了很多风凉话，表姐的心伤透了。

现在看上去似乎应该批评表姐，但是好像也没有理由。只是想起，表姐说过前几年，她在某个大学门口卖东西，跟婆婆两个人，一天可以赚个一百元，小孩子也没有人带。那个时候，一家人很温馨。

今年过年，他们一家到我家来玩了。其实表姐夫真是不错的人，听说家务基本都是他干，表姐吃过晚饭之后的爱好就是上床看小说，说是有时饭碗一丢就上床看小说了。我真是汗颜，自愧不如，我已经很长时间没有完整地看过一篇小说了。

这就是表姐的幸福人生。

文学的情结

老家的许飞,和我在同一座城里打工的许飞居然说喜欢我的文字,是我没有想到的。

印象中,我是大人的时候,他还是孩子。不知道他什么时候到达这个城市的,反正我在这个城市的时候,他已经在了。

和村上的发小合租房子住,两室一厅,一个房间住一户人家。孩子在乡下上学,后来老婆又大肚子了,大了肚子的老婆照样回老家生孩子,生下孩子,孩子留在乡下,老婆又回到城里。如此反复。

许飞,黝黑、壮实,做些电气设备的工程,挺忙的。上次帮人家干了活,拿不到钱,找过我,也没帮上什么忙,让他自己找信访。不是不想帮忙,是自己觉得能力太小,不知道从什么地方帮起。后来好像搞定了。去年赶在房价上涨之前买了房子,才七千多一个平方,买房子的时候跟我借过钱,但我没有借。现在想起来颇有些惭愧。

叙述他的故事我是粗陋的,没有底气和细节,因为实在没有多少交集。只是知道彼此的存在,终究是陌生的,仿佛两列从来不会相遇的火车,天南海北,各走各的路。

没想到,有一天夜有些深了,收到许飞的短信,说,姐姐,我被你微信上露出的一角文字迷住了,什么地方能看到你的文章?从来没有人用"迷住"来形容过我的文字。许飞是第一个。我受宠若惊,第一反应是给他邮寄一些我的书,后来又颇为犹豫,很多文字都是写的老家的人和事,而且我写作从来都是真名实姓,这样写起来有感觉,人物到了笔下,总是分了臧否,所以,老家来人,我都是将我写的书收起来的,从来不给他们看。我不知道这是一种什么样的心理,但我知道《红高粱》里一个同名同姓的人找到莫言家里去,说怎么将他写成这样。作为一个小小的写作者,我亦颇有些这样的担心。

最后,我还是给许飞寄出了我的书,我相信文字终究是一种美好的东西,能消除一切隔阂,跨越一切臧否。

写到这里的时候,我在想,文学的情结究竟是一种什么样的情结呢?我觉得其实是一个文学的梦,在这个梦中,我们区别我们的理想和现实,我们得到救赎和希望。就像我自己,即使现实再怎样让我焦灼不定,文字也永远让我云淡风轻。我知道我不是我的文字中体现的那个我,我愿意成为我的文字中的那个我。文学始终如一缕微微的游光,指引我们黯淡的人生。引用我的导师栾梅健先生说的话:只要天上还有星星,男女之间还有爱情,玫瑰还有芬芳,百灵鸟还会歌唱,世界上就会有文学!

小　勇

他说如果再不想办法的话，孩子就上不了学。听上去很焦灼的样子。他说买的房子房产证还没办好，现在属于无房无户口只有社保。他说周边的学校都问过了，全都满了，没有空余的位置。

这是我知道的，现在上学三个类型，一是有房有户；二是有房无户；三是无房无户，只有社保。他属于第三类，如果照目前的等级，没有希望。

小勇的声音第一次听上去那么像个父亲。

印象中还是那个时候躺在摇篮里的样子，肉肉的，非常讨人喜欢。父亲是个很强势的人，老婆是自己追到手的，听说老婆家里不同意，就到人家门上去，扯着嗓门喊，某某，你嫁给我吗？你自己看吧，反正已经这样了，看你以后还怎么弄？本来你就是我的。意思明摆着，弄得那家人家面子上过不去，只能将闺女嫁过来了，生了小勇。

小勇继承了父亲的骁勇，但没有他的父亲善战。记得小的时候，小勇更小，有一次在我家门口大喊我父亲的乳名，然后撒腿而逃。表弟听不下去，拔腿就追。眼看就要追上了，小勇耍赖，就地卧倒讨饶。表弟不地道，不按套路出牌，抓起一把烂泥就朝小勇的头上撒去。小勇灰头灰脸找不着北，回家告状。小勇的奶奶气不过，找上门来论理，看上去教育表弟，实际上教育父亲，搞得大家都尴尬，父亲诺诺。那是村里的纲常，任何人不能破。虽然骂人在先，但是凡事有个度。现在想起来还挺有意思的。

后来，小勇在眼皮底下长大了，很斯文地从家门口上学，来去经过，慢慢文静起来。

再后来，听说上了大学，家里热闹了好一阵。

苏北的一个大学，四年本科，毕业相当于失业。听说有一段时间，小勇是大家传说中的啃老族，听说就是在老家晃荡。以我后来对小勇的了解，应该是处于人生抉择的阶段。

再见小勇时，已在苏城做房产中介。找了个苏州一个电子厂的女工，甘肃人，很老实本分，生了个胖胖的儿子。小勇在城里租了房子，将自己的母亲请来带孩子。父亲出国打工了，小勇晒过图片，一个硬硬的汉子拖着行李箱，大步走过了国界线，一出去一般就是大半年甚至一年。

后来的一件事一下子让我对小勇刮目相看，觉得他非常严谨、踏实、肯干。2015年，全国房价突然飞涨，苏城也不例外。小勇为帮我买一个小房子，特地赶到宁波去签署合同。早上六点钟起的床，中午十二点才到的宁波。人家被小勇的精神感动，说你们这么有诚意，就是人家出再高的价钱也不卖了。后来，苏城的房价经过了翻天覆地的变化，谁也没有想到，原主人还过来看过房子，甚至落了泪，这是后话，只是说明当时的人心多么惶惶，在那时，小勇能谈成相当不容易。

2016年开年，小勇一个月赚过好几万元，那样一个特殊的时期，真不算什么稀奇的事情。我想说的是，就是在那样的情况下，小勇很快离了职，说了很多种原因，大致就是这种高的房价肯定是暂时的，是不可能长久的。果然，他辞职后不久，各种限购政策就出来了，成交量一下子小了很多。激流勇退，又有几人做到，何况一个刚出道的小伙子。

小勇后来当机立断，在较为偏远的一个镇上买了房，安家落户。当时才七千多元一个平方，现在保守也要过两万了，不能不说小勇挺有眼光。

再后来，听说小勇到上海开滴滴。说上海好赚钱，能比苏城多赚两三千元，说他也知道这个时候找个班上上，肯定舒服的，但也拿不了这么多钱。有一次，我打电话，听见客人的声音，非常尖酸，意思是叫你这么走的，你怎么那么走，等等，还说投诉、不付钱之类的。我有点过意不去，后来倒是他安慰我，说这点事不要放在心上，如果因为这些影响心情的话真是犯不着。都是很正常的事情，这就是工作。没想到，当年那个肉肉的乳儿一下子长这么大了，让我刮目相看。小勇为了在上海多赚一点钱，吃住在一个旅舍，双休日才回家。

小勇还有许多让我刮目相看的细节，比如，农忙时一定会回家看爷爷，而且听说总是要拿一些钱给爷爷。奶奶已经不在了，爷爷健在，而且身体很好，一个人负责种一大家子的田。小勇的微信朋友圈里晒过一张图，一个漆黑的夜，老家的堂屋前面的灯光扫开一片夜。我知道，那是小勇心底里一个永远的家，就像我的老家一样。

没想到当年在我眼里小小的小勇也有了乡愁。这是我没有想到的。小勇长大了，我应该是快老了。

再后来，听说他的车被撞了，撞得很严重，还好人没有事。

现在，听说，他又要去苏城开滴滴了。

于是，我接到了小勇的电话，说还是熟悉现在的区域，想让孩子在这里上学，不然就没有学上。我让小勇不要着急，现在政策越来越完善，办法总归有的，孩子的学总归有得上的。

小勇家的儿子我见过，非常像小勇，还像他的爷爷。将来长大了，一定也是一个硬硬的汉子。

小　进

小进小的时候在家里肯定见过我。

因为他一眼认出我，说出我的名字。其实，就在一个大队隔壁小组的人家，怎么会没有见过。

常年在外的小进俨然成了一个中年人，满脸的抬头纹，眼睛喜欢眯起来看人，后来知道是一种戒备，还有不信任和警惕，内心是紧张的。

无意中问起孩子的事情，后来才知道，他的孩子永远停留在了八岁。听说生的一种什么瘤，在上海时一天转了五家医院都没有人给他看，然后怎么去了北京，怎么找到一个贵人，怎么让人家帮他的忙，怎么给了两千元的挂号费，怎么一下子就安排住进了医院，做了手术。

小进这样说的时候是充满感谢的。后来孩子好了一年多，母亲以为没事了，就将孩子带回老家了，结果孩子感冒、发烧，烧退不下来，前后半个月的时间，烧成了植物人，又辗转到南京看。后来医生就告诉他们，说不要再看了。孩子回家的时候，只有呼吸。只能进流食，这么一折腾，又花了三十多万，孩子还是没有了。

过了一个月，老婆提出离婚。小进就说好的，离就离吧。

小进说中间其实一直拖了好几年，感情一直不好，孩子的病是从四岁开始的，一直看到了八岁，最后没有了。

再去南京看的时候，村里人就都说人财两空，不要看了。小进说无论如何还是要看的。

真的，这些都是我不知道的。我只是无意中问起，你的孩子多大了？边上的人说孩子没有了。

如果知道是这样的，打死我也不会问。

我一阵心痛。

没话找话说，我前言不搭后语，说再生一个吧。小进说老婆都离了，怎么再生？

听说，小进很能干，什么活计都会干的，一直在上海干活，家里的事情只要你想得到的，他都会干，而且手脚很麻利，动作快，很有眼力。

其实原本应该充满希望的。为什么过着过着日子会变成这样呢？我不知道。小进也不知道。

很久小进不大说话，后来说起孩子，不知怎么就说开了，说医院一进去就是叫你交钱，而不是看病，首先让你做的就是交钱。不停地交钱，然后看见了很多的事情，说在家里看不见，在北京天天见，隔一两天就有一个孩子走的，家里人总是哭天喊地的。那种时候见多了，人是会变的。在医院里时间久的人，心态真是会不一样的。

小进说等手头的事情做好，今年不出来了，开年再出来。

看到小进，我想起不知谁说过的一句话：你走过的路风干了你的泪。

老　时

老时是一个什么样的人呢？我还不太搞得清楚，只是取其断章，难免只言片语。

老时在我家的工作职责就是扶着父亲在小区里走走路，遛遛弯。老时之前是另外一个小区搞绿化的，听说是因为喝醉了酒，误了事，还去了医院，休养了一个星期才缓过劲儿来。等老时休养好了，重新去上班的时候，人家将他辞退了，后来到了我们家。快半年了。

老时是安徽和江苏接壤的那个地方的，徐州再过去就是了。老时说到家要七个多小时，很远，好几年不回去了。上次一个叔叔死了，回去了几天，还哭了鼻子，说一般就是红白喜事回去，平常都不回去了。

老时信基督，这是我没有想过的。上次我妈杀一只甲鱼，他跪下来求。再有一次，人家还我人情，送我一只可以食用的乌龟，我建议放生，老时说那犯不着，还不如还给人家。母亲也觉得特别有道理，父亲倒是颇为犹豫，父亲也很想放生，可能觉得那样对他的身体有好处，但这样的想法在他们的现实主义面前，苍白无力。最后乌龟还给了人家，也好。

老时还去过我的老家，看到我们院子里的草，赶紧拔，说自己回老家都会掉泪。老时拼命拔草，整理田地，充满亲切感。老时到城里之前，应该活计干得不错，后来一问才知道，老时在来苏州之前还去过很远的北方给人家种大棚蔬菜，一种就是好几年。

后来两个女儿都到了苏州，老时老夫妻两个也就过来了，挨着大女儿租个房子住下，跟小女儿同住。小女儿做营业员，老婆干保洁的活计。老婆很拼，上一个半的班，拿的工资不少。老时过得应该还是挺幸福的，上次父亲住院，老时不让在医院买了吃，自己从家里带的菜，大块的鹅，说是大女儿做的。小女儿也特别地黏人，老时在我们老家的那几天，一会儿问长问短的。

我没有去过老时的家，千余元的租金应该条件是有限的。听说上次老时在家里洗澡，弄了一个重感冒，心口疼了好几天，说在社区卫生院看好了。老时说自己身体好，也不肯上医院，说没事情。老时说这归功于他平时喜爱吃辣椒，大把地吃，用他自己的话说就是炒辣椒吃。他炒辣椒的时候，附近租住的人家都逃走。老时平时很克己，我们给他一点东西都不肯要，非要一板一眼的，直到板下脸来才不得不拿走。

老时每个周日一定要做礼拜的，已经做了很多年。老时非常相信，说遇到事情要问问上帝。还叫父亲赶紧跟他皈依，说上帝会解除父亲的痛苦。父亲信佛，不太容易被说通。老时说每个周末做礼拜的时候都会为我父亲祷告，跪下求上帝。我相信老时会这样做。老时对父亲还是上心的，有一次为了父亲不摔跤，一不小心自己扭到了。颤颤巍巍的父亲坚持要去给老时买药，老时也很感动。

老时不肯浪费。有一次老时陪我去买菜，大概几毛钱，老时也要还价，搞得我也不好意思。老时说我看中的南瓜不好，他给我买，我以为是说着玩的，谁知道第二天他真的将南瓜带来了。

老时病了五天。我给他工资，他非常不好意思，邀请我们吃饺子。他说买了四份呢，吃不掉的，非要叫我留下来吃。我是真的有事情，婉言谢绝了。后来才知道，父亲说一份饺子才六个，四份就是二十四个，老时一个人就吃了一半，父母亲分吃了一半，吃光了，等到后来那一桌的饺子都上来了，老时还在等。还是父亲反应过来了，说老时，不要等了，真的没有了。老时才起身，咂巴着嘴说咋这么贵呢。

后来慢慢熟悉了，老时也跟我们讲他年轻时候的故事。老时说年轻的时候家里弟兄五个，谁也不怕，反正谁谁谁的都赶上。后来才知道，老时在家里还是队长呢，说之前的队长搞不定的事情，他都能搞定。之后他在小区做绿化，也是一样的，就是敢说敢做，看到不顺眼的就要说，也是一把双刃剑，一方面人家利用老时的优点帮助管理，老时成了绿化队的队长。但是话多了，人家又嫌弃了，正好借机会将老时辞退了。

老时的这一点我也见识了。上一次在老家，有个亲戚找了一个什么郎中，说是电疗，还有气功，弄个什么机器，给父亲治病，父亲还差点信以为真了。老时当时就坐不住了，一定要讲话了，就是这样肯定是不行的，这叫江湖郎中，弄得我那个亲戚非常难看。老时是有那么个脾气。

慢慢地我琢磨，老时的很多脾气还是那个村子给他的，讲义气讲信用讲做人的本分，老时这样的人到了城里真是城市的福气。

向后退去的孤独

那个午后的苏州大公园有震撼人心的力量。萧条、荒芜,雨中瑟瑟。各种声响传来,你还是觉得孤独。

门口,两个老人在一片黄叶的地下打牌,自摸,拿起或者放下,有一搭没一搭,有风吹起她们的银发,却吹不动她们的表情,或者,就没有表情。

三十年前,我和我的发小也是这样坐在家门楼的那棵柳树下,在那些绵长的夏天的黄昏,空气燥热或者有微微的风,大人们抓紧这点时间下地劳作了,我们便是那么地多余,只是等待一顿不太精彩的晚饭以及随之到来的又一个漆黑的夜晚。于是,两个小伙伴就打牌,同样有一搭没一搭,搭伙打发孤单。

现在,看上去有七八旬的两个老太太在这个公园的门口打牌。她们是发小,抑或是多年的邻居,已经不太重要。此刻,唯有靠得更近,唯有耳鬓厮磨,孤独才不会像爆米花一样爆炸。

边上一个老人在打毛衣,更多的老人在长长的条凳上枯坐,眼睛睁或者闭，耳朵听或者不听，各自沉浸在冬日的午后，抑或是那些陈年的往事中。有几个老哥们儿乐队，吹拉弹唱十八般武艺，似乎奔着同一个调去的。没有人指挥，只要有人起一个头，其他的就跟在后面和调子。真的，六十而耳顺了，谦让和顺从是一种姿态。

渐渐地，更高声音的大喇叭出现了，街头卖假唱片的那种配置，一个小妇人在摇摇摆摆地唱一支什么曲子，鹅黄的呢子风衣，戴着发夹，脸庞圆鼓、黝黑。自己很陶醉，观者寥寥，边上一个小女孩独自玩耍，应该是她的孩子。

再往里走，三三两两的圈子便出现了。其中一个圈子应该占据了整个公园的核心位置，一个高亢的男高音传过来，周华健的《花心》，头发光溜，粉嫩的衬衫，立领风衣，个高皮肤白，脸上有褶子，笑起来有酒窝，其实挺玉树临风的，就是怎么看怎么觉得紧巴巴的，不舒展，让人想起电影《老炮儿》。那个冯小刚演的老炮儿，让人能落下泪。

边上一个女人，伴舞，居然还有那么点翩翩起舞的意思。黑衣、黑鞋、黑手套，上舞台的行头；大红围巾，淡口红，或舞或扭或蹲，甚至还贴面。蛤蟆镜，长发飘飘。没有年纪，没有表情。记得俄罗斯白银时代的女诗人吉皮乌斯写过一首诗，其中有这样两句："我爱我那无以计量的绝望/它的最后一滴里藏着欢喜。"

是的，那么绝望的欢喜。

一个白胡子白头发的老人不知道什么时候从人群中站出来，向前一步走，抬腿举手，打起了拍子，是那种非常简单的节奏，像一架摆动迟钝的钟，纹丝不乱的节奏，仿佛一条压抑的河，明明在咆哮，却听不见声响。

人群中更多的人蠢蠢欲动，终于走上来，那么光鲜，蛤蟆镜，长发，那些过去的衣服穿在现在的身体上，像一张吱吱呀呀的老唱片。

更多的人加入圈子，抑或就是在自己的位置上悄悄摇摆。《爱拼才会赢》。是的，爱拼才会赢。

还有一个貌似打工的女孩子，粉色的长毛衣，紧腿裤，整个人长得毫无悬念。终于上去了，还勇敢地戴起了那个少数民族的帽子，然后开始唱。喜笑颜开。

有个行者，她一定不是这个城市的土著，一身防风服裹得严严实实，一双稍显笨重的旅游鞋，一个大大的行囊，都注明了自己的旅者身份。她终于忍不住了，一点点地移步到圈子中央，加入了摇摆的人群。

那个黑衣的女子便闲下来，开始和一个站着的老人搭讪，声音从风中飘来，说自己已经六十多岁了，人生还有几个六十年，开心就好。

那个打工模样的女孩还是笑场了，控制不住了，转过来也是笑转过去也是笑。黑衣女子便上去救场，带着女孩旋转，一圈又一圈，整个场子仿佛有了灵魂，有了核心，有了盼头，有了高潮。真是太美妙了。一曲终了，黑衣女子开始请刚才的白胡子老人入座。仿佛，这片场地是她的家呢。

其实，大家知道，冬天的下午出奇地短，一两个小时之后，这里终将曲散人尽。仿佛什么都没有发生过。黄叶依旧，树木悄悄地生长。一个不年轻的男子载着一个更加年长的老妇人在风中离去，应该是他的母亲。那个坐着黄包车的老人竟然是优雅的，儿子成就了他的优雅。两个老人在比较轮椅,一个是自动的,一个是手动的,手动轮椅的那个老人非常羡慕有自动轮椅的老人。人生的某个阶段,会期待一张更加科学的轮椅,这一定不是若干年前对于美好生活想象的图景之一。

有人说唱戏的是疯子,看戏的是呆子。现在,很多看戏的呆子久久都没有离去。我也混在人群中,不知今岁何岁,今年何年。那么静谧无声,仿佛时光在我身上流逝。

若干年前,还是翩翩青年的先生是校园诗人,少年强说愁滋味,写过一首关于孤独的诗,大致是这样的:"当我感到孤独的时候/就在纸上写下一千个孤独/孤独/也就不孤独了。"那天,人到中年的先生回去又写过一首打油诗:"一曲广场舞/潸然两行泪/人间多少事/此处无荒唐。"

先生说他在人群中看得差点落下了泪。

回家的意义

> 我们的根在旧地难以自拔,我们的枝叶和花朵却在别处盛开。
>
> ——题　记

那是一个非常平静的女孩,非常平静地讲述却有着某种力量。

那是一个婀娜多姿的女孩,如果她不是站在这个酒店的包厢里,我想她应该出现在大学的寒假的校园,或者是那种火车上看见会怦然心动的女孩,对了,像极了《那些年》中的女主角。粉嫩,水灵。是的,严格意义上说,她不是打工的,她的真正身份是西安一个学校里的中专生,现在,以实习的名义在这家星级酒店里做服务员。

她平静的讲述差点将我的眼泪讲下来。她说本来在这座城市大家都挺开心的,可是,就是元旦前的那一天,突然地就提起新年的话题了，那是 2011 年的 12 月 31 日，那一天已经成了历史。那天中午，宿舍里突然就有了过年的感觉，谈起了回家的话题，突然大家都不讲话了。她妈妈常常打电话给她，三两天就打一个，有的时候，打着打着电话，妈妈会先于她哭出来。她长这么大，还是头一次离家这么远。爸爸妈妈虽然没有很多钱，但是一家人在一起很开心。她这样说的时候并不看我，声调异常平静，全然不像一个 92 年出生的孩子。

但是请不到假了，这里的主管说忙得很，不可能请假的。她说做酒店总是吃青春饭的，不可能长久。就是趁着年轻，在外面闯几年再说——她说的是闯几年，我准确地记住了每一个字。她说，到时候还是要学点东西，回到父母身边的。

她说不知道什么时候能下班，只有等待，看客人的情况，有时候也许要到十二点。但是，酒店是有规矩的，只有等待，服务员没有催客人的道理。

她美丽的青春就是在等待。

我想起了诺贝尔文学奖得主赫尔塔·米勒的散文《邻桌旁的故土》中说：我的眼前，如一道微光，事物的内核：一整片土地在一个人身上。我的整个故土，就在邻桌。我马上认出了它……

当然，这个姑娘不是来自我的家乡，但是我和她一样离开了家乡，离开了爹娘。我们的根在旧地难以自拔，我们的枝叶和花朵却在别处盛开。我们以为可以将自己带出原地，却发现自己只是自己生存的一部分，更多的东西注定只能留在原地。那样的决裂，总在心底隐隐作痛。昨天的三个小男孩，不知道他们过年能不能回家。

他们将自己装扮成大人的样子，但是，我知道他们是小男孩。

他们染黄的头发，他们紧绷的裤腿，他们叼着香烟的姿势，宣告着他们积极地向这个成人世界靠拢。但是，他们的眼神，他们的表情，宣告了他们还真的只是个孩子。他们那样安静地站在长长的队伍里面，偶尔交头接耳，像从课堂上刚刚走下来的样子。是的，他们是安静的，排着队，没有生活的怨气或过日子的世俗和市井之气。

有个卖烤山芋的手推车从旁边经过。这个时候，卖烤山芋的知道哪里人多，哪里会有生意，真是市场经济最简单的资源配置原理啊。一个中年妇女满脸热切叫卖着她的山芋，三个小伙子互相打量了一下，轻轻地说一声，好贵哦，并不再看这个冒着热气的山芋炉。

可是，没有票了。

那个几乎有点可以算作恶狠狠的售票员连声说着，没有票啦！声音尖锐而变异着，咸菜色的脸，其实露出的未尝不是疲倦，看着那长长的队伍，我原谅了她。是的，她连上厕所的时间都没有。现在是晚上的加班时间，这个窗口平时五点就关门了，但是现在，冷冷的玻璃框上写的工作时间是到晚上十点。

在那篇著名的散文中，赫尔塔接下来说：我反对一切感情的词汇。我从来不用"家乡"和"想家"这类概念。如此强烈的表达其实说明了离家这一过程，通常具有生命的不可逆转性。费孝通就曾在《乡土中国》里"回不了家的乡村子弟"一节中说，在学校，即使什么学问和技术都没有学得，可是生活方式、价值观念却必然会起重要的变化，足够使他自己觉得已异于乡下人，而无法再和充满着土气的人为伍了。言语无味，面目可憎。即使肯屈就乡里，在别人看来也已今非昔比，刮目相视，结果不免到了家里都成了个客人，无法住下去了……城乡之别在中国已经大异其趣……

其实，物是人非，"家"注定是回不去的。在相当长的一段时间内，回家的意义，又注定让人纠结。

第四辑

对坐

背影，虽反向，青春和希望还是在的，预示着团圆和相聚；对坐，虽相向，却是老、病与绝望，最终的分离，不由分说地在不远处等着。"对坐"，又是一个经典的意象，穷尽了父母与子女关系的本质，是沧桑和至痛的生命感受，每一个以生活为本的人，都会被击中，内心不由自主地生出大酸楚！

对　坐

看过一篇评论文章，评论彭程的《在母语的屋檐下》：

　　背影，虽反向，青春和希望还是在的，预示着团圆和相聚；对坐，虽相向，却是老、病与绝望，最终的分离，不由分说地在不远处等着。"对坐"，又是一个经典的意象，穷尽了父母与子女关系的本质，是沧桑和至痛的生命感受，每一个以生活为本的人，都会被击中，内心不由自主地生出大酸楚！

碰巧听到一个长寿老人的故事。一次吃饭，一个朋友说她的奶奶活到了104岁，朋友说其实长寿的秘诀很简单，就是如水的陪伴。她说她的父亲是老小，她的奶奶一直跟着她的父亲生活，父亲在奶奶的门口读书，看报纸，奶奶在房里穿针引线。百岁的奶奶耳不聋眼不花，什么都可以做，最后终老。多好。还是那篇文章那样写道：人的这种基本情感，最大的特征，是"连续性"。这种连续性，带给人的是安稳和从容，是一种值得信赖、可以托付的感情所在。父母是不变的，兄弟姐妹是不变的，一日三餐是不变的，这种不变，即对生活伦理有常而连续性的感知与认同，恰恰可以生成并储藏丰富而深厚的人性基因。而大量的美的事物，正是通过这种连续性而诞生、达成，人情、人性之美，也常常是经由这种连续性的通道而抵达。

这种连续性让我们坚强，勇往直前。

前些天，看到女儿的班主任在微信圈里留言，说小的时候父母亲关心的是她的学习和工作，现在要她好好保重身体，对女儿要宽松一点。我相信是有感而发。女儿的班主任是个细腻的人，对生活充满美好的向往和诗意，是一个阳光的值得尊重的老师。

是什么让我们对人世如此地迷恋？也许，就是这种人的生命中那些连续性的、美好的东西。除此之外，别无。

城里的母亲

母亲说她四十岁那天,背着柴火从地里走来。

她的父母亲在家里等着她回家,给她做寿。

小小的母亲不知道哪里来的力量。小小的母亲的体内拥有很多力量是我所不知道的。

母亲是高中生,会骑自行车,会唱《红灯记》,会写字,可以算账。可是,这些技能在我们那个村里是如此地不着调,我也认为是那样地不着调,不需要啊。母亲被认为迂腐,常常在没人的时候就翘起兰花指唱歌,被认为是不着调,父亲常常就出来管理了,总会被人看成是笑话。我跟在我的父亲后面嘲笑我的母亲,我跟在整个村庄后面嘲笑我的母亲。

那个村庄,需要的是会干活的人,需要的是另外一个样子另外一种体格的人。母亲显然是不适合的,小个子,一开始样样落在人后面。割麦子不会,割草不会,什么都不会,也是拿笔杆的手,也是上学的手,也是别人家没有自行车的时候骑自行车的手。但是,现在要去割麦子了,听说一开始满膀子都是芒刺,后来要插秧了,满腿都是蚂蟥。

那个时候的我,有或者没有忧伤,总之是母亲的希望。想想小小的我,会成为母亲的希望,是一件多么了不起的事情。

母亲不停地,自觉或者不自觉地在不同的人面前夸我。母亲总是喜欢拉着人家闲聊,聊着聊着,不到几分钟,话题一定是我,一定是我怎么好,又是怎么好,而且那种好是我自己一点都没有感觉的,我怎么就那么好了,我明明没有那么好啊。怎么就好了呢?如果说激励教育是怎样的有效,我觉得我的母亲之于我,一定是个生动的例子。写到这里,我想到了我和闹闹的相处方式,我深深地低下了头。

外公外婆都走了之后,母亲待在城里才慢慢地安定下来,但是还是想念家里的故土,总是说家里舒服,这里不舒服,说这里的高楼成天在眼皮上,不像家里的感觉那样好。

那是一片母亲难以离开的故土,在那里,母亲的叙事才有了一切出发点和归宿点。

城里的母亲仿佛一座放错了地方的钟,不停地摇摆,总是有很多不和谐的节奏。不知为什么母亲总是慌乱,也不知道是什么让母亲变成现在这个样子。有时我在心里心疼母亲,我觉得亲爱的妈妈,现在,我们是不是并不需要那样?也许,母亲真的应该到乡下,与泥土为伴。母亲总归要到乡下与泥土为伴,想到这一点,我黯然神伤。

母亲来到城里,帮我救活了很多东西。救活了阳台上的月季,还有别的花。不要担心花会死,永远也不会死。不像我那些年,曾经养死掉了那么好的蜡梅。现在好了，阳台上的那一株月季我以为快死了，后来居然是十一月份的时候开出了花。真是奇怪。原来，母亲居然会想到从河里弄出泥土来培。还有那株弱弱的草莓，已经奄奄一息，也是被母亲救活了，长出了花骨朵。

母亲总是想着怎么利用泥土，比如看一个有院子的房子，就比画院子能种多少的蔬菜，比如还有那种有露台的，母亲居然设想将露台利用起来种点什么。母亲总是不知疲倦。

母亲将乡下的东西一点点带来，自己种红豆，还像之前在老家那样做起了馒头，都是不错的，对于我们，这些费工夫的事情想都是不敢想的。有了这些吃食的陪伴，倒是不那么地想家了。

时间长了，城里的母亲的后发优势一点点体现出来。给母亲用微信一开始是情非得已，因为母亲耳朵不好。没想到微信让我对母亲有了新的认识。

母亲让我充电话费，我充好了。母亲说，谢谢。这是我们的交往中没有过的事情。

我将早饭拍照给母亲看，母亲说也做美味的晚餐。

我说睡觉，妈妈说晚安。母亲变得那么温文尔雅，不是我交往中的样子。

母亲给我发父亲的视频。我跟母亲说照顾父亲的细节。

母亲给父亲看了我说的原话，母亲说，父亲看了后，感动得热泪盈眶。如果不是微信，可能一辈子母亲都不会再想起用热泪盈眶这个词。

我的那个上过高中的母亲一辈子都不会说出这个词。这叫作后发优势。母亲在自己的时代不断地被笑话，因为认识字被笑话，因为唱歌被笑话。总是被笑话。想起母亲，我就想起鲁迅先生写的孔乙己，总是纠结于几个茴香豆的茴怎么写。那样地不搭调。

口语与书面语之间到底有多远的空隙，或者我们会说出多少从来没有说过的话，天知道。

我们和我们本身为什么会有这样大的差距？这是一个话题，这样一个情感的空隙，中间有很多的东西可以去填充。我们真是不习惯。我们总是太粗陋。抑或，只是我太粗陋。我总是粗陋。

去年暑假，带母亲去厦门玩了一趟。特别有意思，母亲将她的一举一动全部发在她的大家族朋友圈里。一路上一共有十九个站台，一个个地都拍了照片，而且拍了视频。六十五岁的母亲如此不知疲倦，如此对外面的世界充满想象，真是我没有想到的。回程的时候，母亲坚决不要跟我们坐在一起，坚持一个人坐在后面靠窗的地方，说是这样方便拍外面的景色。

母亲还有个重要的任务就是伺候父亲，照顾父亲。别人晒衣服被子，母亲晒父亲。刚刚读过《英语世界》上翻译的一篇文章，我相信是真的，"我完全相信，倘若我父母能神奇地重获旧日活力，他们一定还会像当初一样吵架。但我现在明白，他们曾共同度过的岁月——一起坐在同一张桌边、醒来看见同一片朝阳、一起工作、一起抚养子女的那些岁月——已经孕育出某样东西，即便是互相之间抛洒的怨愤也是在为这个看不见的构造添砖加瓦。周遭世界在他们的感知中日渐支离破碎时，这一结构也日渐清晰地自我呈现"。

那些年，我在他们的争吵中长大。曾经他们不拘一格地吵架的感觉让我深深厌倦和厌恶，现在，他们在命运面前达成了和解。我曾经写过一首诗，我那样写的时候以为自己一辈子都不会拿出来。

街　景

蓝色的蓝枪鱼霓虹灯闪烁

如果，五十年前，他留在这座城市

一定是蓝枪鱼里的老炮儿

现在，他在这座楼的后面艰难摸索

生活的种种压在老太太身上

老太太打死不离战场的决心打败了过往的一切

现在老太太终于像个主人一样地呵斥

两个人同时看一幕走失了孩子的情景剧

一起掉泪

他看着那个变得很老的主持人

不舍地说

她怎么可以那么老

死亡的能力
——致我的舅爷爷

2017年《读书》上田松老师的文章,《死亡是一种能力》,写得真是太好了,说的都是我没有能够说出来的,写舅爷爷这篇文章,我正好引用,写我写不出的,悲我所悲的。

在这资本为王的时代,人把一切变成资源,连死亡也不放过。

在这个技术性、操作性、商业性的框架里,我的悲伤被紧紧地挤压着,我仿佛能听见它的尖叫。

现代人的死亡文化是如此的没有文化,如一口重重的铡刀,斩钉截铁,刀口整齐,切断了我们与逝者的关联。

在那个简短的毫无感觉的送别仪式后,我们归家。
归途中,一直听大伯和父亲讲关于舅爷爷的一些事情。

舅爷爷没几根头发，是个秃子，一点点高，眼睑很重，耷拉下来，腿直打哆嗦，老是害怕跌下来。真想不到那个最后都不到50斤的人怎么会是一个码头的搬运工。真想不到最后那个躺在床上缩成一团的人可以搬动200斤的粮食，在京杭大运河流经的苏州码头做搬运工作。不知怎么总是让人想起《伏尔加河上的纤夫》。

人生的唯一敌人是时间。

听说舅爷爷一生的爱好就是赌钱。听说在码头有闲暇的片刻就是赌钱，手气还不错，老是赢，人家不服气，有一次合伙把他抓了，吓得腿直筛糠。走黑道的小舅子带了兄弟操了家伙到场子上来救他。听大伯说舅爷爷也不管小舅子的死活，只管自己用帽子将赌桌上的钱一撸就走了。有点像的。我到苏州的时候，舅爷爷和舅奶奶大概要80岁了，还一天到晚在家里赌钱，那个10岁的孙子就在房间里打游戏自己玩，斜着眼睛看人。

听说壮年的舅爷爷还有个爱好，就是到码头、工厂附近去找一些废弃的东西，废铜烂铁卖钱去，不用的门框拿回家拼拼接接做成板凳桌子。日子总是滋润，还总是有盈余。

所以，在家族叙事中，舅爷爷仿佛成了有钱的象征。

听说舅爷爷曾经有很多个金戒指，在二十世纪六十年代前后一直挂在腰间，在那个遍地饥荒的时代生怕有半点闪失。听大伯说，在我眼里看起来忠厚老实的舅爷爷在家里居然是做得了主的，看上去很强悍的舅奶奶原来只是看上去。舅奶奶是童养媳，从小被打，很听话，所有工资都是上交的，舅爷爷打理。事实证明，交给舅爷爷打理是对的，舅爷爷从来都是鸡生蛋，蛋再生鸡。舅爷爷不吃鸡，也不吃蛋，舅爷爷吃咸菜。据说，不管谁来，就是两样东西，一碗稀饭，一碗咸菜，随便你吃，吃多少不管，住多久不管，反正就这两样给你吃。

舅爷爷家的穷亲戚很多，像我父亲这样的都算是。我到现在都想不通，为什么奶奶这样的城里姑娘会嫁到苏北那样的地方活受罪。自己活受罪也就罢了，最后自己的儿女们都跟在后面受罪。现在知道的事实是，其实，奶奶当初嫁的人是很了不起的，是县太爷后面的双枪警卫。后来，县太爷要去台湾了，双枪警卫也要去了，却没有带奶奶去，带的是另外一个小婆娘。奶奶就去告发了，这头的人就将这个警卫干掉了。于是，空留下几个子女。后来，奶奶再嫁，就是我的亲爷爷，又早逝，听说只是拉肚子，没想到又致了命。又空留下几个子女。于是，你想，当年这么一大堆拖着鼻涕的穷小子到了城里的舅舅家怎么了得。舅爷爷就靠咸菜稀饭给他们度了命。最后，不管怎样，还一人给几元钱打发回家。舅爷爷也是不容易的。

舅爷爷就是靠着这样的毅力支撑着这么一大家子，还在大家的心目中成为那个隐隐的依靠。听大伯说，后来舅爷爷有很多粮票都过期了，也没用得上，舅爷爷宁可将粮票烂在手上，也不会将粮票全部用了，以至有宣传政策的人反复说，再不用就统统作废了，舅爷爷还是不用。宁可作废，这就是舅爷爷。舅爷爷对政策总是留一手，舅爷爷说万一又要用了呢？谁能保证。舅爷爷有舅爷爷的逻辑。再后来，大家的日子都慢慢好了，舅爷爷到了苏北的这些外甥家里，第一就要看看家里的米缸，有没有米吃。

说起这些的时候，大伯和父亲他们总是不以为然，觉得舅爷爷又好气又好笑。

舅爷爷的一生就是算着往前过的一生。

事实证明，舅爷爷的这种精神永不过时。前些年，大伯入了监狱，被不怀好意的人钻空子，说是公司偷税漏税。这种事情要么不查，查起来总是能查出道道来的。大伯只能认栽。呈堂证供时，大伯为了说明有很多钱不是自己的，需要有人出来顶罪，当时70多岁的舅爷爷就出现了，快马加鞭从苏州赶到苏北的法院，出面作证，说有多少钱多少钱是他的，然后还在当天返回了苏州。谈起这些，大伯感激而敬佩。我深知，大伯的这种感激不是我等没有在生活里泡过的小辈所能体会的。这是一种力量！

舅爷爷依然按照自己的模式行事。他的女儿都说，到了她家里，一屁股坐下来就打电话，从不考虑电话费，而在自己家打电话总是三言两语，形成鲜明的对比。母亲也有过同样的表述，差不多是20年前，舅爷爷在我家的一个长途电话打掉了137元。我那个时候刚刚上大学，一个月的生活费才400元。从此，母亲对这个舅爷爷心存芥蒂。父亲也是心痛的，但是不说出来，谁让是他的娘舅呢。

舅爷爷之于我，总是被叙说。舅爷爷就是遥远的传说。听父亲一遍遍讲他如何逃难到了苏州，舅爷爷是如何给了他5元钱，并且打算叫他留下，说哪怕在城里捡菜叶也比回到乡下强。但是，爷爷不肯，寄过来一张烧了一只角的信纸，书父病危儿速归。父亲不得不又回到农村。每当提起这事，父亲总是唏嘘不已。

舅爷爷离我还是那么远，远得连云烟都不是。舅爷爷在遥远的苏城的地址那么长的时间内写在我家老屋的木门后面，作为一种他乡和遥远的想象，在我的心中生根发芽，让小小的我知道，那个村庄之外的世界其实很大。

就这一点，我其实真是应该感谢舅爷爷无形中的指引，如果不是他，我大概也不会与美丽的苏城结缘。刚刚在读一些关于美国的历史，无非是说美国的土著非常少，所谓的美国人，只有移民时间长短的问题，而不太有根深蒂固的家族。当然，中国的情形是不一样的，完全不一样。听说舅爷爷就是跟着上一代人行船到苏州，然后在苏州落脚上岸的，老家也是更为遥远的苏北的一个小县城。想到这里的时候，我仿佛看到了他们那一代作为移民的不容易，想要在一个陌生的地方立足更加不容易。

写到这里的时候，我与我的舅爷爷达成了和解。一代人有一代人的梦想，那一代人就是想着生儿育女，多子多福，然后小的们都有一口吃的，延续家族的根脉，不能让家族在他手上断了根，在他手上断了粮，多么朴素而真实的想法啊。或者说，舅爷爷的思想还是传统的农耕文明的思想，只不过沾染了一些城市里小市民的习气罢了。

舅爷爷的所有家产两个儿子平分，三个女儿没有半点的份。女儿女婿大跌眼镜。

舅爷爷对于孙子是极其宝贝的，都是早上起来买油条和豆浆给孙子吃，孙子要什么就给什么。像我们这样的客人一般是吃不到他们家的油条豆浆的，这一点我有所领教，并在此印证了父辈们对于舅爷爷的判断。但是，老夫妻两个却不会因为孙子的学习而改变自己喜欢打麻将的习惯。

对于舅爷爷，我唯一真实的印象是那年我考取了苏大的研究生，舅爷爷陪同我的父亲坐公交车到苏州大学的校门口探路。我闭着眼睛都能想象出舅爷爷的形象,腿哆哆嗦嗦,甚至连眉毛都哆哆嗦嗦,脸颊瘪瘪的,眼神闪烁,似乎戒备一切人和事。我的父亲跟在舅爷爷后面只有跟路的份。这就是舅爷爷的气场。

现在想起来,也就是15年前。15年,一切都变了样。

在这些幻觉和幻想的支撑之下,技术成了一个新的神,一个能够与死亡抗衡的神。他挡住了死亡,遮蔽了死亡,使人难以直接面对死神。

在科学主义的时代,技术主导着社会,整个社会构建起新的价值观:死是可以拒绝的,至少是可以推迟的。无论医院、亲友,都接受这种价值观,要不遗余力地抢救一个生命!这个口号貌似尊重生命,却用错了场合,因为这不是战场,不是突发事件,不是意外事故,而是作为生命之一部分的死亡。在这个口号下,死亡成了疾病,不治是不对的。技术隆重登场,主导人的死亡,与死神对抗。

我们到福利院看过舅爷爷。舅爷爷一直躺在那里,眼皮偶尔睁一下,手上戴着手套,被绑好了,怕他伤害自己。嘴巴里,还有鼻孔里,插着各种管子。生命,就在那里奄奄一息。

就是一个字:瘦。3个月前,我拉过他的手,那么瘦的手,紧紧地抱住自己的胸。我拉他的手,他就往胸口放,那么紧,一定是有知觉的。你知道什么叫本能?你知道什么叫顾头不顾尾?其实,人到最后不是顾头不顾尾,而是顾着胸,顾着心脏的地方。这是我的发现。那里,有生命最后的温暖,有让生命跳动的一切可能。人到最后都是清醒的，生命的最后一根线是没有断电的。

我能感受到他的知觉，还有喉咙里发出的哼哼的声音，极弱，但一定是抗议的意思。

被同时送进来的还有舅奶奶。我称之为新时代的殉葬品。

舅奶奶想儿子，在福利院里，三个女儿轮流看，儿子没有空。据说舅奶奶儿子来了才吃，女儿喂就不吃。

舅奶奶同样地瘦。只剩下骨头。我终于看见了什么叫皮包骨头，什么叫瘦骨嶙峋。舅奶奶不再穿金戴银，舅奶奶不再烧正宗的苏州菜，舅奶奶烧的红烧肉夹在筷子上都掉油，但舅奶奶会将冬瓜切出花。父亲开始哭。舅奶奶说哭什么哭？

舅奶奶的脸上没有任何表情。没有喜，没有怒，没有哀，没有乐，仿佛一条流了一千年的河。你走到面前的时候，除了看见自己，还是看见自己。你不寒而栗。

问舅奶奶住在哪里习惯。舅奶奶说住在哪里都一样。

舅奶奶不看我们，仿佛就是看着那么一个远方。远方，到底有多远？舅奶奶手上的香烟头早就没有火了。干枯，如她的手指。但她不扔。

儿子终于来了，风尘仆仆。

舅奶奶眼睛有了光，舅奶奶问儿子，你身体还好啊？标准的吴侬软语。

儿子说，好格。

又问，票子有吗？

儿子答，有格。

舅奶奶便不再说话。枯瘦的手指伸出来，那半截烟已经冷了，现在，她将它伸出来，伸到儿子的跟前，跟儿子要搭个火。我一下子读懂了那跟半截的烟头，她用那半截烟头等儿子。

啪嗒，火光一闪，空气却凝固了。仿佛隔着的不是时光，而是永远不会再来的很多的东西。儿子的眼睛湿了。舅奶奶平静如水。

一下子，我突然明白了一个真理，就是不是父母想你来看他，而是他想看看你。我流下了泪。

只有那个阿姨，认认真真地打扫房间。还有那个每天都会来监听心脏的医生，会尽心尽职地过来。

福利院外面，所有的人等待着他们的死讯。

活着的人总是很忙。

    每一个传统社会，都有关于死亡的文化，并赋予其每一个体以坦然的人生观。使人正视死亡，不回避，不畏惧；使人知道如何走完人生的最后一程。

    死亡是一种能力，一种人类已经退化的能力。它曾经是人类普遍具有的能力。而现在，被认为只有高大上的人才具有这种能力。

我问舅爷爷什么时候走的，果然不出所料，说其实在医院里已经去了，然后再弄回家的。

早两天就接到预告通知，说已经从福利院回来了，他们又将他送医院了。真没想到，就那么短短几天的时间，舅爷爷都没能安静地在家里待上几天。

写到这里的时候，我想起了我的外公。外公的确还是幸运的，有权利决定自己的生死。我的91岁的外公悫是在医院里将针头拔了，一次次拔了，外公要回家，说要走也要在家里走。外公回家了，外公在家里走的。

在过去的几年里，舅爷爷病危的消息已经传出好几次了，每一次，舅爷爷的儿子媳妇总是那么风尘仆仆，他们赶紧从厂里赶回家，赶紧将舅爷爷送到医院，医生赶紧抢救，舅爷爷又活过来。周而复始，完成关于舅爷爷死亡的叙事。就像"狼来了"的故事。

这次大概不行了，已经92岁了。大家似乎已有预料。

那个跟着小媳妇去了四川的大儿子也赶回来了。还有个一点点小的3岁乳儿，是92岁舅爷爷的亲孙子，舅爷爷的另一个重外孙女已经19岁了。

这么一大家子。作为一个哺乳动物，你已经长大成熟，并且有了下一代，并且下一代也已经长大成人，你的生物学的意义已经完成了。

这个比大儿子小将近20岁的老婆一开始讲好不生育的。后来还是怀孕了，我那个英明了一世的舅奶奶，穿金戴银的舅奶奶直呼上当了，上当了。舅奶奶说可怜我的儿啊，人家是想你的家产呢。你都已经要50岁了，人家才30岁，再生一个孩子下来，将来都不知道要将你赶到哪里去了。

没有人搭理她了。一代人有一代人的逻辑。

大儿子的女儿也过来了，一个人落落寡合。听说刚刚离了婚。我清楚地记得，她的父亲结婚的时候，她还兴高采烈地拖着继母的衣裙。

现在，在葬礼上，大儿子的前妻也来了。站队的时候，老婆带着乳儿站在上首，前妻和女儿站在后排。一切都有纲常。

活着的人总是很忙。

小儿子也是特别忙。儿子除了忙还是忙，各种忙。生意忙，家庭忙，忙用工、忙销路、忙二胎、忙孙子。孙子比二胎小不了多少。他不忙谁忙？记得舅奶奶的儿子最喜欢钓鱼，很久不见他钓鱼了。儿子也是半老人了。

一大家子悉数到场。

唯一缺席的是舅奶奶。

我问舅奶奶为什么不来？

刚刚号啕大哭的舅爷爷的大女儿止住眼泪，想了想说，还是不要让舅奶奶知道的好，怕她受不了刺激，一下子也去了。

20年前，老家的婆太太去世。婆太太是妈妈的奶奶，高寿，也是近90岁走的。婆公公就是那么安静地站在小院墙边上，静静地等待，不哭不闹，只是那么静静地等待。那么从容，头顶有风，仿佛只是一次分手。

现在，在城里，在舅爷爷的葬礼上，我默然想起了舅奶奶每每说起舅爷爷的那种神情，不屑一顾、居高临下，仿佛一辈子都是女王。

可是，葬礼上，我没看见我的舅奶奶。

舅奶奶还在那个福利院里待着。大概又在耍什么不吃的花样。这是舅奶奶唯一能耍的花样。

麦田的收割者

——致我的大伯

当我看着这个收割者时,他模糊的身影像魔鬼一样在炎热中挣扎,直到人物结束——我在他身上看到了死神的影子,因为从某种意义上来看,人类也如同他正在收割的麦子一样。要是这么看,收割者就是我之前所画的播种者的反面。但在这种死亡中,是没有什么悲伤的。它发生在光天化日之下,所有一切都沐浴在太阳美好的金色光芒中。

为什么梵高从麦田的守望者身上看见死亡的影子,对我而言一直是一个谜。直至清明祭祖的时候看见我的大伯。和我的父亲同母异父的大伯,还一直守在那片土地上的大伯。苍白的脸,梵高说自己那个时候瘦削苍白得像鬼一样,我仿佛看见了那个鬼。

过年的时候听说大伯要死了,躺在床上很多天,咳血,不吃东西。当农村里用这些语言描述一个人时,仿佛已经看到了死期。对于当事人自己或者其他人，都是一种有效的暗示，仿佛看见归路，看见不远的终点。大家都在等待，等待那个将要发生的瞬间，由于有这样的铺垫，即使那样的瞬间到来，也没有太多的悲伤意味。生老病死，人之常情，需要做的就是入土为安了。在我心中，大伯仿佛已经是死去的那个人。这对于大伯，也没什么奇怪，哮喘病已经很多年了，大大小小仿佛已经死过了很多遍，他能活到现在本身就是一个奇迹。

大伯还活着，活得挺好，只是苍白，显得黄，本来挺大的眼睛陷在那一片黄里，显得很小，而且是有些慌乱的，不知所措。眉毛也是乱的，花白色。大伯的两个子女都说不出大伯有什么病，说就是胃溃疡，还有什么腰肌劳损、椎间盘突出等等，总之都不是致死的病，但都被形容成吐血，躺在床上起不来。我问要不要到苏城看看，他们都说不要了，说县城的医生说了，这些病也没有什么办法，只是静养。其他的几个叔叔婶婶也都说不要麻烦了，这么大年纪，弄来弄去的，也没什么好处。我就不好再说话。

最近一次见大伯，应该是去年国庆，大伯居然骑着电三轮，带着大妈到我家。大伯佝偻着背，下了车，脚一点一点的。大伯的两只脚不能同时着地，一直在不停地动，不知道是为什么，大概总是因为疼痛吧，可能一直在找一个舒服的姿势，却是找不着了。脚一点一点的大伯还开始咳嗽。高一声低一声，高的时候像拉断的二胡，低的时候仿佛一口气就喘不上来了。大伯真让人害怕。站在大伯身边，仿佛站在一堵风雨飘摇的土墙前，不知道什么时候就崩塌了。就是这样的大伯，还给我带满满一袋大米和两桶菜籽油。母亲说大米粒里很多糠，这不是大伯的习惯，大伯一定是弄不动了。

257

大伯佝偻着背，拉着三轮车，拖着大妈，一个同样干瘪的女人，黑，瘦弱，不是简单地在生活里泡过的痕迹，是一种坚强的对抗。是的。对抗。

大妈是大伯的第二个老婆，听说大伯的第一个老婆是难产死的，大出血。大伯觉得对不住那个死去的人，很长时间每次吃饭的时候都要放一双筷子一起吃饭，一般人是受不了的。听说大妈有点憨，其实也不见得，只是不识字罢了。大妈是有功劳的，先是给大伯生了一个女儿，事实证明，这个女儿在很长时间内救了大伯的命。大伯48岁那年，大妈居然又给大伯生了一个儿子，真是一件不容易的事。大伯带着这个小子出门，往往被人认为是他的孙子。大伯本来就是一个木讷的人，不太说话，这个小子跟在后面，从小也不太爱说话，木讷讷的，倒是极好，厚道。

大伯儿女双全，是个有福气的人。谁能说不是呢。大伯的女儿很小的时候就学会了买药，小小的人，小小的个子，半夜去给父亲抓药，听说大伯半夜发病，喘起来能吓死人。女儿的婚姻是现实的，找了个边上的人家，21岁的时候就嫁人了，那个人个子小小的，没有堂姐高，有点兔唇。高中生，人厚道，家里就一个儿子，有两层的楼房。婚后生了一个儿子，都是大家满意的结果。找一个边上的人家好帮衬，对家有帮助。听说堂姐有一年在外打工长见识了，有很长时间没有归家，此举遭到了家庭的一致反对和批判，终于老实了。这次见了堂姐，忙碌的小妇人的样子，听说在海安县城买了房，为了儿子忙碌奔波，说儿子马上要考大学了，这次我没有见到她的儿子。

那个小子长大了，黝黑壮实，做过很多活计，开过卡车，跑过长途，很辛苦，能吃苦。后来被人家当作姑娘娶走了，生了儿子。姓女方的姓。这在农村是个大事情，会被社会看成奇耻大辱。对于这一代人没什么，羞辱的是上一代的人，就像生了一个儿子没长鸡鸡一样。大伯忍受了。连这个都能忍受，还有什么不能忍受。

大伯是唯一一个还扎根在那个土地上的老一辈。其他人都四分五散了。他的姐姐去了新疆，17岁的时候就去支边了，我从来没有见过。今年的清明时通过微信视频见了，是我第一次见到这个我应该称为姑妈的人。他的二弟被姨夫家抱养，姨夫是一个识文断字的人，二弟是一个家族中威望最高的人，曾经红透了半边天的企业家，当我初中的老师说他工资一个月100元的时候，二伯的手上有100万。就是这样的概念。现在，由于种种原因，也成了一个风烛残年的老人，但是，威望还在，这次的祭祖就由他发起。照理似乎应该帮衬很多，但我知道的事实是那些年大伯还是种他的地，二伯还是做他的生意。也不是想帮就能帮上的吧。他的三弟是我的父亲，也成了一个老人，当初听说是偷了大伯的5元钱去苏州城寻找外婆，被大伯打得要死。后来，又将大伯辛苦做的米饼拿到街上卖。结果米饼没有卖掉，都给偷吃了，从此父亲不敢回家，离家出走，自找活路去了。还有四弟，被姑妈家抱养了。还有五妹妹，更加悲苦，是个遗腹子，没有看见亲生父亲一眼，也给姨妈家抱养了。就这样的一家人，这个大伯你说容易不容易。

大伯就这样，一直扎根在他脚下的那片土地上，春耕秋收，秋收又春耕。大伯能种地的时候拼命种地；大伯能养蚕的时候拼命养蚕；大伯能做小工的时候拼命做小工，不发病的时候，听说200斤的东西扛在肩上说走就走。大伯对人非常厚道，只要自己有的，一定是要给别人的。就是这样,这次清明节大伯还给了我满满一箱的草鸡蛋。拿着,真是愧煞我也。不拿,又是万万不能的。大伯勤劳肯吃苦,舍不得用钱,也就挣不到钱。是那一代农人的缩影和悲哀。

这个时代,真的不属于大伯了。大伯真的要走了。

门口的油菜花依旧,门口的河流依旧,门口的桃花依旧,门口的老丝瓜高高地挂在树上,干瘪了,不会被采下来吃,会等风干的时候再去采,变成丝瓜筋,可以洗碗,可以擦澡。最近一次看见丝瓜筋,是被一家有名的中医馆包装过的,和很多种名贵的药材在一起,变成一种高大上的东西,俨然成了养生的佳品。

置之死地而后生,英雄不问来路。

听来的家事

一切的意义,只有离得足够远,才能看得真切;正如同所有的绚烂,只有走得足够近,才能感受震撼。

——摘自《光明日报》2018年12月18日头版《向着更加壮阔的航程——致敬改革开放四十周年》

其实,何止是改革开放呢,这句话的意义那么深远,应该有更深远的时间追溯。

我以为我跟生我养我的那个小村庄是一种水乳交融的关系,我一直是这样以为的。其实我知道不是,父亲是一个凭空掉下来的人,14岁才到了这个庄上,姓着人家的姓。这个村庄是父亲逃亡来的地方,对于父亲的人生来说有个断裂的意义,父亲自己将自己又投了一次胎。

终于,我有机会知道一些我的根脉。这应该是一个动听的故事,历史的风雨加上个人的心酸,一开始就透露所有的情节不是一种明智的叙事，我这样讲述的时候如鲠在喉，不吐不快，又觉得无从吐起。我不知道应该用一种什么样的语气、表情和态度来叙述这样的故事，我生怕亵渎我的先人。

奶　奶

二十世纪四十年代，我奶奶是苏州纱厂的一名女工，嫁给了苏北一个县城左县长身边的双枪警卫，那应该是 1940 年前后的事情。双枪警卫跟纱厂女工说自己是地主家儿子，女工信以为真，离开了繁华的姑苏城，跟随她的男人来到了苏北的乡下。女工问，你家的房子在哪里？警卫遥遥地指着远处地主家的房子说，你看，在那里。女工方才意识到自己受骗了。但是，应该是生米已经煮成了熟饭，他们那个时候应该已经生了我在《麦田的守望者》中写的那个大伯。而且，应该接着又生了我的这个姑姑。我奶奶和另外一个女工是好朋友，那个人家一直没有生养，于是就将她给人家抱养了。我奶奶是一个好心的人。

过去的历史总是遥远的，有些细节我还是不得而知，譬如，那个警卫是怎样到的苏州，跟我奶奶又是怎样好上的，这些都不得而知了，也许，尘封的会永远尘封。只是知道，这个双枪警卫的哥哥在苏州城里烧老虎灶，给周边的人提供热水，也是下档的营生，维持基本的生活。

我奶奶应该是好骗的。也许是为了爱情也不一定呢，其实后来的事情证明更加是如此，所谓爱之深恨之切吧。后来的表述，比如说奶奶的那个男人指着远处的地主家房子的细节，是不是有点用当下的眼光打量当时的人，我不得而知。也许我奶奶当时也是风光的选择，谁知道呢？只是后来的历史变化太快，人终于被历史放逐了。涉世未深的奶奶开始了自己一生的旅程。至此天涯海角，没有归路。

事情的转折点也许就是来自男男女女、鸡毛蒜皮，都是些如蚁的人生，怎么叫他们具有历史的大视野呢？世俗的叙事终究是粗线条的。我奶奶起码已经生下了我姑姑、大伯和二伯还有一个后来夭折的孩子之后，那个县长的双枪警卫变心了，和一个地主家的媳妇好上了。那个媳妇是还乡团的头目，还乡团自然不是什么好东西，就是被解放军打跑的地主到了城里，接到了国民党的资助，又带着武装反扑乡间，制造了无限的恐怖和杀戮。在苏北叫作海安的那个地方，有一段时间这两种力量应该是互相交织在一起，不分胜负的。我从我们家族的历史推算，应该就是1947年到1948年左右的事情。

其实这个媳妇接近双枪警卫是有意图的，果然这个双枪警卫后来变成了叛徒。

我奶奶体现了坚强的革命性，去告发了自己的男人。这是一个艰难的历史抉择，改变了我们整个家族的命运走向，也决定了后来父亲的出生，以后才可能有了我。这些都是后话，那么轻描淡写。可是，当时的情形呢，我们在一个强说愁的时代，请原谅我，我的生命力比起奶奶一定是退化的了，我奶奶做出了那样一个抉择，以革命的名义。

县长后面的双枪警卫本领一定是过人的，一定是有两下子的，一定不会那么轻易地被人知道行踪，可是，我奶奶知道。无疑，这个警卫是讲情义的，否则，我奶奶怎么会知道他的行踪。这个男人在那样一个时代又是一种怎样的心境呢？

一定是那个警卫留下了蛛丝马迹，或者那个警卫就没有想过离开奶奶，但是，一切都来不及了，因为我奶奶告发了他的行踪，所以，接下来的追逃变得非常顺利。

男人于是在一座桥上被围住了，听说桥头桥尾都是我们的人，警卫是插翅难逃了。可以先想象那样的一座小桥，现在从大伯门前的那座小桥还可以看出端倪，极窄，之前两边都没有栏杆，栏杆是后来建的，若干年前的小桥也就大抵如此。警卫发现自己处境的时候，举起手枪想要打死自己，可惜还是慢了一步，自然不会让你这么好死。听说是被打的腿，然后就跪下了，被抓去了。听说不是被打死的，而是被烧死的，烧死的时候两只手紧紧握在胸前。听说埋葬的时候捡回家 8 块骨头，有的提腿，有的提头，听说大家都围着转圈，烧纸。听说警卫最后临死前，唯一的愿望就是看日升，就是我的二伯。警卫还是有人情味的，可惜，历史只给人一次机会。姑姑这样说的时候都加了听说，我只能更加是听说了。反正，姑姑说她什么都不知道，不知道是咋回事。她说对自己的父亲印象极其淡薄，倒是对自己的继父，就是我爷爷的印象深得不得了。

我爷爷该出场了。我奶奶因为其鲜明的革命性，大义灭亲，成了当地妇联主任，吃起了公家的饭，负责照顾前线下来的人。我爷爷就是前线下来的人。听说我爷爷背上被打了很多的洞，回到地方养伤，是我奶奶照顾的。组织上一直撮合他们，我爷爷就到了我奶奶家做了上门女婿。

一个荣军，一个革命的女人。革命的女人带着匪军留下的前面 3 个孩子，又跟荣军生了 3 个孩子。

我试图拼凑还原那几年这一大家子的生活。荣军在变成荣军之前，是个篾匠；变成荣军之后，又重操旧业，继续做篾匠。但是听说荣军的脾气很大，很火暴，不干其他的农活，喜欢吃。将奶奶坐月子的东西吃了。说人家送的馓子，是农村里的好东西，专门给生养的女人吃的，弄点红糖一泡，呼啦啦一碗。奶奶出来的时候，常常只剩碗底了。这样的情形，如若是真的，只能说明荣军实在是太饿了，而且说明荣军的身体很好，跟奶奶在一起的6年，生了3个孩子。父亲是他的第一个儿子。

还有一点，说明荣军是有底气的，就是荣军家里没有得吃了，可以到县城去要，回来时总不会空手的，不是米就是面。就此，荣军一直有资格停留在这个大家庭的历史记忆里。想当年，听说那个双枪警卫在县衙当差，奶奶生了孩子，有了奶水，去县衙做奶妈，结果自己的一个孩子在家嗷嗷叫，饿得慌，最后吃糠噎死了。起码，自从有了我爷爷，家里关于饥饿的记忆有了很大的好转。

在没有耕作的时候，我奶奶会去苏州城，帮她弟弟家拖孩子带娃，一待就是几个月，挣点零花钱回家，回家时带上一些吃的、穿的。奶奶整个冬天都不在家，就是我爷爷和这些孩子们在家。

爷爷走得很早，爷爷那年才36岁，正值壮年，人生最好的年华，但是，我爷爷要走了，说是黄疸肝炎，但是，也有人说不是，是爷爷背上的枪伤犯了。一个个的流脓水，很快人就不行了。临走的那一天，爷爷要了一碗粉条汤，端不住，掉到了地上，也没有吃得上。爷爷临终前拉着奶奶的手，掉泪了。当时奶奶的肚子里还有个孩子，爷爷给孩子起名叫腹男，希望腹中还是个男孩子。后来，生出来是个女孩子，小姑姑后来易名叫凤兰。而这之前的一个月，爷爷刚将他的小儿子送给了自己的姐姐家抚养，仿佛一切有了预兆。爷爷走得很快，也就3天左右的事情。没有交代什么特别的话，没有什么愿望，只是——跟奶奶交代，什么东西是谁家的，都写上名字，还欠着谁家谁家的东西，都写好，吩咐奶奶要还上。

开始有流言蜚语，说奶奶是丧门星。奶奶后来一个人拖着一家这么多口，干活，跟男人一起干，在地里背深耕。个子也不高，身体也小，小小的矮矮的奶奶，从苏州城来的奶奶，被称作南蛮子的奶奶，就这样带着一家大小，在地里干活，仿佛要将自己耕进那片土地里去。

沧海桑田之后，撕裂的是老百姓的日常生活。奶奶走了之后，跟谁都没有合葬，跟谁葬在一起，另外一方的家族就有意见。终于，奶奶一个人葬在一起。鲁迅先生关于灵魂的有无永远是一个棘手的问题。我也不得而知。不得而知才好，便有了怎么理解都可以的可能性。

姑　姑

对于我，她仿佛是天上掉下来的一样，因为我今年41岁，她42年没有回过老家。我们素昧平生，只是我一直知道有这样一个姑姑。我第一次见到她，是在张垛的庄上，那是父亲的老家，父亲出生的地方。

一脸黝黑的脸，那么瘦小、干瘪的老太太，那是我姑姑。我听她讲话，眼睛不知怎么总是湿润。一次次地湿润。可是，她的眼睛里没有泪水，她的泪早就风干了。

现在，我跟她面对面坐在一个濒临死亡的人的床前，快死的这个人是她的亲哥哥，之所以要加上一个亲字，是真的嫡亲的意思。他叫马文普，她叫马文珍，多么好，他们还保留着自己原来的姓，在时隔42年后的这个春天相遇，她从遥远的新疆来，那是天边的地方。我们隔了久远的时空，隔了千山万水，我们见面了。瘦小，眼睛清亮，头脑清楚，有些会说话，但是，一定不会重复自己说过的话，除非你感兴趣，停下来让她说。她是一个受过训练的人，从小就知道世态炎凉，人情冷暖。

那天，外面的人进进出出，络绎不绝。人家喊着姑姑的名字，我想起那句时髦的话，你出走半生，归来仍是少年。满脸沟壑的老人们不停地谈起小时候的事情，那样地清楚。

姑姑在17岁那年去了新疆。姑姑非常平静地跟我说去新疆的事情，说一开始就是一句玩笑。

她说既然哥哥不去，我就去吧。姑姑一直强调这是一句玩笑，其实，后来，我知道不是，姑姑说那个家从来没有让她感觉到真正的美好。老子是后老子，很小的时候自己又给人家抱养了，妈妈天冷了就去苏州帮工了，而且从来没有带她去过苏州。这样的处境，出走似乎是必然的，只是没想到是去新疆，没想到是在花一样的17岁吧。

新疆生产建设兵团到内地来招人，敲锣打鼓地要人。其实队里看中的是哥哥，年富力强的哥哥，就是我的大伯。但是，哥哥不去，姑姑就跟生产队的人说，她去。去的时候奶奶在家里哭了一夜。但是，眼泪已经留不住姑姑了，最重要的是，姑姑已经报上名了，公家是不允许反悔的，不然就不给户口，不给分土地了。万般无奈，奶奶给姑姑物色了一个同去的人做干爹，算是一种心理上的安慰。

姑姑走的时候，没有人知道悲伤。姑姑说，走的时候，是很风光的，敲锣打鼓，披红挂彩，跟悲伤是浑身不搭界的。我只是听后来叫作凤兰的小姑姑说起过，自己抱住姐姐的腿，说你去哪里，我也要去，把我一起带去。我的混沌的只有10岁的父亲大概是不知道什么事情的，总之这样的场景在我41年的人生中从来没有听他说起过。当年19岁的大伯去送姑姑，姑姑说走的时候，一个人发了一个大饼，姑姑用手比画，那样大的一个饼。姑姑知道家里人没有吃的，就给哥哥带回家了。

去的时候坐火车，20多个人一个车厢，很多的人，铁皮箱子，到一个车站去。到了一个地方就抢吃的，尿尿的地方也要抢，总之是要抢。我看过《戈壁母亲》电视剧的开头后，明白了那个时候去新疆的艰辛。

到了新疆之后，才发现生活真正的艰辛。没有住的，荒地里搭起来帐篷，下面就是晒干的牛羊屎，很高的一层。同去的两个人合睡一床，一个人带去的被子盖，另外一个人的被子垫。

主要的工作是开荒，晚上睡觉了还要喊起来开荒。姑姑说，开荒，太苦了，天不亮就去，吃早饭时天还没有亮，吃馒头时吃到过死老鼠，也不知道，吃到嘴里才发现，于是吐，吐得胆都要出来了。没有菜，就是弄盐巴冲水喝。就是这样，馒头也是有限的，每顿一个，一个100克，一天3个。

除了开荒，还要学着骑马、挤牛奶和做奶粉。这些草原上的活，一样样都得学起来。

姑姑在遥远的边疆，想的是家里的人事，父亲说收到过姐姐寄来的羊毛衫，姑姑说那个时候用手织一件羊毛衫需要很久很久的时间。还有一个细节，我听父亲说过无数次，父亲说奶奶收到遥远的新疆寄来的钱后就去买萝卜，那几天家里会像过年一样，会有萝卜粥喝。我仿佛看见小小的奶奶远远地拎着萝卜从那座小桥上回家的场景，家里一群每天想着吃的孩子，叫不出声音却饿在骨头里的孩子，无限期待着那一筐萝卜的到来。这样的细节，父亲跟我讲过很多次，我心里曾经一遍遍地勾画过那一筐萝卜，勾画过寄出买萝卜的钱的姑姑。

姑姑到了新疆很快结了婚，也很快融入了兵团的生活。姑姑的慎言谨行给她加了不少分。后来，姑姑被连队看中了，到了兵团做招待员，负责内勤，开会时做服务，送饭、擦灯、倒开水。大概做了七八年时间。那个七八年应该是年轻的姑姑一生中最精华的时光。姑姑说那个时候连队的东西老是少，不是这样少，就是那样少，大家都是赤贫的。赤贫的时候就少不了干一些偷鸡摸狗的事。这个时候连队的领导也不多说什么，每每发生这样的事情，就请全体服务员到旁边去吃顿饭，然后屋里大搜查，每每有找出来的，姑姑说很符合她当初的猜测，但是她一句话也不会多说，也从不影响姐妹之间的团结。那个时候，大家都不容易。

那几年的生活将姑姑变成了一个训练有素的人，我终于知道了某种答案，应该说也叫成长。那个时候，姑姑已经结婚了，3天就分开了。男人不在一起工作，他在炸药厂，应该是在更遥远的边境。就有流言在外面传，说姑姑现在在连队吃香了，条件好了，肯定不要男人了。后来，姑姑一气之下就辞了工作，跟着男人到了遥远的边境，那是离苏联更近的地方，真正过起了一手持枪一手耕种的生活。那个时候的边境线就是一张铁丝网,说是稍不留神,铁丝网就会被对方推过来一点,我们的人就再推过去一点,有时玩笑得就像小孩子过家家一样。那是一个什么地方呢,可惜说了几次,我还是没有记住名字,只是听姑姑说,那里的太阳很大很大,下得很晚很晚。

应该说一下男人,是一个比姑姑大9岁的人,姑姑说在老家的时候,还曾经到他家里去过的,隔壁村上的,没想到后来居然结了婚。听上去姑姑的婚姻是幸福的,这个男人对她是好的,而且会做菜。姑姑生了3个孩子之后,再也不想生了,于是下决心要结扎的,姑姑说当时男人哭得不行,是个重情意的人呢,姑姑的一辈子也是值了。

姑姑辞去连队的工作,跟着男人到了更遥远的边境,最大的感觉就是冷,彻头彻尾的冷。做奶粉,挤牛奶,然后骑着马去薅羊毛,这就是边境上建设兵团的日常生活。

二十世纪六十年代,这个家庭和全国很多家庭一样,生活艰难着,努力着,抗争着。家里大人小孩吃着用姑姑寄来的钱买的萝卜。1964年前后,姑姑生了孩子,奶奶给小孩寄去了亲手做的帽子鞋子还有刺绣的枕头。我的14岁的父亲离家出走了。

还说边疆。姑姑说1969年,到了边境,夜里经常紧急集合,3个小孩,背一个拉一个,手上牵一个。就是这样,最小的妹妹丢了好几次,有一次走的时候就准备不要了,妹妹就这样被扔在家里。姑父一听说,急坏了,赶紧从边境上赶回家,正好远远地看见一个牧民抱了妹妹骑上马,再晚一步就看不见了;还有一次集合,姑姑说还是实在没有办法,只能将妹妹扔在家里,还是姑父赶回家,将妹妹一把抱住，说不管了，死就死在一起。

姑姑说，集合时赶路，山很高，有狼叫，人很多，但是各人逃各人的命，东一个连队西一个连队。今天不知道明天，没有谁管谁。

终于到了1976年。姑姑说起了42年前她回家的经过。姑姑借了200元路费，带着两个孩子，决定回家了，那年，距离姑姑离家已经17年了。换了驴车、马车、汽车、火车，不知道多少种车之后，历时20多天，终于到了魂牵梦萦的家乡，真的是魂牵梦萦。姑姑说她早就不恨家里的一切，姑姑说甚至她曾经想过放弃新疆的一切，回家。

可是，回到家时，姑姑发现奶奶已经没有了，那个生她养她的母亲没有了，那个一辈子不知道对错的母亲没有了，那个将她生下来又将她送人的母亲没有了，那个打她骂她的母亲没有了，那个在她走的晚上哭了一夜的母亲没有了。很多时候，人们并没有将分别变成永别。很多人都会犯这样的错误。姑姑说那些天像失了魂一样，闭上眼睛就是我奶奶爷爷，然后仿佛他们就在屋梁上朝她笑。可是，睁开眼又什么都没有。

还有一个细节，姑姑也是久久地放在心上。父亲跟人家介绍眼前的姑姑，父亲说这是我的姐姐，但不是亲姐姐。姑姑将这话放在心里42年，直到现在还喃喃地跟我说，怎么就不是亲姐姐了？一个妈妈生的，怎么就不是亲姐姐了？

良久，我问姑姑，你是觉得你自己的父亲好，还是觉得我爷爷好？姑姑想了很久，认真地回答我：你的爷爷好，因为有他那几年起码能吃饱，没有，他会到上头要来吃的。还有，就是你爷爷人好。

姑姑仿佛是从天边飘来的一片云,尽管她在我家住了一个月的时间,尽管我们促膝谈心了很多次,但是,真的,我还是觉得她像天边飘来的一片云。不知道为什么,不知道。

因为,连姑姑自己都觉得是,我又怎么能没有这种感觉呢?

临行,我送姑姑到南京车站。姑姑四处望,抬头望,仿佛眼里有一切,仿佛一切都没有。姑姑说有人一辈子都没有回得了家,她已经回家两次了,一辈子也够了。

我扬起头,让眼泪往天上流。

父　亲

父亲的状态不太好。

父亲说话只能微微地张开嘴唇,半吐出个把字;吐不出完整的句子,不太能自主喝水,喝水时表情僵硬,仿佛是雕塑。但是,奇怪的是,父亲还是能高声地骂母亲,真是太奇怪了。每每我担心父亲说不出话,母亲说怎么可能,他刚才还骂我的。

在这样的情况下,2018年的4月,坐在去苏州的汽车上,我和父亲对话。

父亲坐在我的车后,我看不清他的表情,所以不用考虑他的感受,可以直截了当地问他一些问题。

我:你为什么要从家里出来?

父亲:因为这个家的粥厚一点。

我:那你为什么不回自己的家?

父亲:家里没得吃,还要受马文普的欺负,他最大,力气大,打不过。

我：他为什么要欺负你？

父亲：我将他做好去卖的米饼自己吃了。

我：他欺负你你不会告状啊。

父亲：他欺负我，我就叫，你的爸爸是匪军，我的爸爸是荣军。

我：你记得你的爸爸？

父亲：不记得，只记得夏天赤膊时背后有洞，好几个洞，后来听说是三等一级残废。

我：你父亲走的时候，你知道吗？

父亲：知道个屁，别人叫怎么弄就怎么弄，披麻戴孝，还摔火盆。

我：悲伤吧？

父亲：悲伤个屁。

我：后来这家人家对你好吗？

父亲：不好，只是当成个奴仆，就是他给你一点吃的，你给他干活的意思，从来没有让我上过一天的学。

我：你仔细想想。人家都四十几了，膝下无子，为什么会对你不好？

父亲：偷钱，偷了5元钱，跟国山几个人上街买烧饼吃了。

我：还有什么事情打你？

父亲：戴草帽在坟头上转圈。

我：什么意思？

父亲居然扑哧笑出了声。说人家说，我也说，跟着人家在田里说。

父亲说这家老太太偷人,一个农技站的站长,你认识的吧?村上的人都知道。我一说就被打,打得要死,吊起来打。老头管不住。

那个站长我认识,用现在的话说,非常帅的,不像孙姓爷爷,畏畏缩缩的,怕踩死蚂蚁。但是,后来事实证明我这个爷爷也没有闲着。父亲进他们家门后的第五年,生了文兵。文兵是这个爷爷和村上一个寡妇生的。

我:你的母亲后来找过你吧?

父亲:找过,第一年,我14岁那年,我妈妈从张垛走来,捧的面粉。

母亲插嘴,说有人看见过你的母亲,大老远走来,正好身上有了,不方便,裤子都潮红了。

父亲又哽咽。

我:那个时候你改姓了吗?

父亲:改了。

我:你妈叫你回家了吧?

父亲:叫了,我不回。

我:为什么不回?

父亲:就是马文普凶,在这里日子好过一点。

我:听说还打你?

父亲:就是叫我出去弄猪草,猪草没有弄,就提着篮子睡觉,回家了弄一点草在篮子上面。

我:那你为什么不好好干活?

父亲：因为家里活计也多的，永远干不完。

我：最凶的一次是什么？有没有想过要走？走了没有？

父亲：走的，最远的一次逃到苏州，去找婆奶奶。婆奶奶看得心疼，给我5元钱。

我知道很多关于父亲出走的光荣史，白天跟在比他大的人后面乞讨，晚上睡在土地庙，有一次还没有离开隔壁镇，身上的几元钱就被小偷偷了去；有次到了南京，被当作三无人员遣返；还有次听说到了江西，给人家养猪，那家人家还挺欣赏他，要留下来当女婿。不过，父亲的意志都不在此，父亲的目的地是新疆，到新疆找姐姐。

我：那什么时候改变了对你的态度？

父亲：去油厂之后。

后来张垛庄上一个跟爷爷一起干革命的前辈听说了父亲的经历，主动联系，帮父亲解决了工作，父亲上了国营的油厂，在那个年代，是一件非常体面的事情，由此，还娶了我母亲。我母亲家在当地那个时候是绝对的望族，是母亲的大伯做的主。母亲的大伯和这个前辈同在县城做官，是同僚。

父亲还是沾了他父亲的光的。岁月总是轮回的。可是，父亲在他父亲去世的时候不知道悲伤。

我：你知道你母亲去世吗？

父亲：第一天死的，第二天知道的。

我：你难过吗？

父亲哽咽了：怎么不难过呢？怎么会想到妈妈死呢？听说是晒米的，就是晒米感冒了，后来就躺在床上起不来了，谁知道有没有给她去看病啊？

父亲说当时从家里出来就出来了，也没有想那么多。

父亲就这样将自己"嫁"了出去，从张宝锁变成了孙文忠。

父亲说第一天到门上的时候，这家女主人让他去洗筐萝卜。父亲洗得非常干净。女主人暂时收留了他，让他晚上睡在灶门口，猪圈边上，跟猪一起睡。男主人回家了，让女主人扔给他一个箩筐，让我父亲睡在箩筐里。父亲说男主人是个不错的人。

凤兰说起当年找这个爷爷带着父亲到老家去迁户口的细节，说老家其实也不过是相距 20 里的地方。快要到家门口的时候，父亲说自己要尿尿，一个闪身躲进了边上的玉米地，看到一个同村人，让他回家通风报信，告诉家里母亲，千万不能说是自己要走的，就说是家里没有的吃，养不起，不要了。

听说，奶奶又是哭，可是邻居们左劝右劝，说怎么不还是你的儿子，让他过上好一点的日子有什么不好？

结语：转眼，已是 2019 年

先生总是会说起 2000 年的那个夕阳西下的时刻，那个时候他已经认识我，一个背着行囊的少年独自前行在前往老家的路上。可以想象那样的路，跟我的老家没有两样，大片的落光叶子的白杨树，偶尔会看见密密匝匝的鸟窝，夕阳明晃晃的，一览无余。乡下所有的东西都比夕阳低，不像城里，我曾经为看不见完整的夕阳而伤感，就是那样的夕阳，如血的残阳，那个少年说，他紧紧地盯着它，直到它坠落到村庄后面看不见了。这个少年无数次跟我说起过，他看见过千禧年的夕阳。我曾经笑话他，看见又怎样。

转眼，已是 2019 年。今年农历正月初一，我前行在前往老家的归途中时，又看见了这样的夕阳，大片大片的，仿佛整个天空，整个村庄都是它的，带着烟雾弥漫的气息，那是烟花，也是炊烟，多好啊，一切都是真实而又迷蒙的。我感受到了一种稍纵即逝的快乐。那一刻，我是快乐的，欣喜的。人到中年，我已经不再轻言快乐，不再轻言快乐的我感受到了快乐，可见，是真的快乐。

在这样的快乐中，我回到故土。

2019 年，苏北，大年初二，红砖墙下，我让经历了大半个世纪的大伯讲往事。

场景一：当时还乡团驻扎在镇上，县里的人让他的母亲带着他去说降，而且关照他母亲将他紧紧搂在怀里，这样对方因为孩子不至于伤害她。说降没有说成，说奶奶力气小，他被自己的父亲拖了过去。

场景二：1958 年，左县长来访，奶奶就要跪倒，呼叫一声左县长，我对不起你。左县长一把将奶奶拉起，说，哪里的话，是我错了啊，不该不相信你的话啊。左县长说奶奶曾经告发过男人是叛徒，但是组织上没有引起重视，以致事情发展到男人带枪投敌，而且带着双枪。左县长懊恼不已，但又可惜了这个人才，放话说只要对方能够带枪回头，就不追究。无奈，世间很多事情没有回头路。

场景三：困难时期，分粮食，先进户分早玉米，后进户分晚玉米。张乡长一问，这家人家分的是晚玉米，大怒说，这家人家两个革命人士怎么分晚玉米？两个革命人士是我奶奶我爷爷。我第一次听说我爷爷是淮海战役下来的，有一张荣军证，上面有朱德、陈毅的画像。大伯说办事员龚秀芳当时急得直撞墙，说自己工作失误，没有搞清楚，请求组织原谅。但是，撞墙也没有用，这个叫作龚秀芳的同志因为分错了玉米被撤了职。大伯讲起这件事情眉飞色舞。

2019年，大年初二的晚上，我从父亲的胞衣地出发，明明抢着天边还有一道光的，真正上路已是漆黑一片，乡村的黑夜是那样黑，我的车居然掉进了黑夜中的麦田，还是族上的几个兄弟过来，推的推，扛的扛，让我重新踏上了归途，仿佛又是旅途。

冥冥中，我的2019年春节之旅以这种方式结束。一切都似乎是最好的安排。

家　风

一个人变成什么样的人，家风的影响应该是不言而喻的。我之所以成为这样的人而不是那样的，一定是受我父亲的影响。

父亲没有多少文化，但是有很多朴素的道理。比如父亲一辈子追求公平与正义。父亲常常会为自己被选出来帮助生产队里量田地感到自豪，总是说他是人家选出来的。他还常常说，自己就是少识了字而已，否则就不是这个样子的。很小的时候，有一次队里分粮食，他觉得队长的分配不公平，大年三十拉着我带上一个布袋子就到人家家里讨饭吃，吓得那个队长乖乖地将少的粮食交出来。讨饭这件事情我印象深刻，当时只是觉得好玩，没想到还事关公平和正义。

其实，父亲平时不是那样的人。父亲常常觉得人应该活在伦理里面，比如他对自己的养父母，养老送终，没有一丝的马虎，他也这样要求我们。父亲总是说，凡事要讲究一个道理。

知识的重要性是父亲自己悟出来的。父亲说他小时候的成绩很好，可是那个时候正好是三年自然灾害，偷家里的生米在上学的路上嚼，还是饿得很，头重脚轻，终于退了学。父亲很重视我的学习。一年级的时候，我数学考了七十多分，被老师揪眼皮。父亲带着我去找老师，重新拿一张卷子做，做了九十几分，从此知道了什么叫作自尊心。那些年，为了我取得的一点点的小成绩，父亲不断地喊老师到家里来吃饭，喝酒，就着自己家里养的小公鸡，还有地里刨出来的花生。父亲常常为被老师说成是高才生的父亲而自豪。在那些贫困的岁月，我就是天上的太阳，就是父亲全部的希望。

正是父亲的一路鼓励，使我可以顺利地在18岁那年考上大学，从此离开家乡。那年，父亲自豪地拖着拉杆箱送我去上大学。对于考上什么样的大学，父亲没有明确的要求。其实，我当时高考很一般，只是考取了一所师范学校，但是，父亲为了我，放了3天的电影，喝得酩酊大醉，躺在小院子里忘记了回家。大学毕业那年，我有机会留在上学的那个城市。我到现在还清楚地记得在那个学校的门口，借公用电话给父亲打电话，问他可不可以。父亲说只要对你的发展好，都是可以的。也就是这句可以，注定我从此不可能再回到家乡。只是不知道空巢了的父亲有没有后悔过，起码，这么多年，他没有当面说过。

对于金钱，父亲说不出"千金散尽还复来"，但总是不拘泥的。父亲嗜好烟酒，小的时候，家里并没有很多的钱用来买烟和酒，但是，父亲坚持了几十年。为这事，母亲没少啰唆。但是，父亲总是不悔改的。10岁那年，父亲从打工的遥远的大兴安岭连跑带滚地"逃"回家，从中转的火车站给我买了一块10元钱的电子表。那是那个村小四年级班上唯一的一块电子表。上大学的时候，父亲一下子给我准备了好几个月的零用钱。第一年国庆回家，父亲到村口送我返校，临上公交车，他从口袋里摸索出 20 元零钱，一把塞给我，说女孩子在外面不能磕碜了。对于金钱，父亲总是说，一钱当用，万千当省；又说，钱，生不带来，死不带走，要多少钱又有什么用。并总是告诫我，今天的生活条件已经不知道好多少了，人一定要知足。

父亲有很多朴素的话，都很有意思。父亲说找女婿要找谈得了"三国""水浒"，又喝得了老酒的那种。我大概照这样的意思找了对象，后来才知道这句话的前半句也许是对的，后半句就不一定了。

父亲说爱孩子，要爱在心里，让孩子既爱你，又怕你。又总是以我作为他成功教育的榜样。可是，很多时候，我一回家看见孩子，总是喜形怒于色，不知道孩子爱不爱我，起码是不怕我。不知道是父亲的教育过时了，还是我的修炼远远不到家。

养老要孝敬地养

《论语》上讲的怎样养老的问题，我看得心里一动，真是非常有意思，古人将那么深奥的道理用简单的几句话讲到了根本。养老人不但是养，而且"养"很重要，不光是养着，而且要是孝敬地养着，如果光光是养着，就跟养小猫小狗没有什么两样了。

现在快节奏的生活，使得人们将老人放在护理院或者医院的情况是非常非常多的，还美其名曰"社会养老"。上次一个领导还说起刚到护理院里看过母亲，母亲脑中风，什么都不能说了。但是，看见儿子去会落泪，他的心里会难受，但是又说回家之后就什么都忘了。大家都是忙着，真是没有办法的事情。

我们都将老去，不可避免地和这个国家一起迎接老年化的社会。怎么养老，不仅是每个人、每个家庭要面临的课题，更是整个国家、整个社会都要面临的问题。就像李长春说的，我们今天要好好地建设文化，因为我们退休后都将回归文化的队伍，其实养老事业更是如此，无论是制度层面抑或是观念层面。我们今天的制度建设其实也是为了明天的我们自己。现在整个社会风气都在讲生产和应用,如果仅仅是将老人作为社会产业链上的一个终端部件,没有尊严,没有生命,那是一件多么可怕和可悲的事情。对于养老这个话题,真是应该有更多的人文关怀和情感付出,不仅是养着,而且是有尊严地养着,从一个社会对老人的态度其实可以看出整个社会文明的程度,这是毋庸置疑的事实。

从前，那么慢

偶遇木心的《从前慢》，"从前的日色变得慢/车、马、邮件都很慢/一生只够爱一个人。"一种怦然心动的感觉。

前几天，又读到这样的句子："相比较而言/我更喜欢慢/可以在放学的路上/多呼吸一些新鲜空气/可以让那颗鸭子糖/在口中永远不化/放学时，可以和路边的蚂蚁/或者蝴蝶/作一次小小的交流/……"

多像我们小时候的样子。恍若隔世。

现在，听见两个奶奶在学校门口等孩子时的一段对话：一个奶奶一面说如果自己的孩子不是这块料就不是这块料，也不要紧的，三百六十行，行行出状元，不一定就是学习好就有饭吃，但马上话锋一转，说自己的孩子是怎么地厉害，看书、弹琴、读英语，纹丝不乱，从来不要人督促。一开始，边上的一个奶奶总是诺诺地在后面附和，后来就不讲话了。大概是被那种成功的气势压倒了。

上次，女儿的数学老师打电话给我，说孩子在数学课上有几道题没有做完，就让她美术课不要上了，领到边上的办公室做数学题了。我听了有点暗暗心酸，因为我知道，闹闹为了这一节美术课，兴奋了很长时间，前一天的晚上一直在家里收拾自己的各种彩笔，说是要上美术课了。

如此，逼着闹闹做作业是常常有的事情。威逼利诱，或者就是骂。总之，她是有进步的，能够坐下来做一个小时的数学，不要一会儿喊妈妈，这道题怎么做了。有一次，看到闹闹的课堂作业本，造了这样的句子：亲爱的妈妈，您怎么可以骂我呢？

爸爸是女儿的靠山。爸爸说只要快乐就好。妈妈觉得不好就擦了，让闹闹重写。闹闹于是很不高兴，嘴一撇准备哭了。爸爸拍马赶到，说不急不急，我给你描上。于是爸爸照着闹闹的字迹描好。如此，爸爸成了闹闹的靠山。被训的时候，就满家里找爸爸，爸爸不在家的时候，就哭诉着打电话。有时，闹闹考了及格回家，小心翼翼地先看我的脸色，小心翼翼跟我说，妈妈，考及格也很棒。又小心翼翼地加上一句，不管我考得好不好，妈妈都不要批评我。我看到卷子的及格上面打上了大大的暗影，边上写上了优秀两个字，嫩嫩的铅笔字。自己写的。

我努力想做一个好妈妈。可是，我不知道从什么时候变成了现在这个样子。

挺喜欢看黄永玉的《无愁河的流浪汉子》，真是活灵活现写出了一个孩子的懵懂，我几乎可以预言，这是一部伟大的作品，这个伟大是相对于以后而言的。另一部懵懵懂懂的六岁视角的作品就是《城南旧事》了。未婚先孕，孩子送走，女主人公疯了的故事，那么隐晦又那么纯真，那么一个丰富多彩的活着的世界。

什么时候我们总是那么着急地将孩子打造成为一个量化的单向度的人呢？

有个绘画培训班的老师不客气地在朋友圈说，现在的家长真的太着急，上来就要学素描，也不问自己的孩子多大了，或者也不问绘画的本来意义，这样急功近利培养出来的也是画匠。

总是有那么一种情绪在酝酿。一次，家长微信群不知怎么就讨论起成功来。其中一位家长说，希望自己的孩子成功，因为历史是成功者书写的。很快，另一位家长回复说，成功是个复议词。

据我所知，闹闹班上有个孩子因为第二天要默写词语，觉得自己复习得不够好，赖在家里不想上学。另外有个孩子，居然期末考试前一天的晚上失眠了。闹闹是个没心没肺的孩子，不会为这些事情烦恼，说给朋友听了，朋友说我应该感恩。天知道呢。

也许，很多时候，努力比成功更重要。

我看到，上跳舞的公开课，整个舞台就闹闹一个人的腰弯不下去，可是，我看到闹闹涨红了的小脸，一点点地将自己弯下去。

我看到，闹闹有些字写错了，可总还是认真地盯着书本仔细地揣摩。

有一天，闹闹主动要求妈妈给她发弹琴的视频，发出去后，闹闹数了那么多的赞，认真地跟妈妈说，有这么多人点赞，说明我很棒了吗？妈妈说，那当然了。于是放心地去睡了。其实闹闹的手法技艺还是那么地稚嫩，真的感谢那么多朋友的包容和赞赏。

可是，从什么时候，对于自己的孩子，我们那么吝啬自己的表扬呢？

写到这里，仿佛看见几年前，小小的闹闹站在大大的草坪上，歪着脑袋,迈出人生的第一步,奶声奶气地说,妈妈,我怕——那个时候的我,像一只老母鸡,雄赳赳气昂昂地说,宝贝,别怕,有我呢!

是的。宝贝,别怕,有我呢。从前,那么慢……现在,也可以慢下来。让我们一起等待,等待阳光,等待雨露,等待某一个时节,或黄昏,或清晨,等待你静静地花开。

写于闹闹十岁成长礼

闹闹：

妈妈写过很多关于你的文字，但还没有单独给你写过一封信。这次十岁成人礼，妈妈第一次写信给你。

也许只有妈妈知道，你是多么细心的孩子，多么善良的孩子，多么要求上进的孩子。

你喜欢支老师，因为支老师的项链和妈妈的项链一样。

你跟妈妈说，不想阿姨，阿姨不是妈妈。

你将手中的苹果给妈妈，说妈妈吃一口就不饿了。

妈妈摔跤了，你自己在同样的地方故意也摔一跤，试一下妈妈到底有多疼。

妈妈口口声声说爱你，而现在妈妈觉得，你更爱妈妈！

你每天早上早早就背好书包，想要早点到学校，在这一点上，你从不拖拖拉拉。

你数学考良好了，很高兴地将试卷拿给妈妈看，说妈妈，我都好久没得良好了。

你现在游泳可以轻松地游 1200 米，而一开始你连嘴巴都不敢放到水里。

闹闹，你知道吗，你真是一天一点进步，妈妈为你自豪！

这个春天，你喜欢上了燕子，你听得见每一声燕子的叫声，你看得见每一只燕子的飞翔，你说燕子就是自然，燕子就是春天。孩子，你知道吗，你就是天生的小诗人！

"暮色苍茫，燕子还在外面流浪；我问妈妈为什么，妈妈说，蓝天啊，那是永远的守望！"那个暮色苍茫的傍晚，你将这样的诗歌脱口而出，妈妈知道，你一定深深地喜欢上了燕子的飞翔！

孩子，你知道吗，要像燕子一样飞翔，你要学会搏击长空！你要学会经历风雨！你要学会勇敢、坚强和忍耐！而这些都是作为十岁的你一定要明白的道理！

同时，孩子，你要记住，在学会飞翔的过程中，不管遇到什么艰难险阻，妈妈和爸爸一定会保护你；妈妈和爸爸一定会用生命去呵护你！

有一天，妈妈问你，说妈妈是布妈妈还是铁妈妈，你说妈妈是布铁相依的妈妈。妈妈知道，你是那么在意妈妈的评价！

现在，在你的十岁成人礼上，妈妈想说，不管你是熊孩子还是乖孩子，妈妈发誓，要做你永远的布妈妈！

后记：一天一天地

一天一天地，我们走进了年。我们是怎么走进了年的呢？不知道，就是这样一天一天地。

正好读到一段话：一年四季任性顽皮，但从本质上来说，世界上再也没有比它们更守信用的了：春、夏、秋、冬。年，其实是一个农业文明的概念。毕飞宇在《苏北少年"堂吉诃德"》中写了这样一段话："农业文明的特征其实就是植物枯荣的进程，一个字，慢。每一个周期都是三百六十五天，无论你怎样激情澎湃，也无论你怎样'大干快上'……"

年，一直在啊。不管你愿不愿意，永远在那儿，一直在那儿，我再一次确认了这个几乎让人泪流满面的事实。

我总是拒绝，亦总是混沌。我几乎要拒绝年这个概念，我害怕接受这个概念之后的某些真相。很多年之前，我就写过一篇散文《年，让我们越活越谦卑》，遑论现在已经是40出头的我。我的老师王尧这样写道："以前觉得胡适先生虽然是一代人杰，但在那个年龄就有《四十自述》委实过早了。现在我有点明白，40岁已经是个不小的年纪了。"40出头的我甚至无限矫情地怀念起村上春树的一句话："我总以为18岁之后是19岁，19岁之后是18岁，20岁永远不会到来。"

我的女儿闹闹却总是热切地拥抱新年。冬至那天，我出差回来，发现家里最醒目的位置贴着闹闹画的《岁寒图》。细数，正好9朵，每朵9瓣。现在，闹闹每天这样结束她一天的时光，洗完澡哪怕光着屁股也要先将一朵梅花涂上颜色，涂去她的一天。一个孩子对于时间是如此渴望！她还会天天摁住我的头跟我比高，并且有对自己力量无穷大的认知，曾经叫嚣着要用打架的方式来跟我解决问题。我请教了专家，说是叫作萌动的青春期。2008年出生的闹闹已经要到青春期了。

就像我们隔壁邻居的儿子，自从他的父亲一个扫堂腿踢不倒他之后，就放弃了教育他的想法。那年，他15岁，天天戴着耳机高唱着不知什么歌曲。我的父亲常常嗤之以鼻，说没有教养。

其实，15岁的我也想那样，可是我不敢。我的人设极好，属于那种"别人家的孩子"，拥有好孩子的一切特征，会用笔在家门背后写上极大的字：时间一去不复返。心里想的是长大和逃离。离开父亲以及相关的一切气味，那种混合的乡间的气味，经年不变的气味。离开叫嚣的高傲的帝王一样的父亲。离开卑微、琐碎，总是不得要领的母亲。离开那里的一切。还是我的老师王尧在同样一篇文章中说的："是我先遗弃故乡的，那个年代不想离开故乡的人肯定是狗日的。"

时间的更替往往伴随着空间的位移。归宿是多么难得。我们不断地长大，不断地告别，不断地接近某种真相，还有许多含糊不明的东西。我们正在蹚过父辈们、老师们蹚过的那条叫作时间的河。

我们正在接近和走进他们所有的生存悖论。说接近或走进还是高估了自己，我们只是刚刚进入某个阶段而已，我们接近或者走进的只是皮毛。比如，时间所带来的空间上的位移、对于城与乡关系的理解。

我发现年的意义来了，就是回望。一定是这样的。春节里，我可以回到那个生我养我的村庄去看看，到别人家去走走，到麦田里的坟头前立一立。村上那个父亲的发小正在跟病魔做着最后的抗争。麦田的坟头里埋着我的外公、外婆，还有姑奶奶。我多么希望他们是活着的，像之前的很多年一样，弓着背在村上等我，然后，喊着我的乳名，拖长着尾音说一句：你回来了。我有一次梦见我的外婆，那个在没有电扇的夏天帮我整夜扇风的外婆，那个我很大了还帮我洗屁屁的外婆，我泪流满面，湿了枕头。我想起了一首诗歌的这么两句：万物柔软/深入大地/一切生与死/都同样毫无意义。

"说真的，我不知道我们这一代人能飞多远，但我庆幸我们这一代人还能够往回飞，在我的背后还有个村庄，我的屁股可以坐在地上。在那块地上还有认识我的长辈、同辈和知道我名字的晚辈。"在同一篇文章中，王尧老师这样写道。

回望方可从容，因为那是来时的路。

来时的路上有我们生存的奥秘。还说毕飞宇。毕飞宇同一本书里有一篇写兴化行船的文章，妙极。兴化离我的老家姜堰不远，都属于泰州地区。我小时候亦无数次见过这样的画面，可惜，我写不出来，只能引用在这里，"一下一下地"。这句话像河边的芨芨草一样普通，但是，我决不会因为它像芨芨草一样普通就怀疑它的真理性。"一下一下地"，这五个字包含着农业文明无边的琐碎、无边的耐心、无边的重复和无边的挑战。有时候，我们要在水面上"行"一天的路，换句话说，撑一天的船。如果你失去了耐心，做不到"一下一下地"，那么，你的处境将会像一首儿歌所唱的那样——小船儿随风飘荡。

是的，就这样"一下一下地"吧，一天一天地走进2020，谦卑而谨慎，大气而磅礴。

（书于2020年元旦）